LA FENÊTRE JAUNE

Né en 1951, Serge Brussolo est l'auteur de nombreux romans de science-fiction et de thrillers d'épouvante qui l'ont imposé comme le maître français du genre. Un digne rival de Stephen King.

Paru dans Le Livre de Poche :

L'ARMURE DE VENGEANCE
AVIS DE TEMPÊTE
BAIGNADE ACCOMPAGNÉE
BUNKER
LA CAPTIVE DE L'HIVER
LES CAVALIERS DE LA PYRAMIDE
LA CHAMBRE INDIENNE
LE CHÂTEAU DES POISONS
LE CHIEN DE MINUIT
CONAN LORD
LES EMMURÉS
LES ENFANTS DU CRÉPUSCULE
L'ENFER, C'EST À QUEL ÉTAGE ?
LA FILLE DE LA NUIT
ICEBERG LTD
LE LABYRINTHE DE PHARAON
LA MAIN FROIDE
LE MANOIR DES SORTILÈGES
LA MÉLANCOLIE DES SIRÈNES PAR TRENTE MÈTRES DE FOND
LE MURMURE DES LOUPS
LE NUISIBLE
PÈLERINS DES TÉNÈBRES
LA PRINCESSE NOIRE
LES PRISONNIÈRES DE PHARAON
LE SOURIRE NOIR

SERGE BRUSSOLO

La Fenêtre jaune

LE LIVRE DE POCHE

ISBN : 978-2-253-12049-0 – 1re publication

1

L'hélicoptère survole la *mesa*. Un désert d'argile desséchée, que le souffle du rotor caresse en soulevant un nuage de poussière qui crépite sur le fuselage. Cassie songe qu'elle n'aimerait pas être happée par un tel tourbillon. Quand cela se produit, les grains vous décapent la peau avec l'efficacité d'un tampon à récurer ! Elle coule un regard en biais vers le pilote. Il se nomme William (Bill) Plume Rouge. C'est un Shoshone du Bureau des affaires indiennes. Massif, la peau recuite par le soleil, il a les cheveux longs, gris, tressés en nattes qui lui battent les omoplates. Cassie ne sait pas ce qu'il pense d'elle, la petite Blanche à la chevelure rousse, à la peau laiteuse criblée d'éphélides, si peu à sa place dans ce paysage surdimensionné. Il n'a pas ouvert la bouche depuis le décollage, se concentrant sur les courants aériens qui bouleversent l'espace dès qu'on prend de l'altitude.

Le désert court jusqu'à la ligne d'horizon. Les pitons rocheux se dressent à la façon des épieux plantés au fond d'un piège à ours. Ils ont tous la même forme conique. Des pains de sucre de granit.

« On dirait des doigts, pense Cassie. Des index de pierre crevant le sol. »

Elle scrute le paysage, s'attendant à ce que le vent déterre soudain les mains géantes auxquelles sont rattachés ces doigts. L'endroit se prête aux fantasmagories. C'est un lieu hors du monde, hors du temps.

La scène d'un crime qui se serait produit il y a des milliers d'années, songe Cassie sans parvenir à déterminer d'où lui vient cette idée saugrenue.

« C'est là, annonce tout à coup Plume Rouge en désignant l'un des cônes rocheux. Au sommet de cette colonne. Ça a fini par se savoir ; Internet, tout ça... Depuis, les grimpeurs n'ont qu'une idée en tête, se faire photographier à côté du *truc*. »

Il dit le *truc* pour éviter d'avoir à évoquer d'une manière plus précise l'anormalité du phénomène.

La jeune femme se penche. La colonne de pierre mesure trois cent cinquante mètres de haut. Elle l'a lu dans le guide où sont répertoriées les saillies rocheuses de la réserve. On a affublé celle-ci d'un nom pittoresque : *Le Doigt du vieil homme*. Les parois en sont verticales, lisses, poncées par des millénaires de bourrasques chargées de silice. Un pilier de ciment ne doit pas compter moins d'aspérités.

« Il y a des gens pour escalader ça ? lance-t-elle.

— Oui, fait Plume Rouge. Des Blancs. Ils grimpent à mains nues. Parfois, ils tombent. Je suppose que c'est ce qu'ils espèrent secrètement. »

La paume crispée sur le palonnier, il manœuvre pour

atterrir au sommet du doigt de pierre. L'entreprise se révèle hasardeuse.

« S'il calcule mal son coup, se dit Cassie, l'hélicoptère basculera dans le vide. »

Au même moment, son cœur fait un bond. Elle vient d'apercevoir *la chose* à la cime du cylindre rocheux. Une automobile, fracassée, la calandre emboutie… *Une automobile juchée à trois cent cinquante mètres au-dessus du sol, abandonnée au milieu d'un espace à peine plus grand qu'un square.* Une Cadillac Sedan de Ville.

« Ça surprend, hein ? ricane Plume Rouge.

— Comment est-elle arrivée là ? murmure Cassie, consciente de proférer une absurdité.

— Personne n'en sait rien, soupire l'Indien. J'avoue qu'au début j'ai cru à un gag d'étudiants. De jeunes crétins assez fous pour hisser une voiture morceau par morceau au sommet. Une fois le matériel en haut, ils auraient reconstitué la bagnole… mais ça ne tient pas debout. Je vois mal comment on pourrait transporter un châssis de Cadillac à cette hauteur à la seule force des mains. Il aurait fallu un treuil. Et puis, imaginez le reste : les banquettes, le moteur… J'ai tout examiné à la loupe. Cette voiture n'a subi aucun démontage récent. Ses joints sont encrassés, ses boulons pris dans une gangue de graisse et de carbone solidifié. Elle était entière lorsqu'elle est arrivée là. »

Il se tait, le temps de poser l'hélicoptère au sommet du piton. Cassie serre les dents. Il n'y a guère de place et le sol est inégal. Enfin le rotor cesse de brasser l'air ; ils peuvent descendre. Une rafale lui coupe le souffle, et, l'espace d'une seconde, elle croit que le vent va lui arracher ses vêtements.

Elle n'aurait jamais imaginé qu'il puisse faire aussi froid en plein désert. Mais c'est que le santana souffle à pleine vitesse, sans jamais rencontrer d'obstacle. Elle suppose qu'à peine la bourrasque calmée on doit rôtir comme dans un four. Elle s'approche de l'automobile. De près, on constate qu'elle est aplatie sur le flanc gauche.

« Pensez-vous qu'elle ait pu tomber d'un avion ? demande Cassie, par acquit de conscience.

— Ç'a été ma seconde idée, avoue Plume Rouge. Mais l'enquête a montré que cette voiture appartenait à un certain Morgan Aloysius Devereaux, un type de cinquante-cinq ans, représentant en produits d'entretien industriels. Le bonhomme a quitté son domicile pour faire sa tournée il y a de ça deux mois… et n'est jamais revenu. D'après la police, il semblerait qu'il se soit volatilisé au cours de la traversée de la réserve.

— Que faisait-il dans le désert ?

— Il coupait au plus court pour rejoindre San Carlito, une bourgade construite autour d'un gros supermarché. Devereaux avait de bons clients, là-bas. On a trouvé son carnet de commandes dans ses bagages. L'accident a eu lieu sans témoins. Il a percuté quelque chose d'énorme, ça c'est sûr.

— Et le choc a été tel que la voiture a rebondi au sommet du piton rocheux ? »

L'Indien se passe la main sur le visage, mal à l'aise. Ses nattes grises s'agitent dans le vent furieux.

« Certains en sont convaincus, fait-il. On n'a pas retrouvé le corps. Il a été éjecté au moment de l'impact, c'est évident. Le pare-brise est en miettes. On a cherché tout au long de la piste sans mettre la main dessus, mais ça ne prouve rien. Les chacals, ou un lion des montagnes[1], ont pu s'en emparer et le traîner à l'écart pour se constituer une réserve de nourriture, c'est dans leurs habitudes. »

Il n'y croit pas. Cassie le regarde droit dans les yeux, avec l'espoir qu'il acceptera enfin de tomber le masque et de livrer son interprétation personnelle des faits.

Comme il s'obstine à garder le silence, elle s'approche de la voiture. L'aplatissement du flanc gauche est étonnant parce que trop régulier. On dirait le travail d'une presse hydraulique. Tout est incroyablement plat, sans une bosse, sans une ride. *Compressé.* Oui, c'est le mot. Compressé par le choc. Cassie jette un coup d'œil en direction du désert. Elle distingue la route qui serpente au milieu de la *mesa*. À plus de cinq cents mètres du piton rocheux. Si l'accident a eu lieu là-bas, il faudrait admettre que l'impact a projeté la Cadillac jusqu'ici, à travers les airs. Elle essaye de visualiser la chose. La voiture percutant l'obstacle et s'envolant en tourbillonnant, tel un boomerang, pour atterrir là…

« Du délire… », murmure-t-elle entre ses dents.

Elle se penche à l'intérieur du véhicule par la vitre latérale fracassée. Il y a du sang sur le tableau de bord. Le volant est brisé. Le conducteur a sans doute eu la poitrine défoncée par la colonne de direction. L'indicateur de vitesse est bloqué sur cinquante miles. Rien d'extraordinaire.

« Vous trouverez que dalle, lâche Plume Rouge. Les flics de la brigade routière ont tout emporté, jusqu'aux échantillons de produits pour laver le carrelage. Ils n'en

1. Surnom du puma.

ont rien tiré d'intéressant. C'était un père tranquille. Il ne trimballait même pas de revues porno.

— Et quelles sont leurs conclusions ?

— Ils n'en ont pas. Juste des hypothèses. Ils suggèrent qu'une tornade aurait pu soulever la voiture dans les airs et la laisser retomber ici. Ils n'écartent pas davantage l'éventualité d'un gag stupide. Des gosses récupérant l'épave dans le désert pour la hisser au sommet du piton.

— Ça ne tient pas debout.

— Je le sais bien, mais ce sont des flics blancs. Moi, je ne m'occupe que des affaires indiennes. La mort d'un commis voyageur *withie* n'est pas de mon ressort, même si elle a eu lieu sur le territoire de la réserve. »

Cassie n'a aucune idée de ce qu'il conviendrait de faire. Ce n'est pas son métier. À tout hasard, elle examine le sol autour du véhicule fracassé. Sous le châssis, elle repère des emballages de pellicules et de confiseries « énergétiques ».

Plume Rouge surprend son regard ; il lâche :

« Des saloperies laissées par les petits cons qui viennent se faire photographier. S'il n'y avait pas le vent pour faire le ménage, ça deviendrait une poubelle. À présent venez, il faut rentrer. La bourrasque forcit, si ça continue j'aurai du mal à piloter et je n'ai aucune envie de passer la nuit au sommet de ce truc. »

Cassie ne proteste pas. Elle a vu ce qu'elle voulait voir. Cette Cadillac plantée à la cime d'une colonne de pierre, telle une œuvre d'art moderne juchée sur un interminable piédestal. Elle en avait téléchargé les photos sur le Web, mais elle n'y croyait pas. Elle se méfie d'Internet, sachant que la Toile abrite la plus haute concentration mondiale de fous au mètre carré.

Docile, elle regagne l'appareil et demeure silencieuse tout le temps du décollage.

Le retour à la base s'effectue dans la même atmosphère taciturne. La jeune femme essaye de démêler ce qu'elle éprouve. De la panique ? De l'excitation ? Ou l'envie de s'enfuir à toutes jambes ?

Elle est si absorbée dans ses pensées qu'elle a à peine conscience de l'atterrissage. Elle se reconnecte à la réalité au moment où Plume Rouge lui tend la main pour l'aider à descendre de l'appareil.

« Allons boire un café, dit-il. J'ai besoin de connaître vos intentions. Je suis responsable de la réserve, je ne voudrais pas que vous veniez y foutre le bordel. Les Blancs nous ont à l'œil. À la moindre incartade ils en profitent pour donner un tour de vis supplémentaire. »

Il l'entraîne aux abords du terrain, dans un baraquement aux allures de *cantina*. À peine sont-ils assis qu'une serveuse indienne apporte deux tasses de café noir et deux parts de tarte aux pommes, avant de s'éloigner sans prononcer un mot.

« J'ai lu le dossier que vous m'avez envoyé, murmure Plume Rouge. Votre frère et votre petit ami ont eux aussi disparu en traversant cette section du désert, c'est bien ça ?

— Oui, à six mois d'intervalle. Mon frère Hellwood Krantz d'abord, mon fiancé Nathan Larcher ensuite, répond Cassie en essayant de conserver une voix ferme. Nathan s'était mis en tête de retrouver Woody… je veux dire Hellwood. L'enquête de la brigade routière n'avait rien donné.

— Oui, grommelle l'Indien, j'ai vu ça. On a trouvé les deux véhicules aplatis, comme s'ils étaient passés sous un énorme rouleau compresseur, mais aucune trace des conducteurs. Pas de sang, pas de cadavres, pas de témoins.

— C'est cela. Les flics pensent qu'ils ont tous deux été victimes de pirates de la route, mais c'est stupide ; ni Woody ni Nath ne voyageaient à bord d'une voiture de luxe. Et si c'était pour voler les véhicules, pourquoi, dans ce cas, aurait-on retrouvé les bagnoles laminées au bord de la route ? C'est incompréhensible.

— Alors vous avez décidé de reprendre l'enquête à votre compte, complète Plume Rouge. Je comprends, mais je n'aimerais pas que vous disparaissiez à votre tour. Ça installerait dans la tête des flics l'idée qu'un gang de pirates indiens opère sur la réserve. Je ne veux pas de ça. J'ai déjà assez de mal à les persuader de ne pas mettre le nez dans nos affaires.

— Ma mère a fait une dépression qui l'a conduite en asile psychiatrique, reprend Cassie. Elle croit que Woody a été enlevé par des extraterrestres. Elle est tellement abrutie par les calmants que c'est à peine si elle me reconnaît lorsque je vais la voir. Les parents de Nathan, eux, m'en veulent à mort. Ils me tiennent pour responsable de la disparition de leur fils. Son père me téléphone en pleine nuit pour m'insulter. Je veux savoir ce qui s'est réellement passé. Je refuse de croire à la thèse des pirates de la route.

— Votre fiancé, Nathan, s'était installé ici pour “enquêter”, n'est-ce pas ? s'enquiert l'Indien. Il louait une maison à Rancho Verde.

— Oui, il avait refusé que je le suive, à cause du danger potentiel. Au début, il revenait à Los Angeles tous les quinze jours, et puis il a commencé à espacer ses retours. Il est devenu… bizarre.

— Bizarre comment ?

— Lointain, secret, comme s'il avait découvert un secret dont il ne voulait pas parler. Il avait maigri, il se montrait nerveux. Quand il était avec moi, il n'avait plus qu'une idée en tête, abréger son séjour pour revenir ici au plus vite.

— Avez-vous suspecté une histoire de femme ?

— Non, Nathan n'était pas comme ça. S'il avait rencontré une autre fille, il me l'aurait dit, sans détour. Ça s'était déjà produit, et il n'avait pas pris de gants pour me l'apprendre. Non, il s'agissait d'autre chose. À la fin… peu de temps avant sa disparition, il avait tellement changé qu'il me faisait peur… j'ai envisagé de rompre. On aurait dit un… un junkie.

— Vous voulez dire qu'il se droguait ?

— Non, qu'il en avait l'air, c'est tout. Halluciné, ailleurs. Il était d'une saleté repoussante, tout le temps maculé de cambouis, avec des ongles de garagiste.

— Il était analyste financier, je crois ?

— Oui. Les voitures, la mécanique ne l'intéressaient pas. Son grand truc, c'était le surf, la glisse, l'océan. Les moteurs et l'essence lui faisaient horreur. Ça se situait à l'opposé de son pôle d'intérêt. C'est ce qui rend sa transformation si surprenante. On aurait dit un dingue des dragsters[1], vous voyez ? »

1. Motos customisées dont on a trafiqué le moteur en lui greffant des circuits annexes de gaz NOS pour atteindre des vitesses effrayantes.

Plume Rouge hoche la tête, l'air embêté.

« Vous avez repris la location de la maison de Rancho Verde, fait-il en compulsant une liasse de feuillets tirée de sa poche. C'est très isolé. Les téléphones sans fil ne fonctionnent pas dans cette partie du désert. Trop de minerai de fer dans les collines. Vous allez vous retrouver seule au milieu des coyotes, ça ne vous effraye pas ? »

Cassie essaye de se composer une expression résolue. En vérité, elle crève de peur.

« Bien, conclut l'Indien, il n'est pas en mon pouvoir de vous interdire de vous installer dans la réserve. J'espère que tout se passera bien. Si vous mettez le doigt sur quelque chose, prévenez-moi. Ne pensez pas que j'essaye de vous mettre des bâtons dans les roues. Je suis comme vous, je voudrais comprendre ce qui se passe ici. La population commence à murmurer, les esprits à s'échauffer. Les vieux colportent des légendes anciennes, les chamans sortent du placard des superstitions d'un autre âge. La peur prend racine. C'est mauvais. Je n'aime pas ça. »

Il pousse un soupir et se lève. Cassie l'imite. Ils sortent de la *cantina* pour récupérer leurs véhicules respectifs, lui une grosse jeep de patrouille dans le style Humvee, elle une Honda Civic jaune d'une extrême banalité.

« Bonne chance, lance Plume Rouge en mettant le contact. Et soyez prudente. Les gens de la réserve sont gentils, même s'ils se méfient des Blancs. Si vous restez discrète, tout devrait bien se passer. »

Il a beau sourire, son discours manque de conviction. Cassie le regarde s'éloigner dans un nuage d'argile. Sentant peser sur sa nuque le regard de la serveuse, elle se décide à regagner sa voiture. Il y règne une chaleur atroce et le revêtement du siège lui brûle les cuisses. En actionnant la clef de contact elle se demande une fois dc plus s'il nc vaudrait pas mieux faire demi-tour.

2

Beaucoup de gens croient que « Cassie » est le diminutif de « Cassandra ». Dans son cas c'est une erreur, il s'agit d'une abréviation familière de « Cassidy », le nom de jeune fille de sa mère qu'elle a reçu pour prénom, en stricte observance de la tradition protestante anglo-saxonne. Elle se nomme donc Cassidy Lenora Krantz ; elle est le produit de l'union d'une Irlandaise et d'un Autrichien mort peu de temps après sa naissance. Elle a vingt-huit ans. Elle a fait des études de littérature, suivi l'atelier d'écriture de Mitch Babylonios, l'auteur de best-sellers pour enfants, ce qui, à sa sortie de fac, lui a permis de gagner sa vie en écrivant elle aussi des romans pour la jeunesse. Sa mère et ses amis ont toujours refusé de prendre cette « occupation » au sérieux, même si Cassidy se trouve au demeurant mieux rétribuée que ses anciennes copines de collège, toutes devenues ce qu'il convient d'appeler des « cadres bancaires à fort potentiel ». Chaque fois que Cassie prend un verre avec l'une d'entre elles, elle s'entend rituellement demander si elle va enfin se décider à exercer un vrai métier. Cassie a beau faire valoir qu'elle gagne deux fois ce que gagne Sonia Striggweiler en tant qu'analyste chez *Wegner & Wegner's Savings*, rien n'y fait. On s'obstine à la considérer comme une adolescente qui essaye de se faire un peu d'argent de poche en travaillant pendant ses vacances à la quincaillerie familiale. Ça finit par devenir agaçant.

Peut-être cet *a priori* tient-il à l'aspect « enfantin » de ses écrits ? Si elle rédigeait des manuels pour perdre trente kilos en un mois ou multiplier ses orgasmes par six, sans doute la prendrait-on davantage au sérieux.

Pour l'heure, elle roule en essayant de ne penser à rien. Sur le bord de la route, des ânes sauvages lèvent la tête pour la regarder passer. Ce sont les lointains descendants des ânes abandonnés dans le désert par les pionniers de la Ruée vers l'or. Des survivants, entêtés, qu'il ne faut pas espérer approcher. Pour le malheur de leurs maîtres, il n'y avait pas d'or dans la Death Valley, juste du borax. Les hommes sont morts, victimes de leurs mirages, les ânes, eux, ont survécu, se contentant des plantes qui poussent à l'ombre des rochers. Il y a une leçon à tirer de ça. Une leçon que Woody et Nathan auraient dû méditer.

À plusieurs reprises, Cassidy tombe sur des embranchements flanqués de panneaux proclamant : *À éviter si votre véhicule n'est pas équipé de quatre roues motrices.*

Tout semble piégé. Il y a dix minutes, elle a vu une autre pancarte ; on y attirait l'attention des promeneurs sur le fait que les crotales s'enfouissent dans le sable pour échapper à la chaleur.

Elle consulte la carte étalée sur le siège du passager. Plume Rouge y a tracé, au feutre bleu, la route à suivre pour gagner la maison louée par Nathan.

En réalité, c'est Woody qui l'a louée le premier. Nath n'a fait que reprendre le bail. Et tous deux ont disparu, à six mois d'intervalle, sans qu'on sache pourquoi.

« Est-ce qu'il va m'arriver la même chose ? » se demande Cassie. Retrouvera-t-on sa Honda Civic laminée sur le bord de la piste, comme cela s'est passé pour les deux hommes ? Alors on commencera à murmurer que la baraque est maudite, et plus personne ne voudra y habiter.

Elle se dit qu'elle n'est pas de taille et qu'elle devrait faire demi-tour. À quoi est-elle bonne, en réalité, dès qu'il ne s'agit plus d'inventer des histoires de fées et de lutins ? Elle n'est qu'une rêveuse professionnelle, coincée dans la vie quotidienne comme dans un vêtement trop étroit. Nath le lui a souvent reproché.

Si elle voulait se montrer sincère avec elle-même, elle s'avouerait qu'elle ne s'est jamais bien entendue avec son frère aîné… et qu'elle était sur le point de rompre avec son petit ami. Malgré cela, elle se lance aujourd'hui à leur recherche, comme si sa vie en dépendait.

Sa vie en dépend-elle ? Pourrait-elle tirer un trait sur ces deux disparitions ? Elle n'en sait rien. Elle ne veut pas s'interroger plus avant sur ses motivations profondes.

Peut-être se lance-t-elle tout simplement dans une aventure qui la dépasse parce qu'elle en a assez d'être considérée par son entourage comme une adolescente attardée qui, proche de la trentaine, se complaît dans un univers de petite fille ?

Oui, c'est peut-être ça… ou le contraire. Ou autre

chose encore, qu'elle cerne mal. De toute manière, elle n'a jamais été douée pour l'introspection. Autant arrêter de se prendre la tête.

Sur cette piste interminable, prise en sandwich entre le vide et l'immensité, elle regrette le bureau minuscule où elle écrit, stores baissés, éclairée par la seule lumière de son ordinateur portable. Une pièce-cube, feutrée, un cagibi tapissé de livres dépenaillés et d'objets porte-bonheur : cailloux, médailles, têtes de poupées en porcelaine fissurées, sauterelles séchées, boîtes d'allumettes remplies d'araignées tombées en poussière depuis longtemps, poissons sans yeux flottant dans le formol, souvenirs absurdes glanés ici et là et qui n'ont de signification qu'à ses yeux. « On dirait l'antre d'une sorcière, s'est un jour exclamée une journaliste de la presse féminine. Vous vous adonnez au *wicca*[1] ? »

Soudain, au détour d'un amoncellement rocheux, la maison apparaît. Cassie fronce les sourcils. Elle s'était attendue à une baraque de chercheur d'or, un de ces trous à rats qui plaisent aux garçons ; au lieu de cela, elle découvre un fortin à la palissade édentée. Un Fort Alamo miniature, assez spacieux pour loger une centaine de scouts ! Décontenancée, elle ralentit. Tout autour se dressent des cactus candélabres, immenses, tortueux. À contre-jour, on dirait des totems ou des géants pétrifiés, les bras levés en signe de reddition.

Cassie engage la voiture au ralenti sous le portique de rondins. Le bois est blanc, poncé par le vent de sable.

1. Mouvement très en vogue aux États-Unis qui mêle féminisme, naturalisme et sorcellerie.

Des buissons de genévrier déracinés s'entassent dans la cour, tels des squelettes d'oursin. Elle est étonnée par l'accumulation de débris mécaniques encombrant les abords de la maison. Des moteurs, des roues, des jantes, des pneus à moitié fondus… Un fatras qui serait davantage à sa place dans un garage ! Il y a des engins de levage, des treuils, une montagne de fûts de carburant et de bidons d'huile, tout cela diffusant des relents de raffinerie.

Cassie zigzague au milieu du dépotoir en essayant de ne pas se tacher. Il y a du cambouis partout, à croire qu'on a voulu installer une station-service près du désert. La maison était-elle dans cet état quand Woody en a pris possession ?

Elle grimpe les marches menant à la véranda et fouille dans son sac à la recherche de la grosse clef récupérée à l'agence. Le battant est solide, la serrure impressionnante. Des volets cadenassés obturent les rares fenêtres. Cassidy peine pour déverrouiller la porte ; la serrure est pleine de sable. Les charnières pivotent sans grincer. Une flaque d'huile, sur le plancher, montre qu'on les a graissées récemment. Quand ses yeux se sont enfin accoutumés à la pénombre, elle découvre une vaste salle meublée dans le style Santa Fé. Fauteuils en branchage non écorcé, table et bancs taillés à la hache. Un décor mi-indien, mi-espagnol. Elle se fait l'effet d'avoir été projetée dans un vieil épisode de *Zorro.* Ça sent le fauve. Coyote ou garçon mal lavé ? Difficile de préciser.

Comme dans la cour, il règne dans la salle un désordre effroyable. Beaucoup de boîtes de conserve vides. Du chili, principalement, mais aussi des saucisses aux haricots. Les couverts et les assiettes sales portent des traces de cambouis, en fait les empreintes digitales de Woody et de Nathan. Tout cela évoque la fièvre, la précipitation… et une certaine forme de débâcle mentale.

Cassie actionne un interrupteur. Une lumière palpitante grésille au plafond. On l'a prévenue : le courant est fourni par une éolienne et des panneaux solaires ; elle ne doit pas s'attendre à des miracles.

Fiche le camp ! lui souffle la voix de la raison. *Ne reste pas là ou tu disparaîtras, toi aussi. Quelque chose, une nuit, sortira du désert pour venir te prendre. Pars, pars tout de suite !*

Contrairement à ce qu'imaginent ses amis, elle n'est guère impressionnable. Ce n'est pas parce qu'on écrit des contes de fées qu'on croit aux loups-garous ! Pourtant, en ce moment, elle éprouve une peur indéfinissable… ou plutôt un sentiment de répulsion, comme si la maison la rejetait. Elle a l'impression qu'un grand carnassier lui souffle au visage une haleine parfumée à la viande pourrie.

« Ça suffit ! se dit-elle, arrête de faire la fille ! Ce n'est qu'une baraque déserte. Sale. Bourrée d'immondices. Trois jours de ménage en perspective. »

Mais est-ce aussi simple ?

Les étagères de la bibliothèque sont encombrées de manuels de mécanique automobile. Du chinois pour elle. Elle remarque également une masse de documents consacrés à la composition chimique des carburants et des gaz NOS. Tous ces ouvrages ont été furieusement annotés par Woody et Nathan, elle identifie sans mal leurs deux écritures.

De la part de son frère, cela n'a rien d'étonnant ; en revanche, c'est incompréhensible en ce qui concerne

Nath, un garçon qui rêvait de dessiner la planche de surf idéale et ne s'épanouissait qu'une fois les pieds dans l'eau. Dieu sait si son catéchisme du surfeur connecté à la Grande Vibration de la Nature l'a souvent agacée ! Elle l'accusait d'en rajouter, de jouer les Krishna de l'océan ; il répliquait qu'elle n'y comprenait rien, qu'il s'agissait d'une ascèse mentale, bla-bla-bla…

Elle se ressaisit et décide de visiter les autres pièces. Elles se succèdent en enfilade, comme pour abriter les soldats d'une escouade confinée à la lisière du désert. Partout le même chaos. Vêtements jetés au hasard, gobelets de café abandonnés. Les étoffes empestent la graisse et l'essence. Deux lits, souillés de cambouis eux aussi, à croire que les garçons s'y effondraient sans avoir pris la peine de se laver, au terme d'une journée harassante passée à…

À quoi, au fait ?

À force de déambuler, elle se heurte à des portes verrouillées. Des portes dont les battants ont été renforcés avec des plaques de métal. Elle a beau les secouer, rien n'y fait. Des chambres fortes ? Abritant quel secret ?

Elle sort du bâtiment pour en faire le tour. Dès qu'elle est dehors elle se sent mieux. À l'arrière, elle découvre un hangar dont le vantail est, lui aussi, cadenassé. Elle colle son œil contre la paroi, essayant de distinguer l'intérieur par une fissure, mais elle ne discerne que des masses sombres. Un troupeau de bisons au repos ?

Tout cela lui déplaît. Elle comprend surtout que la police a bâclé l'enquête et s'est épargné la peine d'une perquisition.

Quelque chose lui frôle la cheville, elle sursaute… Ce n'est qu'un buisson de genévrier poussé par une bourrasque. Elle s'en écarte comme s'il allait la mordre.

Cassie a conscience de céder à des terreurs de fillette, hélas, le lieu s'y prête. Elle se demande si elle va être capable de vivre ici, loin de tout, en femme de pionnier dont le mari a été avalé par le désert. La solitude de la réserve a quelque chose d'inhumain. Tout est trop grand, trop… *rien*. C'est ce *rien* qui écrase, qui suffoque.

Être enfermée dans une boîte ou perdue au milieu des sables, songe Cassie, *au final, c'est la même chose.*

Elle se voit très bien, dans une semaine, parlant aux ânes pour ne pas devenir folle.

Il y a des traces de roues qui sortent du hangar, imprimées dans le sol comme si on n'avait cessé d'aller et venir. Cassidy les suit. Elles mènent de l'autre côté de la palissade encerclant la maison. Elles ont fini par creuser deux sillons parallèles dans la terre rouge. La jeune femme marche plus vite car elle vient d'apercevoir une masse sombre entre les dunes. Dix minutes plus tard, elle s'immobilise devant la carcasse hideuse d'une voiture qu'il est impossible d'identifier. Ça ne ressemble à aucun véhicule connu, c'est fait de bric et de broc. Le moteur, énorme, écrase l'habitacle du pilote. Ça tient de l'insecte et du pachyderme, du rhinocéros et de la sauterelle géante. C'est carbonisé, fondu, liquéfié. Le métal a coulé tel du caramel ou du chocolat. Une explosion terrible a éventré le réservoir. En dépit du vent, ça pue comme l'enfer.

Cassie s'en éloigne avec dégoût. Elle a l'impression de contempler une charogne. Le siège du conducteur a l'apparence d'une guimauve noircie. Elle se rappelle que Woody était fou des dragsters et qu'il avait remporté plusieurs courses dans la catégorie Super Street Bike, cela dès son adolescence.

Il aurait pu fabriquer un tel engin, songe-t-elle. *Déjà, tout gosse, il ne pouvait voir une tondeuse à gazon sans essayer de la transformer en formule 1 !*

Bien qu'elle n'y connaisse pas grand-chose, elle repère sur le bloc moteur des circuits supplémentaires destinés à injecter dans l'admission un gaz capable d'augmenter de 70 % la vitesse du véhicule. Les gicleurs, situés à l'entrée de chaque injecteur, ont fondu.

Woody est-il venu ici dans le seul but d'expérimenter un bolide de son invention ? L'explication est plausible, pourtant Cassie n'y croit guère. Elle connaît assez bien son frère pour savoir qu'il se serait longuement vanté de son projet. Woody était du genre à vendre trois fois la peau de l'ours avant même d'entrer dans la forêt. Ce qui s'avérait, à la longue, plutôt pénible.

Cassie réalise soudain que la luminosité décroît. Elle n'a aucune envie de se laisser surprendre par l'obscurité. Elle revient sur ses pas et entreprend de décharger la voiture en jetant de fréquents coups d'œil par-dessus son épaule. Bien que l'endroit soit désert, elle ne peut se défaire du sentiment d'être observée.

Vite, elle transporte dans la maison les trois cartons remplis au drugstore de la réserve. Des conserves, du café soluble, du lait concentré, du pain de longue conservation, de la soupe en sachet, des œufs en poudre et du fromage en bombe. Elle sait qu'elle est capable de se nourrir cinq jours d'affilée de biscuits salés tartinés de cheddar, c'est sa force, son arme secrète. Elle mange peu. Elle n'a qu'une exigence : du café en abondance, additionné de lait concentré sucré. C'est ainsi qu'elle a écrit la plupart de ses livres, sans sortir de chez elle de tout un mois, se nourrissant de crackers au fromage, de vieux bacon et de caféine.

Au moment où elle s'apprête à fermer la porte de la maison, elle a la désagréable surprise de voir qu'un vautour à tête rouge s'est perché sur la palissade et l'observe. Elle s'empresse de pousser les loquets. Le battant est solide ; de ce côté-là, elle ne nourrit aucune inquiétude. Elle va de pièce en pièce vérifier les fenêtres. La maison a la solidité d'un fortin. Les ouvertures y sont réduites au minimum, comme dans toute maison de pionnier qui se respecte, juste assez larges pour laisser entrer l'air et la lumière… mais pas les flèches de l'ennemi.

La lumière continue de vaciller, il faudra s'y habituer. Considérant le capharnaüm qui l'entoure, Cassie essaye de ne pas céder au découragement. À l'agence, on lui a assuré qu'elle ne manquerait pas d'eau potable, aussi va-t-elle dans la cuisine ouvrir le robinet. Un filet rougeâtre s'écoule, puis des coups sourds retentissent ; enfin le liquide jaillit, de plus en plus clair. Elle ne mourra pas de soif. C'est déjà ça.

Désorientée, elle se laisse choir entre les accoudoirs d'un fauteuil en bois. Demain, en s'éveillant, elle commencera à dépouiller les papiers laissés par Woody et Nathan. Elle ne laissera rien au hasard, feuillettera chaque livre, chaque revue à la recherche d'un indice. Il y a *forcément* quelque chose quelque part, elle en est certaine. Et puis il faudra trouver le moyen de forcer les portes verrouillées. Les crocheter, les défoncer… elle ne sait au juste.

Elle n'aime pas beaucoup l'idée de s'endormir à côté de ces chambres closes dont elle ignore le contenu. Et si les portes s'ouvraient pendant qu'elle dort ? Si quelque chose en sortait… quelque chose ou quelqu'un ?…

La jeune femme frissonne. Ce ne sont pas là des idées qu'il convient de ressasser lorsqu'on se retrouve seule dans le désert. Elle se lève pour s'approcher des fameuses portes et, se traitant d'idiote, colle son oreille contre chaque battant, afin de surprendre un bruit… une respiration ? Elle s'imagine qu'un inconnu fait la même chose, à la même seconde, de l'autre côté du panneau de bois. Elle se retient de crier : « Il y a quelqu'un ? Je vous préviens que je suis armée ! » C'est ce qu'on dit, bien sûr, quand on ne l'est pas.

D'ordinaire, elle n'est pas peureuse, mais là, ce soir, à l'approche de la nuit, son courage s'émiette. Mécontente, elle cogne du poing sur le battant… et se fait mal, parce qu'une plaque d'acier a été boulonnée sur toute la hauteur de la porte. Des blindages à l'intérieur d'une maison, ça rime à quoi ? Elle n'a vu ça qu'une fois, chez un diamantaire de New York.

Cassie fait un effort pour juguler son angoisse. Ce soir, elle est trop fatiguée pour entamer le grand nettoyage de la porcherie. Elle regagne donc la salle et s'installe dans l'un des fauteuils. Dans son sac de voyage, elle récupère au passage une flasque de rhum jamaïcain réservée aux moments de détresse.

Elle en avale une gorgée, puis deux, puis trois… Les visages de Woody et de Nathan dansent dans son esprit.

*

Woody est de quatre ans son aîné, il prétend se souvenir de leur père, Erich Krantz, dont Cassie ne conserve, elle, aucune image. Il est prodigue en anecdotes et commence souvent ses discours par des phrases du type : « Comme Papa disait… » ou « Je me souviens encore du jour où le vieux… ». S'ensuit alors un récit abracadabrant que Cassidy suppose inventé de toutes pièces. Mais, en agissant ainsi, Woody a fini par instiller dans l'esprit de sa sœur l'idée qu'il est davantage l'enfant de ses parents qu'elle ne l'est elle-même. Privée de la mémoire du père, Cassie se sent une fille au rabais, une étrangère enkystée dans une famille d'accueil.

Leur mère, Gaby, a jadis été une très belle femme. Un temps, un agent hollywoodien a même tenté de l'entraîner sur les planches, mais la dépravation du milieu artistique l'a rebutée, et elle s'est contentée d'exercer la profession de *cover girl* jusqu'à sa rencontre avec Erich Krantz. Hellwood (Woody) a toujours été son préféré. Cette passion s'est renforcée après la mort brutale de son mari, du fait de la ressemblance du gosse avec son père. Au fil des années, cet amour maternel a fini par prendre un tour incestueux ; c'est du moins l'avis de Cassidy. Celle-ci a toujours éprouvé une gêne intolérable en voyant sa mère se frotter à Woody sous des prétextes divers et variés : une cravate à nouer, une coiffure à rectifier, un bouton à recoudre… Chaque fois, les mains de Gaby deviennent fureteuses, alanguies, prolongent le contact. Cassidy déteste cela. Il lui est arrivé de se demander quelles étaient réellement leurs relations. Elle trimballe dans sa tête un lot d'images ambiguës qu'elle souhaiterait pouvoir gommer en appuyant sur un petit bouton : *Gaby dans le jardin passant de l'huile solaire sur le torse de son fils. Ses doigts suivent le contour des muscles, descendent jusqu'à la lisière du slip. Gaby a les joues rouges, le souffle court, sûrement parce qu'il fait chaud, n'est-ce pas ?*

Cassidy se souvient en avoir discuté un soir avec Mitch Babylonios, son prof d'écriture, quelque temps avant qu'ils ne deviennent amants, comme cela finit toujours par arriver entre le maître et « la meilleure étudiante de la classe » !

Mitch a haussé les épaules.

« C'est courant entre mère et fils, a-t-il grommelé. Tous les garçons connaissent des moments glauques de ce genre. Dans ta famille, le phénomène se trouve renforcé par le fait que ton frère ressemble comme deux gouttes d'eau à ton père, et que ta mère est en manque depuis pas mal d'années. Elle fait un transfert et se paye de temps à autre un petit fantasme. De plus, elle a eu vingt ans dans les *seventies*, la grande époque du délire sexuel… Qui sait si elle n'a pas pris l'habitude des transgressions ? Il se passait des trucs dingues en ce temps-là ! J'étais gamin, mais je me rappelle encore les partouzes démentes que les rockers organisaient dans Laurel Canyon [1]. »

Cassidy n'aime pas penser à sa mère en ces termes ; il n'empêche que Gaby a toujours aimé jouer les séductrices et exercer son pouvoir sur les sujets les plus variés : pasteur, facteur, laitier, plombier…

« Elle ne couche pas avec eux, lui a un jour expliqué hargneusement Woody. C'est juste un moyen de se rassu-

1. Vallée des collines d'Hollywood, principalement habitée par les gens du show-biz.

rer, de vérifier dans leurs yeux qu'elle est toujours belle. Moi, je trouve ça attendrissant. »

Quoi qu'il en soit, Hellwood a toujours été le préféré. Au sein de la famille Krantz, Cassie a souvent eu l'illusion d'être la fille invisible des *Quatre Fantastiques*[1]. Il est vrai qu'il suffit de regarder les photos d'Erich pour vérifier à quel point la ressemblance entre le père et le fils est hallucinante, ressemblance qui se trouve renforcée par la passion de Woody pour la mécanique automobile.

« Ton père était pareil, se plaît à répéter Gaby. Toujours fourré dans son atelier. C'était un inventeur hors pair. S'il avait vécu, il aurait fini par concevoir quelque chose de grandiose. Hélas, le temps lui a manqué. Il n'en était encore qu'aux balbutiements de son œuvre quand la crise cardiaque l'a fauché. »

À cet instant du récit, Woody ne manque jamais de lancer :

« Tu te rappelles la voiture sans conducteur qui fonctionnait à l'énergie solaire ? Elle se mettait en marche toute seule et sortait du garage pour rouler au hasard, droit devant elle.

— C'est vrai ! s'esclaffe Gaby. Ton père l'avait équipée d'un détecteur d'obstacles, si bien qu'elle bifurquait à droite ou à gauche dès qu'un truc se dressait en travers de son chemin.

— Un jour elle s'est enfuie sans qu'on s'en rende compte, elle s'est baladée dans le canyon. Comme il n'y avait personne au volant, les gens croyaient voir passer une voiture fantôme ! La crise !

---

1. Célèbre bande dessinée des années 1960, dans laquelle une jeune femme douée du pouvoir d'invisibilité contrôle mal son don et disparaît contre sa volonté.

— Erich l'avait peinte en rouge, et avec tous ces appareils entassés à l'arrière, elle avait un aspect démoniaque. Les voisins ont prévenu la police de la route. Ça nous a créé pas mal de problèmes. »

Puis Gaby marque une pause, avant de soupirer :

« Cette voiture sans chauffeur, je ne sais pas ce qu'elle est devenue…

— Elle s'est enfuie, répond Woody, une fois de trop ; on ne l'a jamais retrouvée. Sans doute qu'elle est tombée dans un ravin. »

Lorsqu'ils évoquent des anecdotes de ce genre, la mère et le fils semblent coupés de la réalité, isolés dans leur petit monde secret. Jamais, par exemple, ils ne jettent le moindre coup d'œil à Cassie pour la prendre à témoin des fabuleuses réalisations d'Erich Krantz ; non, ils se comportent comme s'il n'y avait qu'eux dans la pièce… comme si Cassidy, une fois de plus, était devenue invisible.

Un temps, cédant au plaisir douteux de la paranoïa, Cassie a même soupçonné sa mère et son frère d'inventer ces anecdotes dans le seul but de l'exclure du cercle familial !

« Là, tu vires barjo, lui a déclaré Mitch Babylonios, faut te secouer, poulette ! La famille, c'est pas si important qu'on le prétend. Regarde ce qui se passe dans la nature : les animaux s'empressent d'aller perdre leurs petits dans les bois dès qu'ils sont en âge de se procurer leur nourriture tout seuls. Au Moyen Âge, les mômes devaient apprendre dès six ans à se débrouiller par eux-mêmes s'ils voulaient croûter. C'était fréquent qu'une famille se débarrasse de ses gosses en les plaçant très jeunes chez quelqu'un d'autre… Et chez les riches, les dames collaient leurs marmots dans les bras d'une gouvernante et se dépêchaient d'oublier leur existence. L'amour maternel, c'est un concept d'invention récente. »

Mitch était capable de monologuer de la sorte des heures durant, principalement lorsqu'il était vautré en caleçon devant son ordinateur, en panne d'inspiration, un joint planté au coin des lèvres, les joues envahies par les piquants d'une barbe de plus en plus grise.

*

Cassidy s'ébroue, elle ne sait pas vraiment pourquoi elle ressasse ces choses, sinon peut-être pour se convaincre qu'elle ne doit rien à Woody et qu'elle ferait aussi bien de plier bagage avant que les créatures qui vivent derrière les portes verrouillées ne sortent de leur tanière pour s'occuper d'elle.

Le rhum lui plombe la tête. Ce n'est pas désagréable. Elle se cale le plus confortablement possible au fond du fauteuil et ferme les yeux.

Le ronronnement du moteur la fait sursauter alors qu'elle glisse sur la pente du sommeil. Ça tourne autour de la maison, ça s'éloigne et ça revient… Une drôle de petite pétarade, agaçante, comme pourrait en produire un énorme moustique de fer.

Cassie se lève. Le rhum lui fait les jambes molles. Elle titube en direction de la porte, se ravise… Non, mieux vaut jeter un coup d'œil par l'une des fenêtres ; simple question de prudence. Hélas, les volets sont fermés, cadenassés, et elle ignore où se cache la clef qui permettrait de les ouvrir. Elle retourne à la porte en maudissant la curiosité qui lui fait tirer le loquet. C'est stupide. Pourquoi agit-elle ainsi ? Ses mains ne lui obéissent plus. Ça y est, la porte est ouverte, elle s'entrebâille sur l'immensité du désert et de la nuit. La lune est pleine, énorme, argentée. Elle évoque pour Cassie un plat à barbe géant, bosselé, entraperçu un jour dans la vitrine d'un antiquaire.

La jeune femme s'avance sur la véranda. La sensation de danger s'accroît. Le bourdonnement se rapproche, et soudain la voiture surgit d'entre les cactus candélabres, rouge, luisante, comme vernissée de sang frais. (*Quelle comparaison imbécile* ! songe Cassie sans parvenir toutefois à s'en amuser.)

Le véhicule a une forme bizarre. Le conducteur s'engage sous le portique et manœuvre pour passer devant la maison. Il y a trois personnes à bord. Le conducteur c'est Erich Krantz, le père de Cassie. Il ne dit rien ; au vrai, il ne semble pas la voir ; il n'agirait pas autrement si elle était invisible. À l'arrière s'entassent Woody et Nathan. Woody n'a plus qu'une moitié de visage, mais ce qui subsiste lui suffit pour se fabriquer un sourire détestable, il est brûlé sur tout le corps. Nathan a la cage thoracique enfoncée par la colonne de direction, dont un tronçon est resté fiché dans son torse. Sa figure est criblée d'éclats de pare-brise qui scintillent tels des diamants dans la lumière lunaire. Il se penche à la portière pour agiter la main en direction de Cassie. Il lui manque trois doigts.

« Hé ! lance-t-il, c'est nous ! On est venus te chercher... Grimpe donc, il y a encore de la place.

— À côté de papa, complète Woody, mais tu n'auras pas le droit de lui adresser la parole. Il a pour principe de ne pas parler aux inconnues.

— Viens, insiste Nathan. Tu verras, c'est super. On va se marrer ! »

Cassidy recule. Elle a très froid.

« Mais vous êtes morts ! proteste-t-elle.

— Ouais, fait Woody, et alors ? Si y a que ça qui te gêne, ça peut s'arranger. »

Le plancher craque derrière la jeune femme. Elle sent quelque chose lui frôler la gorge et a juste le temps de comprendre que les créatures qui vivent derrière les portes blindées viennent de sortir de leur cachette. Tout de suite après, la lame du couteau lui tranche la carotide.

À ce moment, Cassie s'éveille en sursaut, le visage trempé de sueur. Elle sait d'emblée qu'elle ne pourra pas se rendormir avant le lever du soleil.

3

La jeune femme a fini par s'endormir au milieu d'une brassée de papiers couverts de calculs incompréhensibles qui parlent de dosages gazeux NOS, de soupapes, d'injection. Parfois, l'écriture de Nathan s'est superposée à celle de Woody, comme s'il avait voulu reprendre les travaux de son prédécesseur. Il y a des masses de croquis et des plans. Bien que béotienne en ce domaine, Cassidy a deviné qu'il s'agit d'un moteur, un moteur idéal, surpuissant que les deux garçons ont, chacun à leur tour, tenté de mettre au point.

Une voix résonne dans la cour, la tirant du sommeil.

« Il y a quelqu'un ? Je m'appelle Dean Goosman. Je suis naturaliste au Visitor Center… Je viens en paix. Plume Rouge vous a peut-être parlé de moi ? »

Cassie s'ébroue. Plume Rouge lui a effectivement dit quelque chose à propos du Visitor Center, un forum culturel animé par des universitaires qui expliquent la vie de la réserve aux touristes.

C'est bien ma veine ! songe-t-elle, *je dois empester le rhum et la sueur. La puanteur de cette baraque a probablement imprégné tous mes vêtements.*

Comme elle ne peut pas faire la sourde oreille, elle se recoiffe avec ses doigts et déverrouille la porte. L'éblouissement lui pique deux aiguilles au fond des pupilles. Elle distingue un homme grand et maigre sous le portique. Vêtu de toile de jean de la tête aux pieds, l'air d'un cowboy vieillissant. Belle gueule, musculature sèche, nerveuse, les veines du cou visibles, les pommettes saillantes. Les cheveux gris, longs sont noués en catogan avec un lacet de cuir. Une sorte de Clint Eastwood, l'agressivité en moins. Assez séduisant quand on aime le genre universitaire déguisé en *Marlboro man*.

Il s'avance. Cassie s'applique à sourire. L'homme parle d'abondance et lui offre un sac de galettes croustillantes cuisinées par les Indiennes de la réserve.

« Quand Plume Rouge m'a dit votre nom, j'ai fait un bond ! explique-t-il. Je suis un de vos lecteurs, j'ai passé des centaines de nuits à lire vos histoires à mes filles. Elles en étaient folles. Vous êtes une vraie déesse pour les gosses de onze ans ! »

Cassidy sourit, confuse, propose de faire du café. Elle l'invite à entrer et s'excuse de l'état des lieux. En fait, elle est heureuse de cette intrusion qui la libère de l'angoisse qui l'assaille depuis son arrivée.

Dean Goosman s'installe sans prêter attention au désordre.

« Ne vous tracassez pas, dit-il. Je suis déjà venu dans cette baraque. Les deux gars qui vivaient là n'étaient pas des enfants de chœur. »

Cassie s'immobilise, la bouilloire à la main.

Nous y voilà, pense-t-elle. *Je vais enfin savoir qui étaient réellement Woody et Nathan.*

Elle se tourne vers Dean et déclare qu'elle croit utile de lui faire connaître les liens qui l'unissent aux deux disparus.

« Je sais, fait-il sans se démonter. Plume Rouge m'en a parlé. C'est un peu pour ça que je suis venu. Il se passe de drôles de trucs dans le coin depuis quelque temps. Tous ceux qui louent cette baraque finissent par devenir fous. Je ne voudrais pas que ça vous arrive.

— Et à quoi attribuez-vous cette épidémie de démence ? »

Dean Goosman agite les mains, l'air embêté. Il essaye de sourire mais il y a de l'angoisse dans ses yeux.

« Peu de temps après leur installation, je suis venu prévenir ces deux gars, indique-t-il, mais il était trop tard. La fièvre les avait déjà pris. Ils ne voulaient rien entendre. Ils m'ont chassé. Le deuxième m'a même tiré dessus.

— Nathan ? s'étrangle Cassidy. Mais c'est un pacifiste né !

— Quand il m'a mis en joue, je peux vous assurer qu'il n'avait plus rien de pacifique. En deux semaines, il avait maigri de dix kilos. Il tremblait comme au plus fort d'une crise de palu. »

Cassie verse le café soluble dans les tasses. Par chance, l'eau n'est pas trop rouge ce matin.

« Certains pensent que la faute en revient à l'autoroute zéro, murmure Dean. C'est une légende urbaine, bien sûr.

— L'autoroute zéro ?

— Oui, une espèce de Roswell local, si vous voyez le genre. Derrière ces collines, il y a une ancienne piste d'atterrissage de l'armée de l'air. Le Strategic Air Command, pour être précis. Vous êtes trop jeune pour en avoir entendu parler, c'était un truc qui nous électrisait, mes copains et moi, quand nous avions douze ans. On était alors en pleine paranoïa communiste. Fidel Castro, les missiles de Cuba, Monsieur K… tout ça. On s'attendait à être bombardés d'une minute à l'autre. Les parents aménageaient même des abris antiaériens dans les caves… Le gouvernement a décidé d'installer au cœur du désert une escadrille de bombardiers capables de traverser l'océan pour pilonner Moscou. Avec des bombes atomiques, bien sûr. C'était L'Enola Gay puissance dix. Des pilotes aux couilles d'acier, sachant qu'ils disposeraient tout juste d'assez de carburant pour atteindre leur cible. Des kamikazes américains. Et puis les années ont passé, le plan est devenu obsolète. L'armée a fichu le camp, mais les installations sont restées en place, la piste, notamment. Interminable, plusieurs kilomètres de long. Le sable n'a pas réussi à la recouvrir. On dit que c'est parce qu'elle est encore utilisée.

— Par qui ?

— Les extraterrestres, bien sûr. Ils y poseraient leurs vaisseaux, la nuit, lorsqu'il leur prend l'envie de nous rendre visite. »

Cassie remarque que Dean dit cela sans ricaner. Elle en est troublée.

« L'autoroute zéro est célèbre, reprend-il. Elle attire les curieux, les malades mentaux. Ils débarquent avec armes et bagages dans l'espoir de photographier l'arrivée d'une soucoupe volante. Ils campent dans le désert, au mépris de la plus élémentaire prudence. Certains meurent d'insolation, de soif, ou se font mordre par les crotales. Mais il y a aussi ceux qui disparaissent sans laisser de traces.

— Est-ce que mon frère et mon petit ami fréquentaient cet endroit ?

— Oui. Je les ai vus là-bas. Chaque fois, ils pilotaient un engin monstrueux, une espèce de char d'assaut en réduction capable d'atteindre une vitesse phénoménale. Pour s'arrêter, il leur fallait larguer un parachute. »

Cassidy pense à la carcasse carbonisée découverte derrière la maison.

« J'ai eu l'impression qu'ils n'étaient jamais satisfaits, ajoute Dean. Qu'ils voulaient battre je ne sais quel record.

— Je voudrais voir cette piste, coupe la jeune femme. Pouvez-vous m'y emmener ?

— Bien sûr. C'est à côté. Prenez de quoi boire, il fait très chaud là-bas, à cause de la réverbération. Et n'oubliez pas vos lunettes de soleil. »

Ils sortent. Dean la guide jusqu'à sa jeep, à l'aise dans cette atmosphère de fournaise. Les quatre roues motrices du véhicule triomphent sans mal des aspérités du terrain.

« Ça n'a pas l'air de vous amuser, ces histoires de Martiens, lance Cassidy au bout d'un moment. Vous y croyez ?

— Je ne sais pas, avoue l'homme aux cheveux gris. Franchement, je n'en sais rien. Je ne crois pas aux soucoupes volantes, si vous voulez tout savoir, mais… il y a autre chose… De nombreuses légendes indiennes font allusion à cette piste ; elles parlent de voyageurs invisibles filant plus vite que le vent, d'hommes-bourrasques, de créatures chevauchant la tempête… Les Indiens utilisent des périphrases obscures pour désigner « ce qui vient avec le vent ». J'ai étudié ces contes sans y comprendre grand-chose. Quand on interroge les chamans, ils se dérobent. Mais une chose est sûre, pour eux ce lieux est visité…

— Par qui ?

— Ça, ils ne le disent pas. »

Dean et Cassie se taisent alors car ils arrivent en vue d'un interminable ruban de béton lézardé qui court jusqu'à la ligne d'horizon. C'est une piste gigantesque, striée de crevasses où sont enracinés des bouquets de genévriers. L'endroit est grandiose. On distingue, çà et là, les ruines de hangars affaissés, le moignon d'une tour de contrôle.

« Quand les militaires ont levé le camp, explique Dean, ils ont tout démonté. Ils ont également coulé des tonnes de béton dans les installations souterraines pour les rendre inutilisables. En réalité, le sol, sous nos pieds, était truffé de galeries. Une véritable ville enfouie dans le sable. Des bureaux, des ateliers, des silos à munitions. Si l'on forait un trou à la verticale, on finirait par déboucher quelque part dans cette nécropole enterrée. Ça doit valoir le coup d'œil : c'est comme si on avait inhumé un morceau des années soixante, avec ses peurs, ses obsessions. Un monde simple, tout en blanc et rouge. L'Amérique d'un côté, les cocos de l'autre. »

Il soupire.

Cassie descend de la jeep pour poser le pied sur la piste. Elle se sent toute petite. Des graffitis anciens s'étalent sur le béton. L'érosion les a en partie effacés. Elle déchiffre des slogans naïfs : *Nous vous aimons ! Montrez-vous ! Je sais que vous êtes là ! Emmenez-moi sur Mars, je sais faire la cuisine !*

Sans plus s'occuper de Dean Goosman, elle avance droit devant, de plus en plus vite, comme si elle allait se mettre à courir. À certains endroits, le sol laisse voir des empreintes, profondes.

Des roues énormes, pense la jeune femme. *Des roues qui seraient entrées si violemment en contact avec le béton qu'elles l'auraient enfoncé.*

Elle a l'illusion de contempler les traces d'un mastodonte préhistorique.

Des roues de bombardier ? Non, ça paraît trop grand. En fait, c'est aussi large qu'une maison. Aucun avion ne possède un tel train d'atterrissage !

Dean l'a rejointe.

« Oh ! ça…, soupire-t-il. N'y prêtez pas attention. Ce sont de fausses empreintes creusées par des fanatiques qui voulaient à toute force convaincre le monde de l'existence des soucoupes volantes. Ils se sont donné un mal de chien. Vous en trouverez d'autres, plus loin. Des empreintes de pieds palmés, des hiéroglyphes fantaisistes, aussi. Tout ça est censé prouver le passage des extraterrestres en ces lieux. À une époque, il y avait des gargotes en bordure de piste. Ceux qui les tenaient gagnaient leur fric avec les touristes, alors ils arrangeaient la vérité. Avec un marteau piqueur, c'est facile. »

Pourquoi Cassie a-t-elle la conviction que Dean fait soudain machine arrière, comme s'il se reprochait d'avoir trop parlé ? Peut-être espérait-il lui faire peur, la pousser à plier bagage, au lieu de cela il réalise qu'il a obtenu l'effet inverse en piquant sa curiosité ?

« Et là-bas ? s'enquiert-elle en désignant un bâtiment lointain, c'est quoi ?

— Une casse, répond distraitement Goosman. Un

ferrailleur. Il récupère la tôle des hangars, les poutrelles, ce genre de trucs. Je le connais, c'est un Indien shoshone. Pas très convivial. Je vous déconseille de traîner sur son territoire. »

Il consulte sa montre, signifiant qu'il n'a pas que ça à faire.

« Je vous reconduis chez vous, annonce-t-il. On m'attend pour une conférence. Je vous donne ma carte, il y a mon numéro dessus. Ici les portables ne fonctionnent pas, mais vous pouvez appeler des bornes d'urgence qui jalonnent la route. Je serai heureux de discuter de vos livres. Mes filles les adoraient. Grâce à vous, j'ai pu me fabriquer de merveilleux souvenirs de lecture sous la couette. C'est loin tout ça… J'ai divorcé. Et puis mes filles sont grandes, à présent. »

Il sourit avec tristesse. Cassie demeure sur ses gardes. Et s'il s'agissait d'une comédie destinée à provoquer sa sympathie ?

Sur le chemin du retour, tous deux restent silencieux.

*

Une fois Goosman parti, Cassie rassemble son courage et part à l'assaut de la cuisine. Une heure durant, elle entasse les détritus dans des sacs-poubelle, nettoie, brique, désinfecte à grand renfort de Chlorex. S'agiter ainsi lui permet de juguler son angoisse. Elle tourne et retourne les informations que lui a communiquées le cow-boy aux cheveux gris. Elle ne sait qu'en penser. Une chose est sûre, elle ne se tiendra pas tranquille. Elle ne se résignera pas davantage.

La cuisine récurée, la jeune femme fait chauffer une

boîte de saucisses aux haricots pour reconstituer ses forces et avale coup sur coup trois tasses de café soluble. Manger la rassure. Elle a déjà décidé de retourner là-bas, sur l'autoroute zéro. C'est là, elle en a la conviction, que se situe le nœud du problème.

En prévision de la chaleur, elle remplit quatre bouteilles au robinet ; c'est la quantité conseillée par la direction du parc pour une randonnée de vingt-quatre heures. Elle se glisse au volant de la Honda Civic et met le contact, la climatisation poussée à fond. Il ne lui faut pas longtemps pour rejoindre la piste d'envol des bombardiers de l'Apocalypse. Il fait toujours aussi chaud. Après avoir posé une casquette de base-ball sur sa tête, Cassie quitte le véhicule. Le vent pousse un troupeau de genévriers sur le ciment fissuré. Elle marche au hasard. L'explication banale – rassurante – consisterait à admettre que Woody et Nath ont utilisé le tarmac pour tester une voiture de leur invention. Oui, ce serait le plus simple. Pourquoi n'y croit-elle pas, alors ?

Parce que Nathan ne se serait jamais passionné pour un moteur, se dit-elle. *Il n'aurait jamais fichu en l'air sa vie professionnelle pour une histoire de* dragster *ou de formule 1 customisée ! Non, s'il a choisi de couper les amarres avec la réalité, c'est que le jeu en valait la chandelle. Il a découvert ici quelque chose d'époustouflant.*

La jeune femme en est là de ses réflexions quand elle voit soudain remuer une forme sur sa droite, dans le sable. Il lui faut dix secondes pour comprendre qu'il s'agit d'un homme revêtu d'une tenue de camouflage adaptée au désert. À vingt mètres de distance, il se confond avec les rochers. S'il n'avait pas bougé, elle serait passée sans même soupçonner sa présence.

« Hé, vous ! » lance-t-elle.

L'homme se redresse. D'une saleté repoussante, barbu, la peau tannée par le soleil, on le prendrait pour un clochard sans la caméra numérique sophistiquée ballottant sur sa poitrine. Il lève les mains pour prouver ses bonnes intentions.

« N'ayez pas peur, fait-il, je ne vous veux aucun mal. Je vous connais, vous êtes la fiancée de Nath, n'est-ce pas ?

— Vous connaissez Nath ? bredouille la jeune femme.

— Oui, je le croisais souvent lorsqu'il venait essayer son bolide. Il gardait votre photo dans son portefeuille. Il me l'a souvent montrée… »

Cassie est surprise de constater qu'il s'agit d'un homme jeune, vingt-cinq ans environ. Il est blond, sa barbe et ses cheveux sont ceux d'un homme des cavernes.

« Qu'est-ce que vous fichez là ? demande-t-elle. Vous m'espionnez ?

— Non, je surveille la piste, c'est mon job. On ne peut jamais prévoir quand les phénomènes se manifestent. C'est indécelable à l'œil nu, seule une caméra peut les enregistrer. On s'en rend compte au ralenti, quand on visionne la bande image par image.

— De quoi parlez-vous ? s'impatiente Cassie. Des extraterrestres ?

— Il n'y a jamais eu d'extraterrestres ici, bougonne le garçon. Il ne faut pas écouter ce que raconte Dean Goosman, c'est un agent de la NSA[1]. On l'a posté là pour surveiller la piste. Il n'aime pas voir les civils s'en approcher. Il fera tout pour vous décourager. Il s'est

1. Services secrets.

donné beaucoup de mal pour contraindre Woody et Nathan à déguerpir, mais ils lui ont tenu tête.

— S'il n'y a pas de Martiens, insiste la jeune femme, de quoi s'agit-il alors ?

— C'est… *autre chose*, murmure le barbu en tenue camouflée. Woody et Nathan étaient sceptiques, eux aussi, puis ils ont dû se rendre à l'évidence. Oh ! je ne me suis pas présenté : on me surnomme Ziggy… Ziggy Starboy… »

Cassidy l'examine de plus près. Maigre, nerveux, les dents mal plantées, les ongles rongés jusqu'au sang. C'est donc ainsi que finissent les adolescents, au terme d'une enfance passée sur leur ordinateur, traquant sur le Web les potins les plus fantaisistes, et s'en nourrissant avec une incurable boulimie…

Encore un hoax kid[1] *!* songe-t-elle.

« Pas de panique, je ne ferai pas de grand discours pour vous convaincre, chuchote Ziggy. Woody et Nath étaient comme vous. Je me suis contenté de leur montrer certains trucs… ça les a aussitôt convaincus.

— Quels *trucs* ? »

Ziggy glisse la main dans l'encolure de son treillis pour amener au grand jour une chaîne d'identité militaire au bout de laquelle pend une clef de sécurité.

« Chez vous, ricane-t-il d'un air malin, vous avez dû remarquer que certaines portes étaient verrouillées, non ? Si ça vous chante, je peux les ouvrir et organiser une visite guidée, vous ne serez pas déçue. »

Cassie hésite. La perspective de se retrouver en tête à

1. Adolescent crédule qui prend au pied de la lettre les canulars fleurissant sur la Toile.

tête avec ce personnage échappé d'une BD *underground* ne l'enchante guère. Mais la curiosité est la plus forte ; elle s'entend dire oui. Trois minutes plus tard, elle roule en direction du fortin avec, sur le siège passager, cet individu poussiéreux empestant la sueur.

« Je sais que j'ai l'air d'un dingue, déclare celui-ci, le regard rivé sur la route, mais je suis une sorte de sentinelle. J'attends mon heure. Je ne laisse passer aucune occasion. Ça me permet de ramasser des *trucs* avant que Dean Goosman ne se précipite pour faire le ménage. C'est pour ça qu'il me déteste. J'accumule des preuves, je ne lui abandonne que des miettes. »

Une fois que la jeune femme a arrêté la voiture devant la véranda, Starboy inspecte les alentours avant d'entrer, comme s'il suspectait Goosman de se tenir là, embusqué derrière un cactus, à la manière des Peaux-Rouges. Cassie a pitié de lui. Elle sent qu'elle est en train de perdre son temps. Il va lui montrer un pseudo artefact tombé de la lune, puis lui extorquera un sandwich ou un soda avant de s'en aller, drapé dans son manteau couleur de muraille. *Voilà donc ce qu'est devenue la génération* X-Files, songe-t-elle avec tristesse.

Mais une fois dans la maison, Ziggy se retrouve en terrain familier. On sent qu'il est chez lui. La clef à la main, il se dirige vers l'une des mystérieuses portes blindées.

« Il ne faudra parler à personne de ce que vous allez voir, chuchote-t-il. Il m'a fallu pas mal de temps pour rassembler ces pièces. La NSA donnerait cher pour s'en emparer. »

D'un mouvement du poignet, il déverrouille la serrure. Le lourd battant pivote, démasquant une salle dépourvue de fenêtres et plongée dans l'obscurité. Cassidy distingue les contours d'une multitude de vitrines juchées sur des socles. On se croirait dans un musée. Une odeur étrange flotte dans l'air. Cela fait penser à une étoffe sur le point de s'enflammer. Jadis, les bandelettes des momies devaient répandre un relent analogue. Ziggy Starboy actionne un interrupteur.

D'abord la jeune femme ne comprend pas ce qu'elle voit. Derrière les vitres s'entassent des objets inconnus, bizarres, dont elle est incapable de deviner l'utilité. Cela ressemble à… *à quoi ?* Une poignée de porte ? Un téléphone ? Oui, peut-être, mais la poignée évoque une main amputée, et le téléphone est couvert de petits yeux qui la dévisagent avec une curiosité apeurée. La poignée bouge toute seule, telle une grosse limace. Le « téléphone » cligne des paupières, comme s'il allait s'assoupir.

« Qu'est-ce que c'est ? balbutie la jeune femme.

— Je vous l'ai déjà dit, murmure Ziggy, des trucs ramassés sur la piste. Quand les Lunatiques se matérialisent, ils laissent toujours tomber des objets.

— Les *Lunatiques* ?

— C'est un nom de code pour parler d'EUX. Ils sortent du néant comme ça, tout à coup. Une porte s'ouvre dans l'espace et ils basculent dans notre monde. C'est comme s'ils jaillissaient d'une autre dimension. Vous comprenez ? Je suis là pour ramasser ce qui tombe de leurs poches. On peut me voir comme une espèce de *pickpocket* des mondes parallèles. »

Cassie s'éloigne du garçon pour examiner les autres vitrines. Chaque fois qu'elle s'approche d'un artefact, celui-ci se met à palpiter, répandant une lumière dorée irréelle.

« Ils sont en or, vous savez ? lui apprend Starboy. En or pur. Je crois que c'est le passage dans notre dimension qui provoque cette transmutation. La vitesse réorganise les molécules de carbone ; le tissu, le plastique, le caoutchouc, tout se change en or… Regardez ça. Vous avez déjà contemplé une chaussure à un million de dollars ? »

Cassie se penche. La vitrine contient effectivement une espèce de bottillon de cosmonaute. La semelle, épaisse, paraît taillée dans un lingot. Un lingot d'or *mou*.

Allons, pense-t-elle, *ne te laisse pas berner ! Ces objets sont bizarres, certes, mais pas plus que les œuvres exposées dans certaines galeries branchées de L.A. Un artiste déjanté aurait pu les concevoir et les fabriquer. Tout cela n'est qu'un gigantesque canular.*

Dans le fond de la vitrine, sur un portemanteau, pend une combinaison spatiale de forme insolite. Elle évoque la mue d'un lézard géant ou le cocon d'une énorme chenille. C'est tout à la fois beau et répugnant. La palpitation dorée qui émane de l'objet lui donne des allures de sarcophage pharaonique. On peut aisément imaginer qu'une telle enveloppe ait été conçue par une légion de prêtres fanatiques, à seule fin d'abriter la dépouille d'un monarque arborant les couronnes de Haute et Basse-Égypte.

« On peut les toucher ? demande soudain Cassie.

— Ouais, fait Ziggy avec une grimace, mais vous allez avoir une sacrée surprise. »

À l'aide d'une autre petite clef, il ouvre alors une vitrine abritant une sorte de savonnette constellée de protubérances aux allures de circuits intégrés. Ce peut être n'importe quoi : un *pager*, un lecteur de fichiers musicaux, une carte de crédit… ou rien du tout !

Une fois la vitrine ouverte, l'odeur se fait plus forte encore. Cassie perçoit une vibration comme en produisent les purificateurs d'air par ionisation.

« Allez-y, soupire Ziggy, touchez-le puisqu'il faut en passer par là pour vous convaincre. »

La jeune femme avance la main. Quand son index effleure l'objet, elle reçoit une décharge électrique qui lui arrache un cri. Aussitôt la « savonnette » tombe en poussière. Cassie examine son doigt, il est brûlé, noirci.

« Voilà, conclut Starboy. C'est ce qui se produit quand on les touche. Plus le temps passe, plus ils deviennent fragiles. Pendant les heures qui suivent la récupération, on peut encore les manipuler, mais ça ne dure pas. Si j'ouvrais toutes les vitrines, le seul souffle d'un courant d'air suffirait à pulvériser la collection. »

Du tranchant de la main, il balaye l'étagère et fait tomber la poussière scintillante dans un sachet qu'il vient de sortir de sa poche.

« Tenez, dit-il en tendant le paquet à la jeune femme. Faites-le analyser. N'importe quel bijoutier vous dira qu'il s'agit d'or pur de haute qualité. Woody et Nathan sont passés par là, eux aussi. »

Cassie referme les doigts sur le sachet, troublée.

« À présent, allons dans l'autre pièce, suggère Starboy. Je vais vous faire voir quelque chose. L'embryon d'une explication. Ne m'accablez pas de questions, je préfère vous prévenir que je ne saurai y répondre. »

Tous deux quittent le musée, puis Ziggy ouvre la deuxième porte blindée. Cette fois, la pièce abrite une salle de montage vidéo, des ordinateurs, tout un fouillis technologique dont les LED palpitent dans la pénombre comme autant d'yeux minuscules.

Starboy se laisse choir sur un siège à roulettes et entreprend d'allumer son fourbi. Un écran plat s'illumine et une image apparaît. Cassie identifie l'autoroute zéro. Tout est vert.

« Ne prêtez pas attention à la couleur, explique le garçon, ça a été filmé de nuit par une caméra automatique programmée pour suivre les objets en déplacement rapide. On utilise ces appareils pour filmer les animaux nocturnes qui flairent la présence de l'homme à trois kilomètres. »

Cassidy se concentre sur l'image. Un coyote traverse la piste, dresse les oreilles, grogne, comme s'il percevait l'approche d'une menace invisible. Ses poils se hérissent sur son échine, et tout à coup il détale, terrifié.

« Ça va se produire maintenant, là… regardez bien, souffle Ziggy d'une voix haletante. J'ai ralenti le défilement à l'extrême, sinon on ne verrait rien. C'est si rapide que l'œil humain ne peut l'enregistrer. Presque comme une image subliminale, très en dessous de notre seuil de perception. »

Cassie plisse les paupières. Sur l'écran, le désert est immobile. Un rapace nocturne s'est figé dans le ciel, en plein vol. On le croirait dessiné à l'encre de Chine. Soudain, quelque chose s'allume… une fenêtre s'ouvre dans le paysage, comme si la vallée n'était qu'une toile peinte, un décor de théâtre dans lequel le metteur en scène aurait pratiqué une ouverture. Cette lucarne éblouissante se déplace très vite, bien que le défilement de l'enregistrement soit réduit à l'extrême.

On dirait un train de nuit, pense confusément la jeune femme. *La seule fenêtre illuminée d'un wagon dont tous les passagers dormiraient à poings fermés.*

Mais déjà une silhouette apparaît au centre de la lucarne. Une silhouette monstrueuse.

« C'est à cause du scaphandre, commente Ziggy. Ils en ont besoin pour entrer dans notre univers, sinon le frottement résultant de la vitesse les carboniserait en une seconde. Ils s'enflammeraient comme des torches. »

Cassidy écoute à peine. Elle suit les gesticulations de la créature qui lutte pour s'extraire de l'orifice lumineux. On dirait un nouveau-né peinant pour s'arracher du ventre de sa mère.

« Ils ont du mal à pénétrer notre dimension, reprend Ziggy. Pour eux, nous vivons en sous-vitesse. Chez nous tout est très lent, les textures s'épaississent, l'air que nous respirons leur fait l'effet d'une mare de boue. Ils éprouvent beaucoup de mal à s'y déplacer… et même à le faire entrer dans leurs poumons. Certains n'y parviennent pas, d'ailleurs, et meurent asphyxiés. »

Sur l'écran, la fenêtre lumineuse se referme, la créature tombe dans le vide d'une hauteur de quinze mètres. Elle roule sur la piste et demeure là, immobile, recroquevillée en position fœtale.

« La différence de pression les écrase, explique le garçon. C'est ce qui nous arriverait si on nous plongeait dans une fosse marine. Nous serions aplatis, laminés. Les scaphandres sont censés compenser, mais ils ne sont pas toujours efficaces. J'en ai retrouvé qui avaient été réduits en bouillie… Maintenant qu'il a atterri, je vais repasser en mode normal. Regardez bien, l'oiseau arrêté dans le ciel va recommencer à voler. Cela signifie que tout ce que vous venez de voir s'est déroulé en une toute petite fraction de seconde. »

Starboy enfonce une touche, et le rapace nocturne sort

de son immobilité. Sur la piste, la créature aux contours disgracieux ne bouge toujours pas. Deux hommes surgissent alors et la soulèvent pour la placer sur une civière. Cassie reconnaît Ziggy. L'autre est un Indien coiffé d'un chapeau melon orné d'une plume d'aigle.

« C'est vous, là ! s'exclame-t-elle.

— Oui, moi et mon copain Tomosh-Amak, Lièvre Bondissant. Le type qui tient le cimetière de voitures à l'entrée de la piste.

— Pourquoi ramassez-vous cette… *chose* ?

— Il faut bien les aider, sinon ils ne s'en sortiraient pas. Vous savez qu'ils pèsent un poids terrible quand on les soulève ? C'est à peine si on arrive à porter la civière. Ensuite ils s'allègent, mais j'en ai connu qu'on ne pouvait pas décoller du sol. De vraies statues de granit. Encore une fois, c'est à cause de la différence de vitesse entre nos deux mondes. Vous êtes déjà descendue d'un train en marche ? Pour rester debout, vous avez dû courir. Quand on saute du train, on a soudain l'impression de peser une tonne. À la seconde où vos talons touchent le quai, tout se passe comme si vous heurtiez le sol au terme d'une chute de trois mètres. Pour eux, la sensation est la même, sauf que dans leur cas il s'agit d'une chute d'un bon millier d'étages. Une fois, j'en ai vu un qui, après avoir atterri, continuait à s'enfoncer, à croire que le béton était encore frais ! Sans déconner ! J'ai bien cru qu'il allait être englouti par les profondeurs de la terre. Il pesait si lourd que la piste d'atterrissage se creusait sous lui. Une piste conçue pour supporter le poids de plusieurs bombardiers, vous imaginez ? »

Cassidy ne sait ce qu'elle doit croire. Ziggy a tout d'un exalté. Les images qu'elle vient de visionner ne prouvent rien, l'informatique permettant de donner aux trucages les plus aberrants l'apparence de la réalité.

Le garçon perçoit sa méfiance. D'un geste las, il éteint les appareils.

« Je vais prendre une douche, annonce-t-il. Ah ! oui… encore une chose. Cette maison m'appartient. Je l'ai achetée il y a cinq ans, pour une bouchée de pain. Ça fait de moi votre proprio, et ça vous explique pourquoi j'y entrepose mes petites affaires. »

Il quitte la pièce. Sans plus s'occuper de Cassie, il commence à se déshabiller. S'étant défait de son treillis, il s'éloigne en direction de la salle de bains, en caleçon à fleurs. Il est maigre, sa peau est laiteuse, avec d'inesthétiques touffes de poils sur les épaules.

Cassie tourne le dos aux écrans pour aller chercher refuge dans la cuisine. Elle fait du café ; la seule thérapie qui lui soit bénéfique. Du lait concentré, du sucre, *beaucoup de sucre.*

Elle a l'illusion de flotter à la lisière du sommeil, l'esprit englué dans un rêve qui refuserait de se dissiper. Elle attend que Ziggy Starboy sorte de la baignoire. Il réapparaît enfin, la taille ceinte d'une serviette-éponge décolorée. Il a un corps de gamin monté en graine, et d'étranges cicatrices de brûlures sur les avant-bras.

« Qu'est-ce qui s'est passé avec mon frère et mon petit ami ? attaque-t-elle bille en tête.

— Woody est venu ici sans idée préconçue, répond-il en se préparant une tasse de café soluble. Il voulait construire un bolide de course et il avait besoin d'une piste d'essai. Étant à court de fric, il ne pouvait pas se permettre de payer la location d'un circuit privé. Par le Net, il a entendu parler de l'autoroute zéro. Rien à débourser, aucun contrôle. Des kilomètres de béton s'étirant à travers le désert. Le rêve ! C'est pour ça qu'il s'est pointé. Le reste est venu après, lorsqu'il a visité mon petit musée. Il m'a demandé sur quoi ouvrait cette fenêtre magique surgie de nulle part, et surtout, pourquoi elle bougeait si vite…

— Bonnes questions, soupire Cassidy. Alors ?

— Il ne s'agit pas d'une fenêtre mais d'une écoutille, répond gravement le garçon. Une écoutille disposée sur le flanc d'un véhicule. Ce véhicule va si vite que l'œil humain ne peut enregistrer son image. Tu comprends ? Je pense que nous sommes en présence d'un truc énorme, aussi grand qu'un paquebot, et dont les roues doivent mesurer dix mètres de diamètre.

— C'est absurde ! explose Cassie. Elles laisseraient des traces !

— *Mais elles en laissent !* Qu'est-ce que tu crois ? Si tu parcours la piste d'un bout à l'autre tu relèveras sans mal des empreintes géantes. Cela se produit quand le véhicule ralentit. Il sort alors de sa dimension propre pour entrer dans la nôtre… et il y imprime sa marque. Heureusement, cela ne dure qu'une fraction de seconde, sinon il s'enfoncerait dans le sol comme un météore venu du fond de la galaxie. Il y creuserait un cratère gigantesque et poursuivrait son chemin jusqu'au centre de la terre, comme une aiguille traverse une motte de beurre.

— Et ce… *véhicule* roulerait à travers le désert sans jamais heurter aucun obstacle ? persifle la jeune femme.

Starboy hausse les épaules.

— Bien sûr que si, ricane-t-il. Je suppose que Plume Rouge t'a montré la voiture du représentant perchée au sommet du piton rocheux. Comment crois-tu qu'elle est arrivée là-haut ? Elle a heurté le vaisseau invisible au moment où il ralentissait, voilà tout. Le choc a provoqué une telle décharge énergétique que la bagnole s'est envolée dans les airs. C'est cela le théorème de base : le vaisseau ne se matérialise dans notre monde qu'à la seconde où il passe en sous-vitesse.

— La *sous-vitesse* ? C'est quoi encore, ça ? s'irrite Cassidy. Une autre de tes inventions ? »

Ziggy rajuste la serviette-éponge qui descend peu à peu. Il est calme. L'énervement de la jeune femme semble glisser sur lui sans l'atteindre. Il a si souvent raconté son histoire à des auditeurs incrédules qu'il est blindé.

« La sous-vitesse, explique-t-il patiemment, c'est une expression que j'ai en effet inventée pour désigner le moment où le ralentissement rend le vaisseau visible et palpable. Le reste du temps, quand il se déplace à fond la caisse, le véhicule peut traverser n'importe quel obstacle, une montagne, un gratte-ciel… Pour lui, notre monde est poreux. La rapidité démentielle avec laquelle il bouge en permanence lui permet de se glisser entre les atomes qui composent notre univers. C'est une loi de physique élémentaire. Dès qu'on entre dans le domaine des vitesses supraluminiques, tout devient poreux. Il n'y a plus d'obstacles. Une fusée peut traverser une planète de part en part, entrer d'un côté et ressortir de l'autre sans même érafler son fuselage. Tu piges ? C'est mathématiquement prouvé. »

Il est fou, pense Cassie qui n'a pas retenu un mot de ce charabia pseudo-scientifique.

« Voilà pourquoi on a retrouvé les voitures de ton frère et ton fiancé aplaties, reprend Ziggy. Ils ont essayé de prendre le train en marche.

— Quoi ?

— Mais oui ! Leur idée c'était de rouler parallèlement au vaisseau et d'essayer de grimper à bord quand la "fenêtre" s'ouvrirait. De monter à l'abordage, si tu préfères.

— C'est n'importe quoi ! explose la jeune femme. Mais dans quel but ?

— Pour savoir, tiens ! Pour découvrir ce qu'il y a de l'autre côté. »

Cassie est abasourdie. Cette discussion l'épuise. Elle n'a plus qu'une envie, voir Ziggy ficher le camp.

« Woody a bousillé plusieurs voitures, continue celui-ci d'une voix sourde. Il ne roulait pas assez vite pour se maintenir à la hauteur de la fenêtre. Chaque fois, il finissait par heurter le flanc du vaisseau et l'impact énergétique l'envoyait dinguer dans le désert. Il s'en est tiré par miracle. Fallait voir le feu d'artifice ! Dix fois j'ai cru que j'allais le ramasser en morceaux, mais non, il s'en sortait avec des blessures sans gravité. C'est là qu'il a commencé à travailler sur la composition des carburants, des mélanges gazeux NOS. Une nuit, il s'est lancé à la poursuite du vaisseau... et n'est pas revenu. J'ai eu beau chercher, je ne l'ai pas retrouvé. Ni lui ni son cadavre. Soit il a été désintégré par la décharge énergétique, soit il a réussi son coup, *il est entré dans le vaisseau.*

— Et Nathan ?

— Même chose. Il a suivi pas à pas le chemin de Woody. Sauf qu'il a gagné du temps parce qu'il a pu exploiter les plans laissés par ton frère. Le bolide, il l'a construit en pompant les idées de Woody.

— Et il s'est lancé lui aussi à la poursuite du vaisseau fantôme ?

— Oui. C'est un sacré défi, sais-tu ? Car la fenêtre se déplace à une vitesse effrayante. Il faut que ta bagnole en ait dans le ventre pour réussir à te porter à sa hauteur, et surtout, s'y maintenir le temps que tu puisses te glisser dans l'écoutille… C'est comme d'essayer de rouler parallèlement à un train, et de quitter ta caisse pour grimper dans l'un des wagons. Si tu rates ton coup, tu passes sous les roues. »

Il se met à claquer des doigts sur un rythme syncopé et répète de plus en plus vite : « Si-tu-rates-ton-coup, tu pass'-sous-les-roues. Si-t'rat'-t'coup… »

Cassidy lui trouve l'air d'un parfait débile. Elle détourne les yeux avant que la serviette-éponge ne glisse une fois de plus.

4

Cassidy roule en direction de L.A. Elle a éprouvé le besoin brutal de se replonger dans ce qu'elle appelle « la vraie vie ». Les explications fumeuses de Ziggy ont fait naître en elle une angoisse incontrôlable. Par moments elle pense qu'il est fou. C'est l'un de ces *Web junkies* au cerveau cramé qui ont passé leur adolescence à traquer sur le Net les mille complots d'une Amérique ténébreuse convaincue d'être haïe du monde entier. C'est en surfant sur la Toile qu'il a appris à douze ans que Kennedy n'était pas mort, pas plus qu'Elvis du reste, et que tous deux vivaient sur une île, non loin de Cuba, maintenus à l'état de zombis par des savants fous ayant le projet de les expédier dans l'espace afin qu'ils prennent contact avec les diverses formes de vie extraterrestres qui nous observent depuis la création de l'Univers.

Quel crédit peut-on accorder à un type qui, des années durant, s'est nourri de telles fadaises ?

Cassie a besoin de rencontrer quelqu'un de normal. Tout de suite, elle a pensé à Mitch Babylonios, son ancien prof d'écriture. Son premier amant… L'homme avec qui elle aurait aimé finir sa vie s'il ne l'avait pas mise dehors sous prétexte qu'il devenait trop vieux.

« Faut que tu te trouves un petit connard de ton âge, lui a-t-il déclaré un matin (il y a sept ans) en se barbouillant les joues de savon à barbe. Pour moi c'est fini, je commence à descendre le mauvais versant de la colline, celui que le soleil n'éclaire plus. Dans peu de temps ce sera les hémorroïdes, les problèmes de prostate, les reflux gastriques. Je ne veux pas t'imposer ça. Tu as besoin d'un jeune abruti qui trique dur, qui veut réussir dans la vie, avec qui tu achèteras un bungalow merdique à crédit pour y fabriquer des mioches qui se drogueront à dix ans et te considéreront comme une pauvre conne à douze. »

Ils ont eu d'interminables discussions à ce sujet, mais Mitch a tenu bon. C'est lui-même qui a entassé les affaires de Cassie dans des cartons de déménagement.

« T'as plus besoin de moi, poulette, a-t-il conclu. Je t'ai appris à te comporter correctement au lit et à torcher une histoire pour qu'elle soit publiable. Désormais tu peux voler de tes propres ailes. T'as sucé la substantifique moelle du bonhomme – sans mauvais jeu de mots –, tu es prête à entrer dans la vraie vie. Ciao, baby, c'était bien nous deux, t'auras toujours une bonne note dans mon album de souvenirs. »

Cassie est partie. Peu de temps après, elle a appris que Mitch s'était mis en ménage avec une autre de ses étudiantes. Pleine de ressentiment, elle a pensé : *Ce n'est pas lui qui devenait trop vieux pour moi, c'était moi qui n'étais plus assez jeune pour lui !*

Et elle a tiré un trait sur Babylonios, le grand auteur

de best-sellers de la littérature jeunesse, l'homme dont les livres sont traduits en quarante langues. Aujourd'hui, elle commence à penser qu'elle l'a mal jugé. Peut-être était-il sincère, peut-être voulait-il effectivement lui épargner le spectacle de sa décrépitude. De toute manière, elle lui doit beaucoup. Il l'a aidée à prendre du recul par rapport à sa famille ; c'est également grâce à lui si elle est devenue écrivain. Et tant pis si Gaby Krantz, sa mère, s'obstinait à l'appeler « le vieil homme ». Combien de fois celle-ci lui a-t-elle lancé, le visage plissé par le dégoût : « Ma pauvre petite, je ne comprends pas comment tu peux frotter ta peau de vingt ans à celle de ce vieux type. C'est… c'est obscène. » Combien de fois Cassidy a-t-elle retenu la réplique qui lui venait aux lèvres : « Évidemment, toi tu préfères les peaux jeunes, celle de ton fils, par exemple ? »

Si elle veut se montrer sincère avec elle-même, Cassidy se doit de reconnaître qu'elle s'est jetée dans les bras de Nathan par déception, pour oublier Babylonios.

Elle a fait la connaissance de Nathan chez son éditrice, Maggie Sworggessön, la patronne de La Petite Maison Rose, qui publie ses livres. Nathan y réorganisait le service marketing… et couchait accessoirement avec la directrice, sans y accorder trop d'importance, en beau garçon habitué à être courtisé par les femmes. Cassidy s'est mis en tête de le conquérir parce qu'il représentait à ses yeux le type même de l'anti-Mitch Babylonios : jeune, bourré d'hormones, jamais déprimé, prêtant une attention excessive à son corps, pétant de santé, d'un dynamisme fatigant à l'usage, branché nature et sports extrêmes… Aux antipodes de Mitch qui, toute la sainte journée, traînait en t-shirt et caleçon, ses lunettes noires sur le nez, ne se rasait que deux fois par semaine, fumait des cigares cubains à l'odeur épouvantable et encombrait les tables de gobelets de Margarita poisseux. Mitch et sa foutue machine à écrire fétiche, rachetée aux anciens studios d'Hollywood… Une machine sur laquelle, prétendait-il, Scott Fitzgerald avait tapé ses scénarios. Mitch pour qui faire trois pas dans le jardin équivalait à deux semaines de vacances à Hawaii. Mitch qui détestait le soleil californien et la lumière du jour… Mitch enterré dans sa bibliothèque, passant ses jours et ses nuits à relire de vieux westerns des années cinquante en édition brochée… Nathan, lui, n'ouvrait jamais un livre. Tout ce qui n'était pas numérique n'existait pas à ses yeux. « Les bouquins, avait-il coutume de déclarer, ça me fait penser à ces fourrures mitées, remplies de bestioles, que les vieilles conservent dans leur armoire depuis cinquante ans. Quand on pose les doigts dessus, on a l'impression de toucher un rat mort. »

Cassidy ralentit quand elle atteint la banlieue de L.A. Des maisons basses, laides. Des jardins encombrés de ferraille, de voitures rouillées. Des vérandas où s'alignent l'inévitable *rocking-chair*, le congélateur assez vaste pour y stocker un hippopotame, et l'antique machine à laver surmontée de son essoreuse manuelle : deux rouleaux de caoutchouc et une manivelle. Babylonios est riche, pourquoi s'obstine-t-il à vivre dans un endroit pareil ? Mystère.

Cassidy lui a passé un bref coup de fil avant de venir. En ce moment, elle le regrette. Que vient-elle faire ici ? Qu'espère-t-elle ?

Il va s'imaginer que je le relance, songe-t-elle. *Bon sang, il y aura sa toute dernière minette. L'éternelle étudiante de troisième année, celle qui planche sur « le roman qu'elle s'arrache des tripes à coups d'insomnies ». La meilleure élève de la classe…*

La jeune femme réalise soudain qu'elle a peur de se montrer sottement jalouse et, pire que tout, de découvrir un Babylonios vieilli, abîmé, pitoyable. Un pauvre vieux type qui s'évertue à bander coûte que coûte en avalant des pilules qui menacent de faire exploser sa tension et l'amènent à chaque orgasme au bord de l'infarctus.

Lorsqu'elle reconnaît le bungalow, son cœur se met à battre la chamade et elle se traite d'idiote. Elle est sur le point d'enfoncer l'accélérateur et de continuer son chemin, mais finalement elle s'arrête, se gare, et traverse le jardin en état second.

Elle doit sonner quatre fois avant que Mitch ne vienne ouvrir. Il n'a pas changé. C'est un homme large d'épaules, aux pectoraux épaissis par la bière, les bras couverts de tatouages bleuâtres (exécutés au Laos) qui s'effacent au fil des ans. Il a les cheveux noirs (teints), hirsutes, trop longs, le nez fort, une mâchoire de bulldog. On le verrait davantage en sergent instructeur à Biloxi[1] qu'en auteur de contes de fées. Les éternelles Wayfarer dissimulent les poches qu'il a sous les yeux.

« Salut, toi » dit-il, comme si Cassie ne s'était absentée que le temps d'un week-end.

À l'intérieur, rien n'a changé. C'est toujours le même bordel. Les étagères surchargées de bibelots énigmati-

1. Camp d'instruction des marines.

ques : figurines de héros de BD agrémentées de pénis postiches (en érection) que Mitch a modelées avec du chewing-gum rose, vieux romans populaires, *comics*, *pulps*... Des trésors introuvables qui plongeraient un collectionneur dans l'hystérie. Des cartes de base-ball, également, sous Cellophane. Séries mythiques estimées à plusieurs milliers de dollars. Entre les vieux albums de bandes dessinées, des armes à feu centenaires : colt Peacemaker, Derringer, toutes en parfait état de marche et chargées à bloc. Une Winchester à levier de sous-garde et à la crosse très abîmée sur laquelle on a taillé des croix. Bisons ou Indiens abattus ? Au ras du sol, posée sur l'*Encyclopaedia Universalis*, une drôle de trinité : un casque de footballeur, un casque de G.I. révélant deux impacts à hauteur des temporaux droit (entrée du projectile) et gauche (sortie), et un heaume de chevalier bouffé par la rouille.

Ils s'asseyent sur le canapé de cuir où, jadis, ils ont souvent fait l'amour. Mitch décapsule deux Coors sans demander son avis à la jeune femme. Il porte un peignoir de boxeur en satin rouge vif au dos duquel on a brodé l'inscription : *Born to crush his ennemy !* et plus bas : *Semper fidelis*. La devise des marines.

« Ça vient d'un championnat de boxe interarmes, explique-t-il en surprenant le regard de Cassie. Ça date de la guerre de Corée. Une relique. »

Alors, sans préambule, Cassidy lui raconte tout. La réserve, l'autoroute zéro, le musée aux objets incompréhensibles, la fenêtre qui s'ouvre sur nulle part... Pour appuyer ses dires, elle pose sur la table basse le sachet de poudre d'or que lui a remis Ziggy. Mitch ne s'étonne de rien. Il biberonne sa bière sans même lever un sourcil. De temps à autre, il rote.

« Qu'en penses-tu ? demande Cassidy à bout de souffle. Je ne pouvais raconter cela à personne d'autre. Tu crois que ce type est fou ?

— Pas forcément, grogne l'écrivain. J'ai entendu parler de l'autoroute zéro. Un drôle de truc. *A priori*, ton histoire m'intéresse. Je suis en panne d'idées en ce moment. Je pourrais peut-être tirer quelque chose de ce délire. Un gros bouquin pour ados. Les dimensions parallèles, ça plaît toujours. »

*

Voilà, c'est ainsi qu'elle a ramené Babylonios dans ses bagages. Au lieu de se débarrasser de son problème, elle l'a compliqué en s'encombrant de cet homme incontrôlable à qui elle n'est plus très sûre d'avoir envie d'obéir. Elle se souvient qu'il était très autoritaire, et elle n'a plus vingt ans.

S'il commence à jouer au vieux sage, je pète les plombs ! se dit-elle en étreignant le volant. Pour l'instant il reste silencieux, planqué derrière ses lunettes noires. Peut-être dort-il ? Cassidy sait qu'il passe par des phases de mutisme prolongées auxquelles succèdent des périodes de logorrhée frisant l'hystérie. Une fois, elle l'a entendu discourir six heures d'affilée, sans presque reprendre haleine. Elle ne veut plus connaître ça. La voix de Babylonios est étrange. Il parle parfois très lentement, parfois trop rapidement, en avalant les syllabes, si bien qu'on a toujours l'impression d'avoir affaire à un magnétophone déréglé. Cassidy se souvient qu'à ce propos un copain de fac avait déclaré : « C'est un robot, ma vieille ! Quand ses batteries sont usées, il se tait, quand il a de nouveau fait le plein d'énergie, il redémarre en vitesse rapide. Faut pas chercher plus loin. L'est pas humain, ce mec. »

*

Ziggy Starboy est de toute évidence impressionné par la personnalité de Babylonios. Il a cessé de frimer. Il est vrai que l'écrivain a davantage la trogne d'un chasseur de primes que celle d'un raconteur d'histoires à l'usage des moins de douze ans.

« Je n'invente rien, insiste le blondinet barbu en frémissant d'indignation. *Tout est vrai*. Les documents, les objets, les films sont authentiques. On est en présence d'un truc énorme, mais personne ne veut en entendre parler.

— Pourquoi le vaisseau passerait-il toujours au même endroit ? demande Mitch d'un air vaguement ennuyé.

— Aucune idée, soupire Ziggy. Je suppose qu'il ne change jamais d'itinéraire. À mon avis il tourne en rond, comme une bagnole de course sur un circuit. Le seul intérêt, c'est d'essayer de savoir sur quoi ouvre la fenêtre.

— Ces types qui sortent, grommelle Babylonios, à ton avis, ce sont des visiteurs ou des fuyards ?

— *Des fuyards ?*

— Oui, en regardant ton petit film, j'ai eu l'impression d'assister à une évasion. *Quoi ?* C'est évident : il saute en marche, au risque de passer sous les roues de sa foutue machine. S'il s'agissait d'une visite amicale, tu crois qu'il procéderait ainsi ?

— J'en sais rien, s'énerve Ziggy. J'y ai jamais réfléchi. Peut-être que le vaisseau ne peut pas s'arrêter et qu'il n'y a pas moyen de faire autrement pour débarquer ?

— *Ouaip.* Peut-être aussi qu'il s'échappe parce que la vie à l'intérieur du véhicule est un enfer. Moi, ce mec, il me fait penser à un prisonnier qui prend d'énormes risques pour s'évader. Je ne suis pas certain que ce soit vraiment le pied de l'autre côté de la lucarne, comme tu dis. Et si c'était une prison ? Un bagne roulant ? Tu y as pensé ? »

Ziggy se tait, troublé. Cassidy hoche la tête. Elle non plus n'avait pas envisagé cet aspect des choses. Elle se félicite d'avoir eu recours aux lumières de Babylonios. Il a toujours eu le chic pour considérer les situations sous un angle inattendu. C'est sa grande force.

« Puisque c'est comme ça, lance Ziggy vexé, je vais vous présenter Tomosh-Amak, le type qui s'occupe du cimetière de voitures au bout du camp. Il vous montrera des trucs susceptibles de vous convaincre, lui. »

Tous trois s'entassent dans la Honda Civic et prennent une fois de plus la direction de la piste d'envol. Personne ne dit mot. Babylonios mâchonne un moignon de cigare sans l'allumer. Cassidy dirige le museau de la voiture vers l'entassement de ferraille qui se dresse tel un chancre sur l'horizon. Au fur et à mesure qu'elle s'en approche, elle prend conscience de l'aspect hideux du lieu. Elle a déjà vu des casses, mais celle-ci ne leur ressemble en rien. Les épaves, au lieu d'être entassées les unes sur les autres, sont curieusement disposées de manière à former des figures géométriques. *Des totems de fer...*, pense-t-elle avec un frisson. Oui, il y a de ça.

Il se dégage de l'ensemble un climat d'irréalité, comme si on pénétrait soudain sur un territoire interdit, habité par d'étranges dieux mécaniques dont les yeux seraient des phares antibrouillard. Sous certains angles, ces idoles deviennent menaçantes. Les coffres béants, disjoints, sont autant de gueules attendant de happer l'imprudent qui passera à leur portée.

Cassidy roule au pas, essayant d'éviter les collines de ferraille qui encombrent les allées du labyrinthe. Elle doit contourner plusieurs tracteurs John Deere, des antiquités recouvertes d'une croûte de poussière rouge. Un peu partout se dressent des engins de levage, des chariots mécaniques, de vieux Tomcats[1] cabossés. Ziggy lui demande de s'arrêter ; Cassie obéit. En sortant de la Honda, elle a l'impression d'abandonner une biche au milieu d'une horde de vieux crocodiles. Le vent du désert hulule dans les interstices des carrosseries empilées. Si les montagnes d'épaves s'écroulaient, ils seraient tous réduits en bouillie. La jeune femme jette un coup d'œil inquiet aux « totems » qui la surplombent. Tiennent-ils vraiment debout ? La prochaine bourrasque ne va-t-elle pas les renverser ?

« C'est par là, explique Ziggy. Tomosh-Amak n'est pas causant, ne vous offusquez pas s'il a l'air de vous snober. Il n'aime pas les Blancs mais il se montre plus coulant avec ceux qui s'intéressent à l'autoroute zéro. Je ne suis pas toujours d'accord avec son interprétation des phénomènes. Lui voit ça en Indien, il va vous parler de dieux, de démons, tout ce genre de trucs folkloriques,

1. Minibulldozer à l'usage des particuliers.

moi je suis pour une approche plus réaliste de la chose. Bref, ne le contrariez pas. »

Ils doivent louvoyer un long moment au cœur du dédale. Cassie finit par s'apercevoir que les carcasses entassées dissimulent des bunkers de béton. Le maître des lieux s'est approprié certaines structures qui faisaient partie, à l'origine, du camp militaire. Il lui a suffi de faire sauter les dalles de ciment obturant les accès pour disposer d'un réseau souterrain inexpugnable.

« Malin, le gars…, grommelle Mitch Babylonios. S'est bâti une jolie forteresse. »

Lièvre Bondissant apparaît au détour d'une allée. Petit, râblé, la face sabrée de rides, il est coiffé d'un chapeau melon dans le ruban duquel il a glissé une plume d'aigle. Il porte un *poopy suit*, une combinaison de mécanicien de la marine de guerre tachée de graisse noire. Ziggy, brusquement mal à l'aise, va à sa rencontre et chuchote à son oreille. À ses gestes, on devine qu'il insiste, supplie. L'Indien reste imperturbable. Un totem taillé dans l'acajou. Alors que Cassidy se résigne à repartir bredouille, la palabre porte enfin ses fruits ; Tomosh-Amak consent à inviter les étrangers à franchir le seuil de son domaine. Sans leur accorder un regard, il les guide à travers une interminable galerie dépourvue d'ouvertures jusqu'à une salle qu'éclaire une veilleuse bleue.

« Ce que vous allez voir est exceptionnel, chuchote Ziggy. N'en parlez à personne, ou bien je perdrais la confiance de Lièvre Bondissant. Je me suis porté garant de votre silence. »

Ils entrent. La salle, un bunker au plafond voûté, abrite une demi-douzaine de sarcophages vitrés. Dans chacun des cercueils repose la momie d'un homme affublé d'un scaphandre doré. Ce sont des humains, à n'en pas douter, mais leur chair a pris la consistance du cuir et se tend à la crête des os. Cassie pense aussitôt aux dépouilles pharaoniques qu'il lui a été donné de contempler dans les musées. Les cheveux sont blancs, les traits affaissés, les rides profondes.

« Tous ces gars ont sauté en marche, explique Ziggy. Nous les avons récupérés sur la piste d'envol, alors qu'ils venaient de tomber de la fenêtre jaune. Voilà pourquoi ils portent encore leur scaphandre.

— Mais ce sont des vieillards..., murmure Cassie. Ils doivent avoir entre soixante-dix et quatre-vingt-cinq ans.

— Je sais, fait le garçon, mais ils n'étaient pas dans cet état-là quand Tomosh et moi sommes allés leur porter secours. Regardez ça... »

Il ouvre le tiroir d'un meuble métallique et en sort une poignée de photographies. Elles représentent toutes le même homme. Un Blanc d'environ trente ans, les cheveux noirs, coupés en brosse, l'air hagard. On l'a assis sur une chaise où on l'a sanglé pour l'empêcher de tomber. Il est affublé d'un scaphandre en tissu doré, aux protubérances insolites qui lui font une silhouette monstrueuse.

« Maintenant, ouvrez grands les yeux, siffle Ziggy. Les clichés qui suivent ont été pris à dix minutes d'intervalle. Observez les changements. »

Il fait glisser les photos une à une, comme s'il manipulait un jeu de cartes.

« Oh mon Dieu ! halète Cassidy. *Il vieillit !* »

C'est exact. Au fur et à mesure que les clichés défilent, les traits de l'inconnu s'altèrent. La peau se détend, des rides se forment, la chevelure vire au poivre et sel. C'est toujours le même homme, mais il a maintenant quarante ans, quarante-cinq, cinquante, cinquante-cinq… La dégringolade est aussi évidente qu'effroyable.

« Ces photos ne sont pas truquées, martèle Starboy. Lièvre Bondissant était là quand je les ai prises, il peut en témoigner. Ce type s'est mis à vieillir devant nous, en accéléré. C'était hallucinant. On l'aurait cru atteint d'une *progeria*[1] galopante. Il a vécu tout le reste de sa vie sur cette chaise, le temps pour moi d'arriver au bout de ma pellicule, puis il est tombé en avant, raide mort. Il avait pris cinquante ans en moins de cinq minutes. Tous les gars placés dans ces sarcophages sont morts de la même façon. Je suppose que leur scaphandre était défaillant, ou quelque chose du même genre. Ils ont raté leur entrée dans notre dimension, ça a détraqué leur métabolisme, et voilà le résultat.

— Ils meurent toujours ? demande Mitch Babylonios. Il n'y a jamais de rescapés ?

— Si, mais ceux-là se débrouillent tout seuls. Généralement ils fichent le camp avant que nous intervenions. Tomosh prétend que l'un d'eux vit tout près d'ici, dans une caverne du pic de la Femme à trois têtes. On le surnomme l'Ermite, parce qu'il évite tout contact avec les humains.

— Pourquoi se donner tout ce mal pour débarquer sur la Terre si c'est pour vivre comme un blaireau au fond d'un trou ? » s'étonne Babylonios.

L'Indien se met alors à parler d'une voix rauque, dans une langue incompréhensible et hachée.

1. Dérèglement glandulaire qui provoque une accélération morbide du métabolisme.

« Il dit que c'est un dieu tombé de la lune, entreprend de traduire Ziggy. Qu'on l'a envoyé pour nous surveiller. Il nous observe, et quand nous nous conduisons mal, il déclenche des cataclysmes pour nous punir : tempêtes, typhons, tremblements de terre. C'est une sentinelle, en quelque sorte, un veilleur. (Il pousse un soupir, et lâche, un ton plus bas :) Bon, ce sont des trucs d'Indien, on n'est pas forcé d'y croire. »

Cassie se penche au-dessus des sarcophages. Elle réalise qu'il y a trois hommes et deux femmes. À cause de l'extrême vieillesse des visages, la différence des sexes lui avait tout d'abord échappé.

« Moi je continue à penser que ce sont des évadés, marmonne Mitch. S'ils ratent leur coup aussi souvent c'est parce qu'ils sont mal équipés. La fameuse fenêtre, c'est l'équivalent du tunnel creusé par les forçats pour passer sous le mur de la prison. Ces gens-là étaient prêts à courir des risques insensés pour fuir l'endroit où on les tenait enfermés.

— O.K., c'est votre point de vue, tranche Ziggy avec irritation, je ne suis pas obligé de le partager. Moi je dis qu'ils venaient en ambassadeurs, pour nous inviter à visiter leur dimension, mais que ça a foiré pour des raisons techniques. Un défaut de pressurisation, quelque chose comme ça.

— Avez-vous réussi à leur parler ? intervient Cassidy qui sent que les deux hommes sont sur le point de se battre.

— Non, avoue Ziggy. Ceux que nous avons ramenés ici étaient choqués, frappés de stupeur. Ils avaient le plus grand mal à garder les yeux ouverts. Ils gémissaient, c'est tout… L'un d'eux s'est mis à pleurer. Ses larmes se sont aussitôt changées en perles de sel cristallisé.

— Donc vous ne savez même pas s'ils comprenaient notre langue ? insiste Cassidy.

— Non », lâche Starboy.

À ce moment, l'Indien recommence à parler. Il a l'air en colère et esquisse des gestes étranges avec ses mains.

« Il dit que les visiteurs sont morts de tristesse, grogne Ziggy. L'état de notre monde, son absence de morale, sa bassesse les ont tués. Ils ont été incapables de supporter un tel environnement. La haine qui règne sur la Terre les a intoxiqués. Il dit que ceux-là étaient trop tendres, c'est pour ça qu'ils sont morts. Alors il a fallu envoyer d'autres visiteurs, plus durs, impitoyables, au cœur de pierre. Des démons conçus pour punir la race humaine. Ceux-là ont survécu, mais ils nous ont échappé. Ils vivent cachés dans la sierra. Il ne faut surtout pas chercher à les rencontrer car ils nous mettraient en pièces. Ils peuvent se changer en grizzly, en puma… Bon, là, j'arrête de traduire, parce qu'il est reparti dans son délire folklorique. Faut l'excuser, c'est un type fiable mais il a tendance à penser qu'il vit encore à l'époque du général Custer. »

Cassie, elle, n'a pas envie de se moquer. La voix du vieil homme est prenante, rauque. Une voix de prédicateur spécialisé dans les catastrophes bibliques et les malédictions en tous genres. Elle frissonne. Cette nécropole secrète lui met les nerfs à vif. Plus elle avance dans son enquête, plus elle regrette de s'être éloignée de son ordinateur et de ses contes de fées.

« Combien de temps avez-vous mis à récupérer ces pèlerins ? s'enquiert Mitch.

— Trois ans, répond Starboy. On ne peut jamais prévoir la prochaine arrivée. Parfois la fenêtre s'allume mais personne ne sort. Je crois que c'est un signe qu'ils nous adressent. Une sorte d'invitation. Woody et Nathan pensaient comme moi, c'est pour ça qu'ils ont profité de l'aubaine. Quand la fenêtre s'est illuminée, ils ont, chacun leur tour, décidé d'y répondre.

— Et on ne les a plus revus, grogne Babylonios.

— Pourquoi reviendraient-ils si c'est super cool là où ils sont, hein, mec ? »

Babylonios se contente de tirer sur son cigare mâchouillé.

« À mon avis, soupire-t-il au bout d'une minute, il n'existe qu'un moyen d'en savoir plus. Faut aller interroger cet ermite, ce type qui vit dans une grotte sur le pic de la Femme à trois yeux…

— À trois têtes, corrige Ziggy. (Il hésite, puis chuchote :) Je suis d'accord, mais il serait préférable que Lièvre Bondissant n'en sache rien, il nous prédirait les pires malheurs. »

Aurait-il tort ? se demande Cassidy.

5

Lièvre Bondissant les a regardés partir sans leur adresser le moindre salut, soulagé d'être enfin débarrassé de leur présence sacrilège.

« Faut pas lui en vouloir, a soupiré Ziggy. Il a la conviction que ces types sont des dieux morts. Il s'est autoproclamé gardien de leur repos éternel. Il n'a pas notre cadre de référence. Il entre de plain-pied dans la magie, ça ne lui pose aucun problème. C'est sa culture. »

Cassie a fait un crochet par la maison pour renouveler la provision d'eau. La chaleur est abominable. Elle a l'impression que ses vêtements vont s'enflammer. La voiture empeste le caoutchouc fondu. Ils profitent de leur halte au fortin pour se rafraîchir. Ziggy étale une carte de la réserve sur la table pour indiquer la position du pic de la Femme à trois têtes.

« Un coin désolé, précise-t-il, difficile d'accès et déconseillé à cause des serpents. Il y a énormément de crotales planqués dans le sable. Les randonneurs l'évitent.

— Voilà pourquoi l'ermite l'a choisi, souligne Mitch. En se cachant là, il est assuré qu'on lui fichera la paix.

— Si vous avez des bottes, c'est le moment de les sortir du placard, ricane Starboy. À défaut, vous pouvez vous entourer les mollets avec des magazines scotchés, ça tiendra lieu de guêtres. La plupart des morsures de serpent se situent entre la cheville et le genou. Dans le temps, les prospecteurs se protégeaient en enfilant des cuissardes en peau de sanglier. Le cuir de sanglier avait la réputation de résister à la pénétration des flèches indiennes, c'est pourquoi on s'en faisait des gilets et des cache-poussière. »

Il pérore pour dissimuler sa peur. Personne ne l'écoute. Cassie a rempli une douzaine de bouteilles vides récupérées dans la cuisine. Ça n'a rien d'excessif pour trois personnes. Ils s'aperçoivent qu'ils n'ont pas faim. La jeune femme essaye de refouler le mauvais pressentiment qui lui taraude l'estomac.

« Bon, lance soudain Babylonios, on y va ? Autant en finir le plus vite possible. »

Ouvrant son sac de voyage, il en sort un colt Peacemaker qu'il glisse dans la ceinture de son pantalon, entre ses reins. Ziggy sursaute, ouvre la bouche pour protester, mais choisit de se taire.

Ils quittent la maison et se mettent en route, une boussole posée sur le tableau de bord.

« Là, grommelle Starboy, on sort des sentiers balisés pour entrer carrément dans la zone dangereuse déconseillée aux trekkeurs, même expérimentés. »

Ils roulent en silence, guettant les panneaux indicateurs. Par moments le vent se lève, leur opposant un nuage de poussière qui les aveugle. Il convient alors de ralentir pour ne pas tomber dans une crevasse.

Ils laissent derrière eux plusieurs panneaux barrés d'inscriptions alarmantes leur conseillant de rebrousser chemin et spécifiant que la direction du parc ne pourra en aucun cas être tenue responsable de ce qui pourrait leur arriver s'ils persistent à s'engager en zone inhospitalière.

Le paysage est lunaire. C'est certes un cliché, songe Cassie, mais il exprime ce qu'elle ressent devant ces montagnes déchiquetées, dépourvues de végétation. Elle coupe le moteur. Il y a trop de crevasses, de rochers ; il va falloir continuer à pied.

Conformément à la suggestion de Ziggy, elle s'est entouré les mollets de magazines transformés en guêtres au moyen de bandes adhésives. Elle espère qu'ils seront assez épais pour arrêter les crocs d'un serpent. Ces protections improvisées forment un bourrelet malcommode sous son pantalon. Mitch, lui, porte ses éternelles bottes de Buckaroo, Ziggy des rangers dans le plus pur style *Tempête du désert*.

« Là-bas, dit le garçon, c'est le pic de la Femme à trois têtes. Vous voyez ces bosses au sommet ? Les Indiens prétendent qu'elles évoquent un profil de squaw. C'est pas évident. On dit qu'elles sont creuses et cachent des cavernes. »

Avant de quitter le fortin, ils ont prélevé des bâtons sur la palissade. Ils les empoignent et s'en servent pour sonder le sable, à la recherche d'un éventuel crotale.

L'un derrière l'autre, ils marchent en direction de la colline rocheuse. Cassidy avance avec circonspection, comme en terrain miné. Tout à coup son gourdin heurte une surface métallique ; elle tressaille. Doucement, elle creuse le sable pour dégager l'objet. Un éclat doré jaillit de la poussière.

« Nom de…, grogne Mitch. C'est un crotale. Un crotale en or. »

Il s'agenouille, s'empare avec précaution de la sculpture pour l'examiner.

« C'est trop bien fait, murmure-t-il, ça n'a pas été fabriqué par la main de l'homme. Regardez ces détails… les écailles, les crocs. Non, c'est un vrai crotale. Un crotale transformé en statue d'or pur. Il a été pétrifié en pleine attaque, la gueule ouverte. Vous voyez comme les crochets sont dégagés, prêts à frapper ? »

Prudent, il casse la figurine en deux et la glisse dans son sac. « Au cas où il lui viendrait l'idée de reprendre son apparence première », précise-t-il.

Plus loin, leurs semelles écrasent des scorpions d'or. On dirait que toute la faune des alentours s'est trouvée aurifiée au contact du mystérieux ermite. Un rapace rutilant gît dans la poussière, telle une aigle tombée d'un étendard romain. Il s'est cassé une aile en heurtant le roc. Cassie ramasse le morceau pour en examiner la section. Il n'y a ni chair ni os sous le métal. La métamorphose a affecté la matière vivante dans son épaisseur.

« Si ça continue, ricanc Babylonios, on sera riches avant d'avoir atteint le pied de la colline ! »

Ziggy regarde autour de lui, hébété par tant de prodiges.

Une méchante idée se faufile dans l'esprit de la jeune femme.

« Ça a l'air de s'en prendre à tout ce qui est vivant, souffle-t-elle. Je me demande s'il est prudent de continuer. S'il s'agit d'une irradiation, elle deviendra de plus en plus forte au fur et à mesure que nous grimperons vers le sommet. Il est possible que nous subissions le sort de ces bestioles. »

Elle songe que la métamorphose fait peut-être partie d'un réseau défensif mis en place par la créature qui vit là, loin de toute présence humaine. Elle n'a pas envie de se changer en statue, même si elle se retrouve pétrifiée sous la forme d'une Diane chasseresse à cinquante carats !

Alors qu'ils commencent à gravir le versant de la colline, Mitch et Ziggy titubent.

« Ça ne va pas ? s'enquiert-elle.

— Sais pas…, grogne Babylonios. Une subite envie de dégueuler.

— Moi aussi, gémit Ziggy. J'ai la tête qui tourne comme si j'avais la gueule de bois.

— Et toi ? demande Mitch en levant les yeux vers la jeune femme.

— Rien, lâche celle-ci. Non, aucun malaise. »

Les deux hommes sont verts, à croire qu'ils vont succomber à une hépatite foudroyante. Ils essayent encore de parcourir une dizaine de mètres et s'affaissent sur les genoux, en proie à d'horribles spasmes. Ziggy vomit sur sa caméra numérique.

« On n'ira pas plus loin, halète Babylonios. La montagne nous repousse. C'est une espèce de barrage qui s'en prend au système nerveux. Bon sang ! J'ai l'impression d'avoir bouffé de l'arsenic en guise de céréales !

— Je ne sens rien, répète Cassie.

— Alors c'est qu'il t'a choisie, souffle l'écrivain en reculant. Il va te laisser monter, toi *et toi seule*… Il ne veut pas de nous. Si je fais un pas de plus vers le sommet, je vais tomber dans les pommes. »

Soutenant Ziggy qui semble au plus mal, il entreprend de redescendre. Cassidy les regarde s'éloigner, appuyés l'un sur l'autre, tels des soldats blessés. Rassemblant son courage, elle poursuit son ascension. Il lui semble distinguer une forme dressée à contre-jour à cinquante mètres au-dessus d'elle. Une silhouette un peu monstrueuse, voûtée, bossue, mais le vent de poussière brouille le contour des choses, et il est fort possible qu'il s'agisse d'un mirage.

L'élévation du terrain lui coupe la respiration. Tous les dix mètres elle examine ses mains, terrifiée à l'idée de voir sa peau se couvrir d'écailles d'or. La colline est un lieu désolé, tourmenté. Un rocher criblé de milliers d'impacts, comme s'il avait longtemps servi de cible à une armée d'obusiers. Pas un bloc qui ne soit fendu, éclaté. Çà et là, Cassidy repère des oiseaux d'or, visiblement frappés par la métamorphose en plein vol, et qui sont tombés les ailes encore ouvertes. Le choc les a déformés, aplatis. Elle se garde d'y toucher. À présent, elle est certaine que quelqu'un la regarde. Un homme se tient debout, près du sommet. Appuyé sur un bâton. Il semble éprouver de la difficulté à conserver cette position.

Brusquement, alors qu'elle baisse les yeux, Cassie aperçoit des empreintes de pas imprimées dans la roche. Elle se baisse, les effleure. Ce sont des pieds humains qui ont creusé ces marques, pas les griffes d'une chimère ou les sabots fourchus d'un démon. Comment ont-ils pu, cependant, marteler la pierre au point d'y creuser des indentations aussi profondes ?

Elle se rappelle les propos de Ziggy. Le visiteur s'enfonçant dans le sol sous l'effet de son propre poids… l'effroyable densité des créatures débarquant du vaisseau…

Ce type doit peser autant qu'un troupeau d'éléphants ! estime-t-elle en reprenant son escalade. Les gifles de sable lui écorchent les joues. Elle a les lèvres à vif. Elle aurait dû penser à se nouer un foulard sur le bas du visage.

« Il y a quelqu'un ? » lance-t-elle sans grand espoir d'obtenir une réponse.

À travers le brouillard de poussière, elle voit la silhouette de la créature. Difforme, les épaules trop hautes, de bizarres excroissances sur le corps. Cassie pense aux lépreux du Moyen Âge, condamnés à demeurer à l'écart des populations. Et si cet homme avait choisi d'être ermite pour empêcher la propagation d'une maladie dont il est porteur ? Ce ne serait pas le dieu qu'imagine Tomosh-Amak, juste un lépreux du cosmos... Un extraterrestre pourrissant dont la décrépitude pourrait contaminer la terre entière.

Et si c'était pour cela qu'on les avait forcés à quitter la vaisseau ? songe soudain Cassidy, au comble de la panique.

Elle est presque sûre d'avoir percé le mystère des visiteurs. S'ils débarquent ici, c'est parce qu'on les a bannis de leur monde ! Leurs dirigeants considèrent la Terre comme une poubelle ! Un monde à ce point invivable qu'il sert de léproserie aux malades des dimensions parallèles...

La terreur l'envahit. Elle se tord les chevilles, esquisse un mouvement de fuite. Si elle ne rebrousse pas chemin, le monstre va la toucher, lui communiquer son mal. Elle doit fuir, fuir...

« Cassie ! dit la chose embusquée de l'autre côté du brouillard. Cassie, ne pars pas ! »

La jeune femme se fige.

C'est la voix de Nathan.

Cassidy ne sait pas si elle a réellement envie de se retourner pour aller à la rencontre de la chose qui vient de l'interpeller. Elle est sur le point de dévaler la pente quand la silhouette émerge enfin du vent de poussière. C'est bien Nathan, mais…

Mais quoi ? Plus vieux ? Changé ? Elle ne parvient pas à préciser ce qu'elle ressent en détaillant ce visage qu'elle a pourtant embrassé un nombre incalculable de fois, ce visage qu'elle a vu penché sur elle dans l'amour, près duquel elle s'est réveillée chaque matin pendant trois ans…

« C'est moi, souffle le jeune homme. C'est bien moi. Mais tu ne dois pas me toucher… reste à l'écart. Assieds-toi sur ce rocher. Si nous entrons en contact, il t'arrivera malheur.

— Tu… tu es malade ? demande Cassie. C'est pour ça que tu n'as pas donné signe de vie ?

— Oui, soupire Nathan, on peut voir les choses de cette manière. »

Il respire avec difficulté et se cramponne à son bâton comme s'il craignait de perdre l'équilibre. Il est vêtu d'un scaphandre semblable à ceux des momies sur lesquelles veille Tomosh-Amak. Un costume bizarre, constellé de tuyaux, de réservoirs, de boîtes de connexion. L'aspect doré du vêtement de protection lui ôte son côté fonctionnel. On penserait plutôt à une tenue de scène, un déguisement de cosmonaute fantaisiste.

« Il m'est impossible de toucher quelque chose de vivant sans le transformer en or, murmure Nathan. On appelle ça le syndrome de Midas. C'est une conséquence du changement de dimension. Au moment du passage de l'une à l'autre, je me suis enveloppé d'un champ magnétique qui, depuis, réorganise les atomes de carbone pour leur donner la structure moléculaire de l'or. Ça a l'air d'un gag absurde ; mais c'est ainsi. Comme le roi Midas je ne peux plus me nourrir. Tous les animaux sur lesquels je pose la main se changent en statues.

— Mais comment fais-tu, alors ? bredouille Cassie.

— Je n'ai pas mangé depuis deux mois, pour le moment ce n'est pas encore trop grave. Mon corps est imprégné de l'énergie que j'ai puisée là-bas, de l'autre côté. Je peux encore tenir un moment…

— Pourquoi ne bouges-tu pas ? Tu as l'air paralysé.

— Ma densité a été affectée. Je pèse incroyablement lourd. Je suis condamné à rester sur la roche ; si je posais le pied sur la plaine, je m'enfoncerais dans le sol. Tout ce qui n'est pas de pierre est trop mou pour moi. D'ailleurs, même le granit n'offre pas toujours une consistance suffisante… Regarde mes pieds, depuis que je te parle ils se sont enfoncés dans la pierre d'une dizaine de centimètres. Il faut que je change de place. »

Cassidy obéit. Elle constate que Nathan est effectivement « planté » dans la roche jusqu'à hauteur des chevilles, telles ces victimes de la Mafia qu'on sortait jadis de l'eau, les jambes coulées dans du ciment.

« Mais…, balbutie-t-elle, tu vas guérir ?

— Je n'en ai aucune idée, avoue le jeune homme. On m'avait prévenu, je savais que je courais un risque, je n'ai pas voulu en démordre, je désirais revenir… Tu vois le résultat. On dit que certains survivent ; ça dépend de la constitution de chacun. Je ne peux pas me plaindre, je ne suis pas devenu un vieillard en l'espace de deux heures, comme cela arrive parfois. Je ne sais pas ce qui m'attend. Je deviendrai peut-être si lourd que la montagne s'ouvrira sous moi. Dans ce cas, je m'enfoncerai au cœur de la planète, chaque jour un peu plus, vers le feu central. C'est une éventualité parmi d'autres. »

Cassidy le regarde. Ses traits se sont durcis, des fils d'argent se mêlent à sa chevelure noire. Mais le plus frappant, c'est l'expression de ses yeux. Usée, désenchantée.

« Tu… tu es réellement passé par cette fenêtre ? demande-t-elle. Tu as pénétré dans cet univers parallèle ?

— Oui, fait Nath d'une voix morne. Je ne sais pas ce qui m'a pris. Ça a été comme un coup de folie, une obsession. Quand je suis venu enquêter ici dans l'espoir de retrouver la trace de ton frère, j'ai découvert ses papiers, ses plans, les notes qu'il avait laissées derrière lui. Son journal. Au début j'ai cru qu'il avait pris trop d'acides et qu'il avait pété un câble, et puis j'ai rencontré Starboy. Si tu es ici, c'est que tu as fait sa connaissance, toi aussi…

— Oui, murmure Cassidy.

— C'est une sale petite frappe, crache Nathan. Tu dois te méfier de lui. Par la suite je me suis souvent demandé s'il ne marchait pas avec « eux », s'il ne faisait pas office de pourvoyeur.

— De pourvoyeur ?

— Oui, tu vois… sa façon d'appâter les gens, d'éveiller leur curiosité. Mine de rien, il te pousse à essayer. Il arrive à te convaincre que tu dois tenter le grand saut, que ce sera fabuleux. Que la fenêtre ouvre sur le paradis. C'est comme ça qu'il m'a eu, le salaud. Il m'a fait voir les objets, les momies. Le véhicule d'abordage conçu par Woody.

— Le véhicule de quoi ?

— La bagnole surpuissante qui permet de rouler parallèlement au vaisseau et de rattraper la fenêtre. Elle se trouve dans le hangar cadenassé, derrière la maison. C'est un engin démentiel, une vraie fusée montée sur roues, capable d'accélérations vertigineuses. En pilotage automatique, elle t'amène juste sous la fenêtre. Tu disposes alors d'une minute, pas davantage, pour te hisser jusqu'à l'orifice. Tu ne dois pas lambiner. Si l'ouverture entre les mondes se referme alors que tu n'es qu'à moitié engagé, tu es coupé en deux. Tes jambes restent ici, mais le haut de ton corps bascule dans l'autre dimension. On rencontre pas mal d'amputés là-bas. Des types qui ne se sont pas montrés assez rapides lors du transbordement. »

Cassie ne sait que dire. Tout cela est si effrayant, si incroyable… L'un après l'autre, Nathan dégage ses pieds qui, pendant son discours, ont continué à s'enfoncer dans la pierre avec un crissement agaçant. Il cherche un socle plus solide. La jeune femme comprend enfin pourquoi la montagne est criblé de trous. Il ne s'agit pas des vestiges d'un pilonnage d'artillerie, ce sont les traces creusées par Nathan lorsqu'il se déplace.

Elle se décide enfin à poser la question qui la torture depuis le début :

« Qu'y a-t-il de l'autre côté ? »

Nathan hausse les épaules.

« Ce serait trop long à expliquer, élude-t-il. Woody y voyait une métaphore du paradis et de l'enfer. Le bonheur côtoyant l'horrible, la félicité au coude à coude avec la torture… Je ne sais pas. Je ne sais plus. C'est… *bizarre*. Excitant. C'est comme une drogue, on finit par s'y laisser prendre. Woody a plongé à fond. Pas moi.

C'est pour ça que j'ai voulu revenir. Officiellement, ils ne font rien pour vous en empêcher. Ils ne retiennent personne, mais ils insistent beaucoup sur les dangers du retour. Plus on passe de temps là-bas, plus il est difficile de s'en extraire. C'est comme pour les plongeurs. On risque des accidents de décompression. »

Cassie se redresse pour esquisser un pas vers lui, mais il la repousse de son bâton.

« Non ! gronde-t-il. *Ne me touche pas !* Tu serais contaminée. Je suis toxique. Même en restant là, devant moi, tu cours un danger. Tu t'exposes à l'irradiation, le rayonnement s'infiltre en toi, dans ta chair, dans tes os. Je suis aussi néfaste qu'un baril de déchets nucléaires. »

Cassidy sent une boule se former dans sa gorge. Elle ne veut pas pleurer.

« Alors, dit-elle d'une voix qui tremble, Woody est resté là-bas ?

— Oui, il s'y ébat comme un poisson dans l'eau. Il a enfin trouvé un monde à sa mesure. Lui qui s'ennuyait tant dans notre univers.

— Mais toi… pourquoi ?

— Je suppose que j'en étais arrivé au même point. La routine, l'ennui. Ça ne marchait plus très fort, nous deux. Mon boulot me cassait les pieds. J'avais commencé à prendre de la coke en cachette, j'étais sur la mauvaise pente… Alors, d'un seul coup, cette opportunité… Tu vois, c'est banal. L'envie d'autre chose. L'éclate totale, la rupture. Certains achètent un voilier et partent faire le tour du monde, moi j'ai choisi d'ouvrir une fenêtre. Une fenêtre sur l'ailleurs.

— Et qu'as-tu trouvé là-bas ?

— Je ne peux pas te le dire, c'est trop… démentiel.

Ne te laisse pas avoir à ton tour. N'écoute pas ce petit salaud de Ziggy. Rentre à L.A. Oublie-moi, oublie Woody. De toute manière, il ne voudra jamais réintégrer son ancienne vie.

— Je ne peux pas faire ça !

— Mais si. Woody est mauvais. Il est très bien là où il est. Il a pris des… habitudes. De mauvaises habitudes. Il ne te pardonnerait jamais de le forcer à revenir.

— Mais qu'est-ce qui se passe là-bas ? Vas-tu répondre à la fin ?

— C'est quelque chose qui tourne autour de la notion d'éternité, d'immortalité… et du contraire. Un monde corrompu, fou. Il ne faut pas y mettre les pieds. »

Cassidy veut protester mais, soudain, le sol vacille sous ses pieds. Elle éprouve un vertige.

« Ça y est, martèle Nathan. Ce sont les premiers symptômes, tu es restée trop longtemps près de moi. Tu es atteinte. Fiche le camp ! Regarde… *tes cheveux !* »

La jeune femme lève la main, effleure ses mèches. Elle a la surprise de découvrir des filaments d'or enracinés sur sa tête.

« Ça va s'étendre, insiste Nathan. Va-t'en !

— Je reviendrai demain, balbutie Cassie.

— Non, jamais. Laisse-moi. Oublie-moi. »

Il tourne les talons et s'éloigne pesamment en direction du sommet. Chacun de ses pas fissure la roche. La pierre craque. La montagne a mal.

Cassidy se décide à battre en retraite. Elle dévale la pente en se tordant les chevilles. Parvenue aux deux tiers de la colline elle perd l'équilibre et roule dans la poussière, s'écorchant sur les cailloux.

Elle sent confusément que Babylonios se précipite pour la relever. Elle pleure. Il lui demande ce qui s'est passé. Elle est incapable de répondre. Il la porte jusqu'à la voiture et l'étend sur la banquette arrière. Cassie saigne du nez. Elle essaye de se redresser sur un coude mais perd connaissance.

*

Quand la jeune femme recouvre sa lucidité, elle est étendue sur le canapé défoncé du « fortin ». Babylonios la surveille, à l'étroit dans un fauteuil Santa Fe qui a du mal à le contenir tout entier. Il tend à la jeune femme un gobelet de *pulque*. Bien que détestant cet alcool, Cassie se force à l'avaler. Elle frissonne de la tête aux pieds.

« Alors ? s'impatiente Mitch. Qu'as-tu vu là-haut ? »

Cassidy se redresse, elle note l'absence de Ziggy.

« Je l'ai foutu dehors, répond l'écrivain. Je me méfie de cet avorton. Il n'est pas net. Le genre de mec qui te présente une part de gâteau en te disant : "N'y touchez pas, elle est empoisonnée, mais néanmoins tellement délicieuse !" »

La jeune femme se décide alors à raconter son entrevue avec Nathan. Un instant, elle a peur de passer pour une folle aux yeux de Mitch. Instinctivement, elle passe la main dans sa chevelure. Les fils d'or sont toujours là, touffe à cinquante carats au milieu de ses mèches rousses. Il faudra les couper.

« Tu me crois ? s'inquiète-t-elle quand elle a terminé.

— Oui, sans problème, la rassure Babylonios. L'ennui, c'est qu'on ne sait toujours pas sur quoi ouvre cette foutue fenêtre... »

6

Cassie passe une mauvaise nuit. L'image de Nathan la hante. Elle voudrait lui venir en aide. Néanmoins, ces retrouvailles lui ont permis de vérifier qu'il n'y avait plus rien entre eux. Elle a éprouvé un sentiment analogue à celui qui vous assaille lorsque, au détour d'une rue, vous tombez nez à nez avec un ancien flirt. Un type qui fut pendant deux mois « l'homme de votre vie » avant que vous ne zappiez, avec tout autant de passion, sur son successeur. Que reste-t-il de leur histoire ? Des souvenirs de peau, de soirées de folie, de virées à Tijuana, à Hawaï, quoi d'autre ? Rien de sérieux en tout cas. Rien de ce qui fait une vraie vie.

Au matin, elle a pris sa décision. « J'y retourne », annonce-t-elle à Mitch. Il n'essaye pas de la dissuader.

C'est ainsi que deux jours de suite, Cassidy va rendre visite à Nathan, au sommet du pic de la Femme à trois têtes. Chaque fois, elle constate que l'état du jeune homme a empiré. À présent, il est enfoncé dans la roche jusqu'à hauteur des genoux.

« Ma densité s'accroît, murmure-t-il d'un ton las. J'espérais que le phénomène s'inverserait, mais ça n'en prend pas le chemin.

— Que va-t-il se passer ? s'inquiète Cassie.

— Je te l'ai déjà expliqué. Je vais continuer à m'enfoncer. Je suis devenu trop lourd pour cette planète. Rien n'est assez résistant pour moi. Regarde... le granit est incapable de me soutenir. Je suis dans la même situation qu'un pièce de monnaie chauffée à blanc posée au sommet d'une motte de beurre. Je vais descendre, descendre...

— Mais tu vas t'asphyxier !

— Je n'en sais rien. Je n'ai aucune idée de ce que mon corps est capable d'encaisser. Il est possible que je puisse survivre sans air, sans nourriture... mais au bout du compte, lorsque j'arriverai au terme de mon voyage souterrain, le feu central me dévorera.

— Et si j'allais chercher du matériel ? propose Cassie. Une grue... un truc comme ça, on pourrait te tirer de là ?

— Non, la grue se plierait en deux. Il n'y a rien à faire. *Laisse-moi*... tu te mets en danger en venant ici. Tu exposes ton corps aux effets de l'irradiation. Cesse de penser à moi, j'ai joué, j'ai perdu... Tu sais, je vais être franc avec toi, je t'avais presque oubliée. Là-bas, de l'autre côté, j'ai vécu dix ans avec une fille... »

Cassidy fronce les sourcils, interdite.

« Mais il y a seulement six mois que tu as disparu ! objecte-t-elle.

— Six mois en temps terrestre, ça fait dix ans là-bas,

souffle Nathan. Je sais que c'est difficile à comprendre, mais ils ont inventé une sorte d'éternité. Une manière de dilater les heures, les minutes. C'est ça qui est grisant… tu n'es plus talonné par la vieillesse, tu peux vivre plusieurs vies. Recommencer à zéro si celle que tu viens de vivre ne te convenait pas. Ça n'a pas d'importance, tu as toujours vingt-cinq ans. Tu vois ? Les erreurs d'aiguillage ne portent pas à conséquence. On a le droit de se tromper plusieurs fois. Jamais on ne se dit, comme ici : "Merde ! Je suis trop vieux pour revenir à la case départ." Les possibilités sont infinies. »

Sa voix a pris une intonation lyrique. Ses yeux brillent d'un éclat fiévreux. Puis il se calme.

« C'est peut-être ça qui m'a poussé à passer de l'autre côté, reprend-il. La peur de me retrouver coincé dans une vie étriquée, sur des rails. Avec toi. Le même boulot, tout le temps. La même femme… J'avais envie de changer d'existence tous les dix ans, comme on change de fringues ou de bagnole, sans trop se poser de questions. Là-bas, j'ai aimé une autre fille, Silena. Quand je l'ai quittée elle était enceinte. J'ai vécu dix années avec elle, dix années au cours desquelles ton image s'est effacée de ma mémoire. Il ne faut pas m'en vouloir…

— Si c'était aussi formidable, pourquoi t'es-tu échappé ?

— Ce serait trop long à expliquer… Le système s'est corrompu… Il ne vaut mieux pas parler de ça. Oublie ce truc. Finalement, c'est un piège. Seuls des gens de la trempe de Woody peuvent s'y sentir à l'aise. »

Cassie a beau insister, il se mure dans le silence. Elle n'obtiendra pas d'autres informations. Pendant leurs conversations, elle n'a pas cessé d'entendre craquer la pierre sous le poids de Nathan. Le deuxième jour, elle a remarqué qu'un réseau de fissures l'entourait.

« Ne reviens plus, lui a-t-il ordonné. Il est possible que la montagne éclate. Je suis comme un coin de fer qui s'enfoncerait dans l'épaisseur de la roche. Je ne sais pas si la colline résistera longtemps à cette intrusion. Je crois qu'elle va se fendre de haut en bas. Il ne faut surtout pas que tu sois là quand ça se produira. »

Cassie a obéi, que pouvait-elle faire d'autre ?

À présent, elle est allongée sur son lit dans sa chambre, au fortin. Elle est inquiète car, en se lavant les mains, elle a remarqué que trois de ses ongles étaient recouverts d'une pellicule d'or…

« Ton petit copain n'a pas menti, a grogné Mitch. Ça s'étend. D'ailleurs, il me semble qu'il y a davantage de fils d'or dans tes cheveux. L'irradiation est en train de modifier ton corps. Tu dois cesser d'aller là-bas. »

Et en montant sur la balance, Cassidy a eu une très mauvaise surprise : en deux jours, elle a pris dix kilos ! Pourtant sa silhouette n'a pas changé, elle est toujours aussi mince.

« Il t'arrive la même chose qu'à Nath, a diagnostiqué Babylonios. Ta densité s'accroît. Il est en train de te refiler ses maladies ! Si ça continue, tu vas peser cent kilos sans avoir à renouveler ta garde-robe. »

Cassidy n'est pas rassurée. Elle espère que les symptômes disparaîtront si elle s'abstient de rendre visite à Nathan. Hélas, le lendemain, tous ses ongles sont dorés. Quand elle les coupe, elle réalise qu'il ne s'agit pas d'une pellicule superficielle. Les rognures sont constituées d'or pur dans leur épaisseur. Assez malléables, il suffit de les pétrir pour les transformer en pépites. Cassie s'affole.

« Tu ne vois pas que mes os suivent le même chemin ? » lance-t-elle à Mitch.

Pendant deux jours ils restent aux aguets. Cassie devient la sentinelle de son propre corps. Elle en guette le moindre changement suspect, passe un temps fou, nue devant la glace de la salle de bains, à s'épier, s'ausculter. Elle a peur.

La panique la gagne quand elle découvre que ses canines sont en train de s'aurifier à leur tour. Elle s'imagine déjà nantie d'un squelette d'or, trop mou pour la soutenir, se déformant sous le poids des organes... *Ce n'est pas possible, de telles choses ne peuvent pas arriver !* Elle est en train de perdre la boule : quand elle se réveillera, ce sera pour s'apercevoir qu'elle est prisonnière d'une cellule capitonnée à Pescadero[1].

Heureusement, les symptômes régressent au bout de soixante-douze heures. L'irradiation n'était pas définitive. Cassidy recouvre sa densité normale. L'aiguille du pèse-personne ne menace plus de bondir hors du cadran.

« O.K., conclut Mitch, maintenant que tu es redevenue une femme très ordinaire, qu'est-ce qu'on fait ?

— Woody est toujours de l'autre côté, murmure-t-elle. Il faut que j'aille le chercher.

— Woody ? grogne l'écrivain. Ce bon à rien ? Tu veux vraiment le ramener ici ?

— Je fais ça pour ma mère. Il n'y a que lui qui compte

1. Célèbre asile d'aliénés californien.

à ses yeux… et puis elle m'a toujours considérée comme une incapable. Si je lui ramène son cher fils, elle devra enfin admettre le contraire.

— Des histoires de bonnes femmes… », soupire Babylonios, dégoûté.

Ziggy est revenu ; fébrile, il a déverrouillé le hangar où se trouve parqué le bolide mis au point par le frère de Cassidy. La lumière du désert a éclairé un monstre de ferraille, noir, hideux, tordu, constellé d'éraflures. Ça ne ressemble à rien de connu. Une espèce de turbine énorme montée sur roues, et que domine une cabine de pilotage minuscule. L'engin présente des traces de brûlures, comme une capsule spatiale ayant surchauffé durant son entrée dans l'atmosphère.

« Il y a des scaphandres, explique Starboy. Combinaisons et casques. Des trucs récupérés dans les surplus de la NASA. Il faut les porter, sinon le frottement de la vitesse vous arrache la peau des os, et c'est sous forme de squelette qu'on termine la course. »

Mitch Babylonios se contente de grogner. Il examine les combinaisons étalées sur une table. Il n'est guère convaincu par cette histoire de « surplus ». Il est de plus en plus persuadé que le blondinet barbu travaille pour ceux qui vivent de l'autre côté de la fenêtre.

Les scaphandres proviennent des réserves du vaisseau, à coup sûr. Starboy est un recruteur, un espion parachuté derrière les lignes ennemies et chargé de procurer de la chair fraîche à ses employeurs. Quant aux objets bizarres exposés dans les vitrines du petit musée, ne s'agirait-il pas, en définitive, d'attrape-nigauds ayant pour unique fonction de convaincre les velléitaires de faire le grand saut ?

« Comment sais-tu qu'une fenêtre va s'ouvrir ? demande-t-il. Les Martiens te téléphonent ?

— Non, siffle le jeune homme, vexé. J'ai installé des balises sur le trajet supposé du vaisseau. Dès que ces capteurs repèrent un mouvement anormal, ils déclenchent un signal. Ça laisse trois minutes pour lancer le bolide sur la piste. À l'ouverture de la fenêtre, le booster de la turbine s'enclenche, et la bagnole atteint Mach 2. Tout est automatisé, réglé par l'ordinateur du tableau de bord. Il n'y a plus qu'à attendre la seconde où le bolide se positionne à la hauteur de la fenêtre. C'est là que ça devient épineux. Il faut quitter le poste de pilotage pour grimper sur le vaisseau. La vitesse est telle que le frottement donne l'impression d'être pris dans un cyclone. On peut facilement perdre l'équilibre et s'envoler, ou se faire arracher un bras par la bourrasque ! Le passage d'un véhicule à l'autre doit s'effectuer en quelques secondes, sinon les combinaisons n'y résistent pas. Le frottement les met en pièces ; ensuite il s'en prend à la peau, aux muscles… Il arrache tout, décape le corps couche après couche…

— Ça va, j'ai pigé », coupe Babylonios.

Ziggy en sait un peu trop à son goût. Comment cette espèce de *sand hobo*[1] peut-il s'offrir une telle panoplie technologique ? Ou il s'agit d'un fils à papa dévoyé, ou ce mec bosse pour les extraterrestres, ça ne fait pas un pli.

« Une fois le transbordement effectué, continue Star-

1. Clochard du désert.

boy, le bolide s'arrête tout seul en bout de piste. Ses réserves de carburant et de gaz ne lui permettent pas de rouler au-delà de quatre minutes. De toute façon, s'ils devaient supporter le frottement plus longtemps, le châssis et les roues seraient liquéfiés par la chaleur.

— Et pourquoi n'as-tu jamais tenté l'aventure ? s'étonne Mitch. Tu parles de ces trucs avec tellement de passion… On aurait pu penser que tu serais le premier à expérimenter la chose. »

Ziggy se renfrogne.

« J'ai pas les couilles, lâche-t-il. J'ai essayé dix fois, mais je me suis toujours dégonflé à la dernière minute. Peur d'être aspiré par le souffle, d'être écorché vif par le frottement… Je visualise ça dans ma tête, ça m'inhibe. Woody, lui, ça l'éclatait grave ces trucs de kamikaze. »

L'explication est valable, estime Mitch. Décrit de cette façon, le voyage n'a rien d'une partie de plaisir.

« Woody disait : "C'est comme du saut à l'élastique sans élastique, si l'on y croit fort, ça marche tout de même !" » ricane Ziggy.

Ils quittent le hangar ; le barbu en cadenasse le vantail.

Babylonios ne parvient pas à se faire une opinion ; le blondinet serait-il en train de les entortiller ?

Plus tard, une fois en tête à tête avec Cassidy, il lâche : « Ce sera dur, mais tu vas tout de même y aller, hein ?

— Oui, fait la jeune femme. Pour ma mère.

— Je ne te laisserai pas partir seule, grogne l'écrivain. J'irai avec toi. Ne me dis pas merci, je fais ça pour moi.

Ça me fournira de la matière pour un bouquin. Les gosses adorent ces conneries d'univers parallèles. »

*

Le lendemain, Cassie décide de retourner à Los Angeles afin de rendre visite à Gaby Krantz, dans son asile. Sa mère lui paraît vieillie, mal coiffée. Depuis qu'elle ne se maquille plus elle a l'air fragile. Les neuroleptiques la font frissonner. Elle a enfilé un chandail prêté par une infirmière, un lainage mal tricoté, elle qui avait ce genre de vêtements en horreur !

« Je sais où est Woody, lui explique Cassie. Aller le chercher sera dangereux. Il se peut que je n'en revienne pas. Veux-tu que je tente l'aventure ? »

Gaby Krantz fonctionne au ralenti. Elle hoche la tête. Il lui faut une minute pour digérer l'information. Elle ne demande aucun détail ; elle n'en a pas la force. Depuis qu'on l'a mise sous antidépresseurs, ses capacités de réflexion sont très diminuées.

« Oui, souffle-t-elle au bout d'un moment, d'une curieuse voix de petite fille. J'ai besoin de Woody. Toi, je m'en fiche. »

Tout est dit.

Cassie se lève, l'embrasse sur le front et s'en va.

Avant de repartir dans le désert, elle passe chez elle pour s'accorder le luxe d'un bain. Elle s'attarde dans son appartement en songeant que c'est peut-être la dernière fois qu'elle y met les pieds. Elle a soudain l'impression bizarre d'être entrée par effraction chez une étrangère. Elle ne reconnaît rien. Les livres, les bibelots, la décoration n'ont plus aucune signification. Elle s'en fiche.

Elle change de vêtements et repart sans ouvrir son courrier.

À son arrivée dans la réserve, elle est accueillie par Mitch qui lui lance :

« Le pic de la Femme à trois têtes a éclaté. Il s'est fendu par le milieu. Je suis allé voir. Au fond de la faille il y a un trou dans le sol ; une espèce de puits naturel.

— C'est Nathan, murmure Cassie. Il continue à s'enfoncer.

— C'est ce que j'ai pensé. Tu veux quand même tenter le coup ?

— Oui.

— *Rock'n'roll !* »

7

Ziggy a accueilli leur décision avec chaleur et s'est aussitôt mué en moniteur de sport extrême, leur expliquant en détail ce qu'ils auraient à faire une fois sur le bolide. Il possède le sujet à fond. « Un peu trop, même », a grogné Babylonios, s'obstinant à penser que le blondinet travaille pour l'ennemi. Comme s'il avait perçu la méfiance de l'écrivain, Ziggy a déclaré : « Je ne suis pas un crétin, vous savez, je sors du MIT[1]. J'ai construit moi-même la plupart des équipements qui nous entourent. »

Les deux hommes ont rempli les réservoirs du véhicule, branché les bonbonnes de gaz NOS qui, le moment venu, multiplieront par dix la vitesse initiale de l'engin. Peu à peu, la « voiture » conçue par Woody se transforme en une prodigieuse bombe roulante.

« C'est dangereux, marmonne Starboy. À la moindre fuite, tout pétera. La déflagration creusera un cratère

1. Massachusetts Institute of Technology.

assez large pour engloutir la maison. L'auto sera liquéfiée par la chaleur, quant à vous… »

Les vérifications achevées, le garçon s'installe au volant et sort le bolide du hangar pour le conduire sur la piste. Là, il le positionne sur ce qu'il nomme « la ligne de départ » et coupe le contact.

« Nous allons camper à côté, explique-t-il, de cette manière nous pourrons le surveiller. Quand les détecteurs de mouvement donneront l'alerte, vous aurez trois minutes pour enfiler les combinaisons et gagner le poste de pilotage. En serez-vous capables ? Woody et Nathan, eux, ont roupillé une semaine dans le cockpit avant de recevoir le signal. »

Il propose de planter une tente à la lisière du tarmac. Cassidy et Babylonios dormiront là, les scaphandres à portée de la main.

« Vous disposerez de très peu de temps, insiste Ziggy. Dormez à poil. Il faudra enfiler les combinaisons à même la peau car elles sont équipées de capteurs, de palpeurs et d'électrodes qui vous ausculteront en permanence pour compenser les faiblesses de votre métabolisme. Quand la sonnerie retentira, bondissez hors des sacs de couchage et habillez-vous en deux temps trois mouvements. Ensuite, courez vers le bolide pour vous sangler dans le poste de pilotage. Ne lambinez pas, dix secondes d'hésitation peuvent faire toute la différence. Si le bolide démarre trop tard, il n'aura aucune chance de rattraper la fenêtre. Pigé ? »

Cassie et Mitch hochent la tête. Ils ont compris. L'après-midi même, ils dressent une tente au bord de la piste d'envol, à dix pas du véhicule. Ziggy apporte des lits de camp (à cause des scorpions) et des sacs de couchage de l'armée conçus pour les basses températures. « Même nus vous n'aurez pas froid », explique-t-il.

Une fois que tout est installé, il exige qu'on procède à des essais, chronomètre au poing. Cassidy et Babylonios doivent se dénuder et feindre de dormir, chacun dans son duvet, puis bondir dans une combinaison dès le top donné. La jeune femme apprécie modérément les regards de ses compagnons sur son anatomie. Elle ne comprend pas la nécessité d'un tel réalisme ; ce n'est qu'une simulation, après tout. Elle s'en ouvre à Ziggy.

« Je ne fais pas ça pour te reluquer ! grogne celui-ci en rougissant. Je veux m'assurer que les palpeurs des scaphandres fonctionnent. Ces combinaisons, c'est de la récup, elles pourraient présenter des défaillances. Si ça se produit lors du transbordement, vous serez tués par l'accélération. Votre cœur s'arrêtera comme si vous encaissiez un coup de poing dans la cage thoracique. Allez, on arrête de jouer les chochottes et on recommence, *vous êtes trop lents.* Il faut gagner dix secondes, sinon la fenêtre se sera refermée avant même que vous ayez hissé vos culs dans le cockpit. »

Ils recommencent, dix fois, vingt fois, dans la fournaise du désert. Dès qu'elle boucle la fermeture du scaphandre, Cassidy a l'impression que cent petites bouches se promènent sur sa peau. Des bouches ou des ventouses. Elle déteste ces succions. C'est comme si le costume de protection était tapissé de sangsues. Horrible.

« Les palpeurs, explique Starboy, analysent tes fonctions vitales et adaptent le scaphandre en conséquence. Tu vois ces tuyaux, sous l'étoffe ? Ils se gonfleront le moment venu pour encaisser l'accélération à ta place. Ils t'envelopperont. Tout est à l'avenant. Ce vêtement va souffrir pour toi. On peut même dire qu'il mourra pour toi, puisque après quatre minutes de course, il sera hors d'usage. »

Ziggy devient lyrique. Ses mains suivent les courbes du scaphandre pour en souligner les formidables capacités… *et pour me peloter, mine de rien !* enrage Cassidy qui n'est pas dupe de la manœuvre.

« Le moment crucial, radote le barbu, ce sera quand vous éjecterez la carlingue pour le transbordement. La pression sera si forte qu'elle vous arrachera bras et jambes si les combinaisons tombent en panne. Normalement, l'exosquelette pneumatique devrait empêcher ça et préserver votre intégrité anatomique. Encore une fois, les tuyaux se raidiront pour compenser la faiblesse de vos articulations et vous éviter d'être démembrés. Vous aurez un peu de mal à bouger, c'est vrai, mais on ne peut pas tout avoir, n'est-ce pas ? »

Pendant deux jours ils répètent ces exercices fastidieux. Cassidy est si fatiguée qu'elle n'éprouve bientôt plus aucune gêne à évoluer nue sous le regard des hommes. La nuit, elle rêve des mouvements qu'il lui faudra effectuer, des faux pas à éviter, des endroits précis où elle devra poser la main, le pied, pour gagner une fraction de seconde. Le sac de couchage polaire la protège des baisses de température nocturnes. Il arrive même qu'elle ait trop chaud. Elle éprouve un curieux sentiment de réconfort à dormir ainsi à proximité de Babylonios qui ronfle comme un sonneur et pète dans son sommeil. Elle se dit qu'elle n'aurait jamais dû le quitter… puis se rappelle que c'est lui qui l'a mise dehors.

Le matin, l'écrivain grogne rituellement :

« J'aime pas dormir à poil, ça me flanque une trique d'enfer et je fais des rêves de cul toute la nuit. »

Dans la lumière du soleil, le bolide d'acier noir a des allures de scarabée. Ziggy multiplie les inspections, les mesures. Il passe des heures à quatre pattes sous l'engin. Les roues sont aussi grosses que celles d'un avion de ligne. Cassie essaye d'évaluer le coût d'une telle machine. Qui en a financé la construction ? Pas Woody, qui n'a jamais eu plus de cent dollars en poche, alors qui ? Starboy, sans doute. Elle l'imagine en fils d'industriel richissime. Elle l'affuble d'un père texan collectionnant les puits de pétrole. Oh ! après tout, elle s'en fiche. Elle est trop près du grand saut pour s'inquiéter de ces choses.

Dean Goosman, le soi-disant naturaliste du Visitor Center, est venu rôder autour du fortin.

« On a signalé un glissement de terrain du côté du pic de la Femme à trois têtes, a-t-il expliqué. La colline s'est fendue en deux comme une bûche sous la cognée. Vous n'avez subi aucun dommage ? »

Il avait les yeux fureteurs d'un flic effectuant un repérage. Cassidy a eu du mal à s'en débarrasser. Il lui a extorqué une promesse de visite au centre de conférences. Peut-être la draguait-il, tout simplement… Au contact de Ziggy, la jeune femme devient paranoïaque.

Le fils à papa barbu leur a montré les balises installées le long de la piste d'envol, en amont du campement. Des petites boîtes clignotantes, fichées dans le sable de part et d'autre du tarmac.

« J'en ai comme ça sur trente kilomètres, explique-t-il

avec un geste en direction du désert. Dès que le vaisseau ralentira, son déplacement deviendra perceptible, et les détecteurs de mouvement le localiseront. Ils émettront alors un signal d'alerte… Vous connaissez la suite. »

Tomosh-Amak s'est présenté un matin pour effectuer une danse rituelle autour du bolide. Puis il a soufflé de la fumée au visage de Cassie et de Babylonios, afin d'attirer sur eux l'attention des braves, morts jadis au temps des guerres indiennes, et qui continuent à apprécier les actions d'éclat. Selon lui, les défunts s'ennuient dans les prairies du Grand Esprit, aussi ne dédaignent-ils aucun spectacle où danger et témérité se mêlent étroitement.

Puis il a remis aux deux voyageurs des présents qu'ils devront offrir aux dieux résidant de l'autre côté de la fenêtre jaune. Des colliers de perles, des fétiches emplumés, très beaux, anciens, pour lesquels un musée offrirait une fortune.

« J'ai l'impression de partir affronter Custer… », grommelle Babylonios.

*

Quatre jours s'écoulent dans l'attente d'un signe. La journée, ils continuent les simulations, afin de ne rien perdre des réflexes si chèrement acquis. *Les scaphandres, l'échelle, le cockpit, se sangler sur les sièges, se préparer au choc de l'accélération…*

« Ce qui se passera après, je n'en sais rien, avoue Ziggy. La chance y aura une bonne part. Il ne faut surtout pas que le bolide dévie de sa route. S'il heurtait le vaisseau, il serait projeté dans les airs, à des kilomètres, comme la voiture du VRP aujourd'hui perchée au sommet d'un piton rocheux. Gardez les mains loin du tableau de bord. Ne touchez à rien. La manœuvre d'approche se fera automatiquement. La séquence est gérée par l'ordinateur de bord. Dès que vous serez à bonne distance, le cockpit se relèvera. Vous devrez alors passer d'un véhicule à l'autre… et là, aucune machine ne pourra prendre la décision qui s'imposera ou effectuer les gestes qui conviendront à votre place. »

Babylonios supporte cette attente avec stoïcisme, embusqué derrière ses lunettes noires, le cigare vissé au coin du bec. Les autres n'ont aucune idée de ce qui se passe dans sa tête. Rien, peut-être. Cassidy l'a toujours soupçonné d'être capable de se « débrancher ». Un pouvoir qu'il a ramené d'Asie, où il a été basé, jadis, lorsqu'il était dans les troupes aéroportées.

Airborne Paratroopers.

Hell is my home, devil is my pop'[1] *!*

C'est tatoué sur son biceps gauche.

La jeune femme n'a pas cette sérénité. Elle ne tient plus en place. Si la fenêtre jaune n'apparaît pas bientôt, tout courage l'abandonnera. Pour l'instant, elle est gonflée à bloc mais ça ne durera guère. La fenêtre doit s'ouvrir avant qu'elle ne perde les pédales… Il le faut !

La cinquième nuit, à trois heures du matin, le signal d'alarme retentit, les arrachant au sommeil. Le cœur fou, ils s'extirpent des sacs de couchage pour enfiler les scaphandres. Les doigts de Cassidy tremblent tellement

1. Commando parachutiste. L'enfer c'est chez moi, le diable est mon papa !

qu'elle a du mal à faire coulisser les fermetures à glissière de la combinaison. Elle pose le casque sur sa tête, l'attache sous son menton, rabat la visière et la verrouille afin que le vent ne puisse l'arracher. Ziggy se dresse au seuil de la tente, échevelé, hystérique. Il hurle des choses que la jeune femme n'entend pas. Elle se précipite dehors à la suite de Babylonios. Elle se cramponne aux échelons d'acier soudés au flanc du bolide, escalade la turbine. Les gestes lui viennent bien. L'entraînement porte ses fruits. Ils se retrouvent bientôt dans le cockpit en train de boucler les ceintures de sécurité. Avec un doux ronronnement la carlingue se verrouille. Le cœur de Cassidy bat la chamade. La lune est pleine ce soir ; elle éclaire le long ruban de la piste d'envol qui, curieusement, semble saupoudrée de neige.

Des lumières clignotent sur le tableau de bord. Le bolide vibre de toutes ses membrures, la turbine fait entendre son sifflement. Un peu partout, des bielles, des pistons jouent, coulissent, actionnant des engrenages mystérieux. Une odeur bizarre emplit l'habitacle. Cassidy se demande s'il n'y aurait pas une fuite de kérosène, et s'ils ne vont pas exploser à la première étincelle…

« Ça y est ! hurle Ziggy dans ses écouteurs, le vaisseau ralentit, il va s'engager sur la piste. La fenêtre s'ouvrira à gauche… *À gauche !* Vous entendez ? »

Mais sa voix est couverte par le rugissement de la turbine qui s'enclenche. Le bolide fait un bond prodigieux en avant. Cassie a l'impression qu'une main invisible essaye de l'aplatir au fond du siège. C'est insupportable. Elle suffoque. Elle croit entendre craquer ses côtes. Sa tête n'est qu'une ventouse pleine de sang, une ventouse qui grossira, grossira, jusqu'au moment où elle éclatera à la façon d'une bulle de savon…

Ça y est, ils roulent ! Quoique le terme rouler ne rende pas vraiment compte de ce qui est en train de se passer… La jeune femme a la sensation d'être prisonnière d'un avion de chasse quittant le sol ; elle s'attend à voir les étoiles se coller à la carlingue.

Et puis, soudain, c'est le miracle… La fenêtre jaune apparaît sur la gauche. Ronde, elle évoque une lucarne, un œil-de-bœuf. Une écoutille. Elle émet une lumière dorée, palpitante, irréelle.

Très vite, elle dépasse le véhicule, mais celui-ci la rattrape. Le gaz injecté dans les circuits booste le moteur. Obstinément, le bolide grappille le terrain perdu. Quand le cockpit arrive à la hauteur de la fenêtre, la carlingue est éjectée ; le frottement de l'accélération arrache un hurlement aux deux passagers. Ils doivent y aller… c'est maintenant ou jamais.

Cassie essaye de ne pas se demander quelle est leur vitesse à présent. 500 km/h ? Davantage ?

L'exosquelette pneumatique du scaphandre se gonfle, l'obligeant à se redresser. Elle se libère de la ceinture de sécurité. À présent, elle est debout, raide comme une statue. Elle chevauche l'ouragan. Sans la carapace de la combinaison elle aurait déjà été écartelée, ses bras se seraient détachés de son corps et tourbillonneraient loin en arrière, dans le maelström de la bourrasque. Elle fait un pas, puis deux, puis trois… mais c'est le scaphandre qui marche à sa place, guidé par les impulsions de son cerveau. Il décuple sa force musculaire, lui permet de se cramponner aux montants du véhicule.

Le vaisseau et la voiture roulent bord à bord ; cela ne

durera pas. Le bolide a déjà presque épuisé sa réserve de carburant. Il faut sauter dans l'inconnu.

D'une détente des cuisses, Cassie plonge à l'horizontale en direction de la fenêtre jaune.

La lumière l'avale.

8

Quand Cassie reprend conscience, elle est allongée sur un canapé Chesterfield dans une pièce au plafond haut, encadré de moulures. Un crépitement lui apprend qu'un feu brûle dans une cheminée aux sculptures tortueuses. On se croirait dans *La Splendeur des Amberson*. La jeune femme cligne des yeux, s'étonne. Elle est environnée de marbre, de statues antiques. Ce n'est pas là l'image qu'elle se faisait d'une dimension parallèle. Elle s'était préparée à débarquer dans un univers aseptisé de haute technologie, une annexe de Silicon Valley, ou quelque chose dans le genre de *2001, l'odyssée de l'espace*. En fait de vaisseau spatial, il s'agirait plutôt d'un manoir anglais. Les dalles du sol disparaissent sous de coûteux tapis persans, une bibliothèque aux rayonnages chargés de grimoires – qui serait davantage à sa place dans les locaux d'une vénérable université ! – recouvre les murs lambrissés.

De très loin lui parvient l'écho assourdi d'une musique qu'elle connaît bien, et qui évoque pour elle la

Seconde Guerre mondiale : *Smoke Gets in Your Eyes.* Un titre sur lequel bien des aviateurs ont dansé avant de s'envoler pour une mission dont ils ne devaient jamais revenir.

Elle essaye de se redresser et gémit. Elle a mal partout, comme si on l'avait rouée de coups. Elle est encore vêtue de son scaphandre mais le vêtement est en lambeaux et empeste la fumée. Le frottement de la course l'a mis en pièces. À certains endroits, il est même carbonisé. Le casque, qui repose pour l'heure sur une table à opium japonaise en belle laque rouge, présente des détériorations analogues. Cabossé, roussi, la visière fondue…

Cassidy constate qu'elle a échappé de peu à la mort. Tout de suite elle pense à Babylonios, s'inquiète de son absence… A-t-il réussi à passer ? A-t-il été mutilé lors du transbordement ? Elle se le représente les bras et la tête arrachés par l'ouragan. Cette fois, elle parvient à s'asseoir. Une jeune femme aux longs cheveux bruns apparaît au seuil de la pièce. Elle porte une robe démodée, des talons aiguilles, une frange rectiligne au-dessus des sourcils, comme certaines pin-up de la fin des années 1950. Betty Page ? Elle a l'air échappée d'une vieille série datant des débuts de la télévision. Un instant, Cassidy a l'illusion d'avoir été transportée dans un épisode en noir et blanc de *Ma sorcière bien-aimée* ou de *Chapeau melon et bottes de cuir*.

« Comment vous sentez-vous ? s'enquiert l'inconnue.

— Pas très bien, bredouille Cassie. Où est mon compagnon ? »

La jeune femme esquisse un sourire attristé et murmure :

« Je suis désolée, vous étiez seule lorsqu'on vous a

recueillie sur le périmètre d'atterrissage. Je pense que celui qui vous accompagnait n'a pas réussi à passer. La fenêtre s'est refermée derrière vous. »

Cassidy accuse le coup. La présence de Babylonios l'avait convaincue de tenter l'aventure ; sans lui elle se sent perdue. Elle va devoir se débrouiller seule dans ce monde étrange qui, d'emblée, lui inspire la plus grande méfiance.

« Je suis Silena Jones, dit encore la jeune femme. Je suis hôtesse d'accueil. Je vais m'occuper de vous. Ne posez pas trop de questions, soyez patiente, les choses s'expliqueront d'elles-mêmes peu à peu. D'abord, nous allons entreprendre de restaurer votre intégrité organique. Le passage vous a abîmée. Rien de grave, rassurez-vous, mais il est important de procéder à certains réajustements de votre métabolisme. Vous êtes dans la même situation qu'une plongeuse qui, remontant des profondeurs, n'aurait respecté aucun palier de décompression. »

D'une main ferme, elle aide Cassie à se relever et la soutient le temps de traverser la pièce.

« Je suis dans une dimension parallèle ? demande Cassidy qui se fait soudain l'effet d'une fillette s'inquiétant de l'arrivée du Père Noël.

— Non, rien de si… romantique ! s'exclame Silena Jones, un brin de moquerie dans la voix. Vous vous trouvez à l'intérieur d'un vaisseau supraluminique ayant pris la route le 26 juin 1948, et qui, depuis, n'a jamais cessé de rouler.

— 1948 ? répète Cassidy, incrédule. Vous êtes née à bord ? Quel âge avez-vous ?

— Non, je ne suis pas née à bord. J'avais vingt ans le jour du départ, j'étais l'une des secrétaires mises à la disposition des ingénieurs qui travaillaient au projet. J'ai donc quatre-vingts ans, si l'on compte en années terrestres. Mais ici, cela ne signifie pas grand-chose. Le temps du dehors et le temps d'ici ne sont pas synchrones. »

Tout en parlant Silena Jones a ouvert la porte d'une luxueuse salle de bains. La baignoire est immense, bien plantée sur ses pattes de lion griffues ; les robinets sont en or. D'une main ferme, l'hôtesse dépouille Cassie de son scaphandre en loques et l'aide à grimper dans la baignoire qui se révèle à demi remplie d'une solution laiteuse au parfum étrange.

« Détendez-vous, ordonne-t-elle. Ne résistez pas à la somnolence. Nous allons essayer de vous réaligner. Vous souffrez d'un déphasage temporel qui pourrait dérégler votre horloge interne s'il n'était pas corrigé. Dans ce cas, vous vous mettriez à vieillir en accéléré ou à rajeunir, c'est selon… »

Cassidy sent qu'elle devrait s'inquiéter, mais, au fur et à mesure qu'elle s'assoupit, tout lui devient indifférent. Elle sombre bientôt dans une douce torpeur à laquelle elle s'abandonne avec délice. À travers le brouillard de la somnolence, elle devine que Silena lui injecte différentes substances dans les veines mais ne s'en alarme pas.

Quand elle ouvre enfin les yeux, elle est incapable de déterminer combien d'heures elle a passé dans l'eau. Elle va mieux. Assise sur un tabouret, Silena l'observe en fumant à l'aide d'un court fume-cigarette de nacre. Encore une fois, Cassidy a l'impression d'assister à la projection d'un film noir ; la porte va s'ouvrir, Humphrey Bogart ou Lauren Bacall vont faire leur entrée.

Mais non, elle se trompe, il n'y a que Silena et son fume-cigarette de femme fatale. Silena qui l'observe. D'emblée, Cassie n'aime pas ce qu'elle croit lire dans son regard. De la froideur ? Du calcul ? De la haine ?

Mais peut-être s'agit-il d'une impression sans fondement car, très vite, la brunette se reprend et sourit avec chaleur.

« C'est bien, fait-elle, vous avez récupéré. Vous pouvez cesser de faire trempette. Nous allons vous habiller. »

Elle décroche un peignoir d'éponge et le tend à Cassidy qui s'en enveloppe avec soulagement. Elle a toujours été pudique, même avec les femmes. Elle glisse ses pieds nus dans des mules et suit Silena le long d'un couloir qui débouche dans un magasin d'habillement. Là, elle hausse les sourcils. Tous les vêtements suspendus sur les cintres (il y en a plusieurs centaines) datent des années quarante. Avant que Cassie ait eu le temps de réagir, Silena ouvre un tiroir et exhibe des sous-vêtements dignes d'un musée de la mode. Un soutien-gorge à baleines dont les bonnets coniques ont été conçus pour couvrir des obus, une culotte dont l'élastique grimpe au-dessus du nombril.

Devant l'air dépité de Cassidy, la brune laisse fuser un ricanement.

« Je sais, fait-elle, cela vous paraît horriblement démodé. Les filles de votre temps vont seins nus, affublées de slips minuscules. Nous ne pratiquons pas ce genre d'excentricités. Le professeur Ballooran tient à ce que les nouveaux arrivants observent nos coutumes. À l'intérieur du vaisseau, le temps s'est arrêté en 1948. Il faudra vous y faire. »

Elle a dit cela avec hargne, comme si elle reprochait

à Cassie d'arriver d'un monde où l'on a l'habitude de cuire les enfants à la broche.

Renonçant à faire un esclandre, Cassidy enfile en silence les effets qu'on lui tend. Elle se retrouve affublée d'une robe à pois bleus, horriblement *convenable*. Silena lui remet alors un sac à main, des gants blancs, un chapeau.

« Le professeur Ballooran n'apprécie guère le laisser-aller, lâche-t-elle en guise d'excuse. Il faudra rectifier votre coiffure, vous avez l'air d'une gardeuse de moutons irlandaise. »

Ces préparatifs achevés, Silena ouvre une nouvelle porte. Les deux femmes quittent le magasin d'habillement. Un couloir mène à une galerie suspendue dominant un jardin intérieur. L'odeur des roses est entêtante. Des papillons et des colibris virevoltent entre les massifs. Une fontaine à angelots gazouille au milieu de la verdure.

Cassidy s'étonne des dimensions de la serre, qui lui paraît gigantesque. Le vaisseau est donc si grand ?

« Nous disposons de nombreux espaces verts intérieurs, explique Silena. C'est important lorsqu'on vit en milieu clos. Il faut pouvoir s'échapper dans la nature. Les roses que vous contemplez ont fleuri le jour même de notre départ. Il y a soixante ans qu'elles tiennent bon… Nous nous appliquons à faire de même. »

Une cafétéria ouvre sur la galerie. Silena invite Cassie à s'installer près de la balustrade dominant le jardin. Tout est incroyablement propre, neuf, comme au jour d'une inauguration. *Un monde à la Norman Rockwell,* songe Cassidy. *Sans crasse, sans graffitis, peuplé de gens polis et souriants.*

Le *coffee shop* est presque désert. Trois femmes, attablées devant des tartes à la cerise et des pots de café, bavardent en sourdine. Elles se donnent un mal fou pour ne pas regarder en direction de « l'étrangère ». Instinctivement, Cassie calcule le nombre de calories qu'elles sont occupées à engloutir. Pour elle qui vient d'un monde où le mouvement pro-ana[1] règne en maître, il y aurait de quoi épouvanter n'importe quel *top model* !

Sur un signe de Silena, la serveuse apporte des tartes aux pommes et deux tasses de café. Le badge accroché à son tablier indique qu'elle se prénomme Michelle.

« Vos cheveux..., reprend Silena dès que la serveuse a regagné le comptoir, il faudra les teindre et les défriser. Le professeur Ballooran n'aime que les cheveux bruns, lisses. »

Elle énonce cela comme s'il s'agissait d'une révélation stratégique susceptible de déchaîner une catastrophe planétaire.

« Avant de vous préoccuper de ma coiffure, coupe Cassidy, je voudrais que vous m'expliquiez tout ça... »

D'un geste circulaire, elle désigne le jardin, les bâtiments, le *coffee shop*. Silena pousse un soupir. Elle semble déçue que son interlocutrice veuille brûler les étapes.

« D'accord, capitule-t-elle. Si vous préférez la jouer comme ça... Charles Ballooran a travaillé au projet Manhattan, vous savez : *la bombe atomique*... Mais ça ne l'intéressait pas. Ses travaux portaient sur la relati-

1. Mouvement qui prône l'anorexie en tant que système philosophique. Il fait des ravages en Californie.

vité, le temps, la courbure de l'hyperespace, ce genre de choses. Ça ne passionnait pas le gouvernement. C'était la guerre, voyez-vous… Ce que voulaient les militaires, c'était anéantir les Japonais. Ballooran a eu du mal à les convaincre de le laisser poursuivre ses recherches. Il leur a raconté pas mal de bobards. Voilà comment il a réussi à construire la nef…

— *La nef ?*

— Oui, le vaisseau où nous nous trouvons. Pour faire simple, je dirais qu'il s'agit d'un véhicule de la taille d'un paquebot. Une espèce de fusée horizontale montée sur roues, et qui se déplace à une vitesse fantastique. À partir d'un certain stade d'accélération, tout devient poreux, tout s'interpénètre, les atomes se faufilent dans l'espace intramoléculaire des objets qui nous entourent. Je vous explique cela grossièrement, n'y comprenant rien moi-même… À une telle vitesse, le vaisseau est invisible, immatériel ; il peut traverser une montagne de part en part sans en être affecté. Tous ceux qui l'habitent deviennent des passe-murailles. En cette seconde même, il est fort possible que nous soyons en train de nous enfoncer au travers des Appalaches ou de l'Everest… Ce système permet de voyager dans l'épaisseur des choses. À l'origine c'était, je crois, le but de l'expérience, mais Ballooran a fini par lui découvrir un autre avantage, et non des moindres. »

Elle s'interrompt pour boire une gorgée de café. Un oiseau vient se percher sur la balustrade, attiré par les miettes de muffin demeurées sur une table. L'atmosphère est irréelle. Cassidy est frappée par l'absence de promeneurs, de badauds. Le jardin est vide, comme la galerie. Une sorte d'engourdissement la gagne.

« De quel avantage parlez-vous ? lance-t-elle pour échapper à la torpeur.

— Le Temps, murmure Silena, les yeux soudain brillants. Le Temps avec un grand T ! La vitesse a pour effet de le ralentir à l'extrême, de le suspendre… Quand on est à l'intérieur de la nef, on n'en subit plus les effets. On se retrouve coincé dans la parenthèse d'un éternel présent. *On cesse de vieillir.* On devient… immortel, ou presque. »

Elle se tait, le souffle court, deux taches rouges sur les pommettes. Ses yeux étincellent sous l'effet de l'excitation. Sa bouche entrouverte, humide, semble sur le point de murmurer d'étranges confessions érotiques. Elle pose la main sur celle de Cassie et l'étreint, comme si elle voulait lui faire mal.

« Vous saisissez ? insiste-t-elle. J'ai quatre-vingts ans. J'ai cessé de vieillir à la seconde même où la nef a entamé son voyage. Il en va de même pour tous ceux qui nous entourent. Dehors, je serais une octogénaire grabataire, prisonnière d'un hospice, avec des perfusions fichées dans les bras. Ici, je suis une jeune femme en parfaite santé qui a déjà épuisé le temps que la nature lui avait imparti, et qui, au mépris des lois communes, se prépare à entamer une nouvelle existence. »

Cassidy dégage sa main. L'excitation de Silena ne lui dit rien qui vaille.

« Vous ne vieillissez vraiment pas ? demande-t-elle. Pas même d'une minute ? »

Silena bat des paupières, décontenancée. Son regard devient fuyant.

« Si, avoue-t-elle, quand la nef ralentit, le temps nous rattrape. Il se remet à couler ; heureusement, cela ne dure pas. Si nous nous arrêtions *réellement*, notre âge véritable nous serait restitué en l'espace de trois minutes. Nous nous mettrions alors à vieillir en accéléré. Ce ne serait pas beau à voir. »

Elle a pâli en prononçant ces mots, et Cassidy a pu voir la chair de poule hérisser ses avant-bras.

« Et pourquoi ralentissez-vous ? s'enquiert-elle.

— Pour des raisons techniques, élude Silena. Une histoire de surchauffe. Il faut parfois donner aux turbines le temps de refroidir sinon tout exploserait. Nous en profitons pour ouvrir l'une des écoutilles.

— La fenêtre jaune ?

— Oui. Ceux qui veulent partir en profitent ; ceux qui veulent entrer également. Ce que vous avez fait.

— Pourquoi accueillir des étrangers ? Nous venons d'une autre époque... Vous ne craignez donc pas que nous apportions le chaos dans nos bagages ?

— Si, je l'avoue. Mais un apport de sang neuf est nécessaire. Nous avons besoin de nouvelles têtes. C'est capital pour la dynamique du groupe. Imaginez un peu : soixante ans à voir les mêmes bobines ! Il y a de quoi devenir fou. Soixante années de rancœurs, d'accrochages, d'histoires d'amour ou de fesses ratées... Je sais de quoi je parle, au bout de trois ans d'enfermement tout le monde avait couché avec tout le monde, nous tournions en rond. Il est devenu évident qu'il fallait agrandir le cheptel. Accueillir des étrangers, nous confronter à de nouvelles personnalités. C'était le seul moyen d'échapper à la sclérose. Après le sixième suicide, le professeur Ballooran a décidé d'entrebâiller une fenêtre sur l'extérieur. Certains, qui ne supportaient plus l'ambiance de la nef, en ont profité pour partir. Je crois savoir que les choses ne se sont pas bien passées pour eux… Il a fallu un certain temps pour que les gens du dehors se décident à tenter l'aventure, mais le bouche-à-oreille a fini par fonctionner. Nous accueillons désormais une centaine de postulants par an.

— Vous calculez encore le temps en années ? s'étonne Cassie. Je croyais qu'il n'existait plus.

— C'est une façon de parler, réplique Silena, agacée. Nous disposons d'une horloge de référence. C'est elle que nous consultons lorsqu'il s'agit de fixer un rendez-vous. Il n'y a pas moyen de faire autrement, parce qu'au bout d'un moment on ne parvient plus à sentir l'écoulement des heures… Vous en ferez l'expérience. C'est l'une des conséquences de l'immortalité. On perd la notion du temps. Ainsi, en cet instant même, je suis incapable de savoir si nous parlons depuis trois minutes ou trois jours… Au reste, ça n'a aucune importance puisque rien ne nous presse. »

Elle émet un rire un peu sot.

« Mais, insiste Cassidy, comment se passent concrètement les choses ? Pour manger, dormir…

— L'horloge sonne les repas, elle nous rappelle qu'il faut nous alimenter. Quand les lumières s'éteignent, c'est qu'il est temps de dormir… Il importe d'obéir à ces signaux, sinon on oublierait vite de se nourrir et de se coucher. On finirait par s'affaiblir. Et cet affaiblissement nous tomberait dessus pendant des séquences de ralentissement, lorsque le temps se remet en marche… Il nous rendrait encore plus vulnérables. »

Elle ébauche un geste pour signifier qu'elle en a assez et se lève.

« Venez, dit-elle. Il ne faut pas vous assommer de

théories dès le premier jour. Vous assimilerez ces choses à l'usage. Sachez seulement que personne n'est obligé de demeurer dans la nef. Si vous souffrez de claustrophobie, l'administration vous fournira un scaphandre pour retourner dans votre monde. Toutefois, je dois vous avertir, plus vous tarderez à partir, moins vous aurez de chances de vous réacclimater aux lois physiques et physiologiques du dehors ! »

Cassidy, se rappelant les momies de cuir sur lesquelles veille Tomosh-Amak, est tentée de lui répliquer qu'elle en sait plus qu'elle à ce sujet.

Elles quittent le *coffee shop* après en avoir salué les clientes, qui répondent d'un discret signe de tête.

« Je n'ai pas payé parce que l'argent au sens où vous l'entendez – billets, pièces – n'existe pas ici, précise Silena. Ça n'aurait aucun sens. Les gens sont employés selon leurs capacités. Pour éviter l'ennui, on change d'emploi tous les deux ans. Il faut suivre alors une formation professionnelle adaptée à vos possibilités. Cette rotation a été instituée pour combattre la routine. Seuls les postes nécessitant des compétences scientifiques élevées restent inamovibles. Mais il faut bien comprendre une chose : la nef a été construite à une époque où les ordinateurs n'existaient pas… et le professeur Ballooran entend que cela ne change pas. Beaucoup de jeunes gens débarquant de votre époque ont essayé de faire valoir qu'il aurait intérêt à se convertir aux bienfaits de l'informatique ; cela n'a pas été apprécié, et ces trouble-fête ont vite été priés de déguerpir. Ballooran répète souvent : “Il n'y avait pas d'ordinateurs de mon temps, et ça ne nous a pas empêchés de construire la bombe atomique !" »

Dans le vaisseau alternent coursives et zones de récréation pour lutter contre l'impression d'étouffement qui ne doit pas manquer de vous assaillir quand vous vivez là depuis un moment. On s'est donné du mal pour dissimuler les structures métalliques sous des lambris, des moulures. Il y a beaucoup de plantes vertes, de statues aux poses académiques. On finit par avoir l'illusion de se déplacer dans les couloirs d'un grand hôtel. Les tableaux ne manquent pas, même si, dans l'ensemble, ils sont de facture exécrable.

« Une chambre va vous être attribuée, reprend Silena. Je devrais plutôt dire une cabine. Vous y demeurerez le temps qu'on étudie votre dossier, qu'on vous fasse passer des tests d'aptitudes et qu'on décide de l'emploi que vous occuperez. Le professeur Ballooran est assez *old fashioned*, alors attention aux réponses que vous fournirez. Évitez la provocation ou l'impolitesse. Pour rester ici il faut avoir l'état d'esprit adéquat. Nous sommes en 1948. Un tas de choses auxquelles vous êtes habituée n'existent pas encore. Ainsi, on ne vous proposera pas un emploi d'homme… Comprenez-vous ? Ici, la séparation est très nette entre ce qu'une femme peut ou ne peut pas faire. Ne me dites pas que c'est démodé ! L'immortalité est à ce prix. »

Elle déverrouille la porte d'une cabine, s'efface pour laisser entrer Cassie. La chambre est coquette, un peu mièvre ; une chambre de jeune fille telle qu'on la concevait avant guerre. Sur un guéridon, Cassie note la présence d'un pick-up et d'une pile de microsillons. Tous les objets ont l'air de sortir d'un musée de la vie quotidienne, et pourtant ils sont rigoureusement neufs.

Silena, qui a surpris son regard, dit :

« Rien ne s'use. C'est l'avantage du temps immobile. Ni les corps ni les objets ne s'abîment. Ces disques ont tourné pendant des milliers d'heures, et pourtant ils sont toujours aussi neufs que la première fois qu'on les a sortis de leur pochette. C'est ce qui vous arrivera si vous restez parmi nous. »

Rapidement, elle explique à la nouvelle occupante les commodités du lieu : l'interphone, le système pneumatique qui permet de recevoir et d'expédier des messages. Nulle part il n'y a d'écran de télévision. Une petite bibliothèque offre un assortiment d'œuvres classiques de la littérature américaine. L'inévitable *Little Women* [1] y figure en bonne place, mais aussi *Gone with the Wind* [2].

J'ai l'impression de redevenir pensionnaire ! songe Cassidy.

« Installez-vous, lui ordonne Silena. Essayez d'arranger vos cheveux avant de rencontrer les gens qui s'occupent de la sélection. Et pensez au maquillage si vous ne voulez pas ressembler à une fille de ferme. »

Sur ces dernières recommandations elle s'éclipse.

Cassie aperçoit son reflet dans le miroir de la coiffeuse ; elle se juge ridicule ainsi accoutrée. Il n'y a aucune fenêtre dans la cabine, pas même un hublot donnant sur les jardins. Elle se demande si on l'observe par l'entremise d'une caméra. Elle décide de donner le change

1. Connu en France sous le titre moins évocateur de *Les Quatre Filles du Docteur March*.

2. *Autant en emporte le vent.*

et passe dans le cabinet de toilette pour procéder aux rectifications suggérées par Silena.

Alors qu'elle saisit une brosse à cheveux elle est comme frappée par la foudre.

Silena...

Pourquoi n'y a-t-elle pas pensé immédiatement? *Silena...* c'est le nom de la fille avec laquelle Nathan lui a dit avoir vécu une idylle pendant qu'il se trouvait à l'intérieur de la nef ! Se pourrait-il que...

Mais oui ! rage Cassidy. *C'est la même, bien sûr ! Voilà pourquoi elle s'est montrée si acerbe. Nathan avait dû lui montrer ma photo, et elle m'a reconnue. C'est avec elle qu'il m'a trompée pendant six mois.*

Elle se souvient également que son ex-fiancé lui a révélé que Silena était enceinte. Comment fait-on pour être enceinte dans un environnement où le temps est suspendu ? Comment arrive-t-on au terme de sa grossesse ?

Elle se coiffe et se maquille du mieux possible. Elle n'a jamais été douée pour ces choses. Son style, c'est plutôt jean, t-shirt, bandana et sandales mexicaines. Sa liaison avec Babylonios l'a davantage habituée à se fournir dans les surplus de l'armée que dans les boutiques de Rodeo Drive. Une fois de plus, elle regrette l'absence de l'écrivain. Sans lui elle se sent perdue.

S'estimant présentable, elle regagne la chambre et s'assied sagement près de l'électrophone. Les disques datent de la Seconde Guerre mondiale. Elle ne connaît pas la moitié des noms figurant sur les pochettes. Elle suppose qu'il s'agit de romances très convenables. Le professeur Ballooran doit veiller à ce qu'aucune musique dégénérée ne contamine l'univers du vaisseau.

Trois coups sur la porte la font sursauter. Elle ouvre. Un homme en costume trois-pièces, les cheveux plaqués à la gomina, des lunettes rondes sur le nez, se tient sur le seuil. Il a l'air d'un clerc de notaire dans un film muet. Il se présente : Daniels Hips. « Un nom à vous flanquer le hoquet ! » gouaillerait Babylonios.

Il vient pour établir le dossier d'admission de Cassidy. *Quel âge a-t-elle ? Que sait-elle faire ?* Quand la jeune femme dit qu'elle écrit des contes pour les enfants il paraît intéressé.

« Il y a des enfants à bord ? s'étonne Cassie.

— Oui, oui, répond Hips.

Bien sûr, complète mentalement Cassidy. *Des enfants condamnés à ne jamais grandir, et qui doivent s'ennuyer à mourir !*

Dieu ! comment fait-on pour garder une âme d'enfant après soixante années d'enfermement ?

« Oui, oui, répète Hips. Lors du départ, les ingénieurs qui travaillaient à la construction de la nef ont embarqué avec toute leur famille.

— Qu'est-ce qui les a poussés à agir ainsi ? » s'inquiète la jeune femme.

Hips reste une seconde décontenancé, le crayon en l'air. Le regard perdu en direction du plafond, il réfléchit.

« Je crois me rappeler que nous avions peur..., murmure-t-il enfin. Nous pensions que les Russes avaient eux aussi la bombe atomique, et qu'ils allaient nous détruire. Ce n'était plus qu'une question de mois... Le professeur Ballooran en était persuadé. Il nous a expliqué que l'arche... je veux dire la nef, nous permettrait d'échapper au conflit en nous rendant immortels, ou presque. Personne n'a envie de voir mourir ses enfants, n'est-ce pas ? C'est aussi simple que ça. Le problème, c'est que…

— Les enfants sont restés fixés à l'âge qu'ils avaient au moment de l'embarquement…

— Oui. On n'y avait pas pensé. On voulait fuir ce monde de fous. Nous ne voulions pas voir New York devenir un second Hiroshima. »

Il sourit, dévoilant des dents mal plantées.

« Voilà ce qui est agréable avec les nouveaux arrivants, déclare-t-il, on peut leur raconter des choses que les anciens connaissent par cœur. Avec eux, on n'a pas l'impression de radoter. »

Jugeant qu'il a fait preuve d'une convivialité suffisante, il se concentre sur ses formulaires et coche les cases avec application.

« Quel métier vais-je exercer ? s'inquiète Cassie.

— Dans un premier temps, votre affectation sera semblable au travail que vous effectuiez au dehors, répond Hips. Ceci afin de ne pas vous perturber et de faciliter votre insertion. Je suppose qu'on vous nommera conteuse à la radio, par exemple. Nous disposons d'un émetteur en circuit fermé, RGD, qui diffuse des émissions enfantines. Ce serait dans vos cordes. Plus tard, bien sûr, les choses évolueront. Vous serez affectée à des tâches nouvelles pour lesquelles on vous formera. Infirmière, serveuse, institutrice, coiffeuse, couturière… que sais-je ? C'est le principe de la rotation. En nous confrontant aux difficultés de l'apprentissage, elle combat l'ennui et la dépression nerveuse. Ainsi, en ce qui me concerne, j'étais ingénieur en systèmes de refroidissement lorsque j'ai embarqué. Depuis j'ai été cuisinier, plombier, manutentionnaire, magasinier, masseur, tailleur… Parfois, je me suis tourné les pouces, c'est vrai, car il n'y a pas réellement d'usure dans un environnement soumis à l'immobilité temporelle, néanmoins j'ai trouvé chacun de ces changements agréables. Ils brisaient la routine. Au début, vous serez désorientée, mais ensuite vous apprécierez à leur juste valeur ces retours à la case départ. »

Il prend congé poliment. Pourquoi Cassie a-t-elle l'intuition qu'il n'a fait que lui débiter un discours appris par cœur ?

Restée seule, la jeune femme se décide à placer un disque sur l'électrophone. Elle ne peut se départir de la certitude d'être épiée. Une mélodie sirupeuse monte du haut-parleur. Un slow qui parle de bayou, de promenade en barque et de ciel étoilé. C'est si feutré qu'on ne risque pas d'attraper des acouphènes, au moins. Elle n'a aucune idée de ce qu'elle doit faire. A-t-elle le droit de sortir ? De se promener au hasard ?

Elle donnerait n'importe quoi pour un verre de bourbon.

Elle finit par s'allonger sur le lit sans se dévêtir et s'endort. Trois coups frappés à la porte la réveillent. C'est Silena.

« Venez, ordonne-t-elle. Je vais vous faire visiter le vaisseau. Votre dossier est à l'étude mais je pense qu'il recevra un avis favorable. Nous avons besoin de quelqu'un qui sache occuper les gosses… ils posent un réel problème. Leurs parents ne les supportent plus. Vous vous imaginez en train de changer les couches du même bébé depuis soixante ans ? Ça finit par user les nerfs des mères les mieux disposées. Et puis, après tout ce temps, les mômes ont fini par connaître par cœur la totalité des bouquins de la bibliothèque publique. Ils n'ont plus rien à se mettre sous la dent... Votre arrivée pourrait nous tirer une épine du pied. Nous avons un autre écrivain à bord, Ambrose Gangway, mais il refuse d'écrire pour les mômes, il juge cela dégradant, indigne de son art. »

Elles sortent. Silena emmène Cassidy dans un nouvel espace de récréation. Cette fois, il s'agit d'une galerie marchande. Des boutiques de frivolité, principalement. Robes, bijoux, chaussures. Les femmes y entrent, essayent, choisissent un vêtement, un chapeau, des gants, et repartent sans payer.

« Ça fonctionne comme un vestiaire, explique Silena. Rien ne s'use, n'est-ce pas ? Quand on en a assez, il suffit de rapporter l'habit en question, il fera le bonheur de quelqu'un d'autre.

— Chacun peut prendre ce qu'il veut ?

— Oui, à condition de rester dans la classe qui vous a été attribuée pour un an. Une serveuse ne peut pas prétendre s'habiller comme l'épouse d'un ingénieur. Le but de la manœuvre est d'engendrer une frustration artificielle qui occupe l'esprit. Mieux vaut être mécontent que mort d'ennui. C'est du moins ce que pense Ballooran. Vous recevrez bientôt une carte d'identité indiquant la classe à laquelle vous appartenez. A, B, C... Ce document vous autorisera à fréquenter les établissements habilités à délivrer les denrées correspondant à votre statut. Si vous êtes une « C », vous n'aurez pas le droit de vous fournir dans les magasin « A », et ainsi de suite. C'est simple à comprendre.

— Un système de frustration artificielle, hein ? grommelle Cassidy.

— Oui, il faut bien mettre un peu de piquant dans la vie quotidienne quand elle devient interminable, n'est-ce pas ? »

Silena conduit ensuite Cassie dans un club féminin où les dames viennent s'alcooliser lorsqu'elles cèdent au vague à l'âme. L'endroit est presque plongé dans les ténèbres. Quelqu'un joue du piano. De minuscules lampes à abat-jour éclairent les tables. Les filles fument et boivent. De temps à autre, un rire trop pointu fuse. Cela empeste le parfum, la poudre de riz et la fumée refroidie.

Cassidy décide de jouer cartes sur table.

« Je sais qui vous êtes, murmure-t-elle en s'asseyant. Nathan m'a parlé de vous. Je tiens à mettre les choses au point. Je n'étais plus amoureuse de lui. Nous allions nous séparer.

— Vous avez vu Nathan ? souffle Silena d'un ton altéré. Comment va-t-il ?

— Je ne sais pas, décide de mentir Cassidy. Il m'a interdit de lui rendre visite. Il souffrait de gros problèmes d'adaptation.

— Je l'avais prévenu, gémit Silena. On ne quitte pas le vaisseau comme on descendrait d'un taxi. Ce n'est pas aussi simple. »

Elle reste silencieuse, perdue dans ses pensées, puis s'ébroue.

« Excusez-moi, souffle-t-elle. J'ai été désagréable avec vous. Je vous ai immédiatement reconnue. Nath conservait votre photo dans son portefeuille. J'ai longtemps été jalouse.

— C'est curieux, fait Cassie. Nathan a prétendu avoir vécu dix ans avec vous. Comme il n'a disparu que six mois, cela m'a étonnée…

— C'est une impression courante ici. Quand le temps s'immobilise, il semble s'étirer à l'infini. Vous connaîtrez ça. On a parfois la sensation de boire la même tasse de café depuis un an. Il s'agit de perturbations d'origine psychologique. J'ai partagé le même fantasme avec Nathan. Aujourd'hui encore, je suis persuadée d'avoir vécu en sa compagnie de longues années de bonheur. Cette illusion rend notre séparation encore plus douloureuse.

— Il m'a également confié que vous attendiez un enfant…, ajoute Cassidy après une brève hésitation.

— C'est exact, soupire Silena. Je suis enceinte de lui. Hélas, je ne puis prévoir quand cette grossesse atteindra son terme. Pour que l'embryon puisse croître, il faudrait que le flux temporel se remette à couler, or cela n'arrive que brièvement, lors des ralentissements pendant lesquels on procède à l'ouverture de la fenêtre jaune. J'ai demandé à un ami ingénieur de calculer combien de temps mon bébé mettrait à naître, dans cette situation particulière. Après avoir aligné les équations, il m'a annoncé qu'au rythme actuel j'accoucherai dans quarante ans.

— Quarante ans !

— Oui. Ça vous paraît une folie parce que vous venez d'arriver, mais il en ira différemment quand ça fera un moment. Une heure, dix ans… ici tout finit par se brouiller. Le temps se contracte ou s'étire à l'infini, cela dépend des jours, de l'humeur. Je suis heureuse d'être enceinte. Cet enfant, c'est quelque chose qui arrivera… *tôt ou tard*. Ça m'occupera l'esprit pour les années à venir. Ici, il est capital d'entretenir une idée fixe. »

9

Cassidy a choisi de ne pas parler de son frère. Elle juge la chose prématurée. En outre, Silena n'apprécierait peut-être pas qu'elle soit venue ici pour le convaincre de quitter la nef, lui qui, aux dires de Nathan, se serait si bien intégré. Elle préfère se montrer prudente.

Si elle tenait un journal intime, Cassie y alignerait des formules comme « le temps s'englue », « les journées sont interminables… ». Il ne s'agirait pas d'un quelconque vague à l'âme d'adolescente mais de la transcription d'un sentiment bien réel, d'un trouble de la perception. Pour y remédier, elle s'accroche aux signaux sonores émis par l'horloge collective qui sonne l'heure des repas. N'empêche, il lui arrive parfois d'attendre *des jours durant* l'extinction des lumières signalant l'arrivée de la « nuit ». Oui, *des jours durant*, elle n'a pas trouvé une meilleure façon d'exprimer l'écoulement des heures séparant le « matin » du « soir ». En l'espace d'une journée elle a la certitude d'avoir vécu une semaine. Une semaine d'un désœuvrement débilitant. Elle s'en est plainte à Silena.

Celle-ci lui a répété qu'elle traversait une phase d'adaptation.

« Soit tu finiras par t'y habituer, a-t-elle conclu, soit le mal empirera. Ça se produit chez certains sujets. Il y en a que ça rend dingues. Ils sont tellement désynchronisés qu'ils finissent par avoir l'illusion qu'une journée dure un siècle. Ils n'en voient pas le bout et ça les détruit. Tu dois faire un effort, arriver à te désintoxiquer des notions de nuit et de jour, d'horaire, de calendrier. Sois *cool*, comme on dit dans ton monde. Prends les choses comme elles viennent, cesse d'avoir l'œil rivé au cadran de l'horloge. »

C'est plus facile à dire qu'à réaliser, et Cassie continue à jeter de fréquents coups d'œil à sa montre tout en sachant que celle-ci a été « contaminée » par le ralentissement général et n'indique plus l'heure du dehors.

Daniels Hips est venu la chercher pour la conduire à son nouveau travail. Il a été décidé qu'elle occuperait la fonction de conteuse sur les ondes de Radio Good Day, la station qui émet en circuit fermé à l'intérieur de la nef.

« On vous a attribué la tranche horaire réservée à la jeunesse, explique Hips. Il vous faudra tenir l'antenne tous les soirs, principalement à l'heure du coucher, car les gosses ont du mal à s'endormir. Vous devrez leur raconter des histoires en direct, de nouvelles histoires chaque jour. Croyez-vous en être capable ? »

Cassidy le rassure en lui révélant qu'elle dispose d'un réservoir de contes important et qu'elle ne risque pas d'être prise de court. Il la regarde d'un air sceptique, comme s'il avait du mal à se persuader qu'une femme puisse se montrer réellement compétente en quoi que ce soit. Sans doute la voit-il mieux dans le rôle de préposée au vestiaire ?

« Vous devrez également officier les jours de congé scolaire, insiste-t-il. Ça fera beaucoup d'histoires à raconter… »

Cassie sursaute.

« Les jours de congé scolaire ? relève-t-elle. Ils vont donc à l'école ? *Depuis soixante ans !* Mais ils devraient avoir eu le temps de passer cinq doctorats !

— Hélas non, soupire son interlocuteur. Leur cerveau ne mûrit pas. Il ne faut pas les voir comme des adultes prisonniers d'un corps d'enfant, non, ce sont vraiment des gosses. Rien que des gosses. Leurs centres d'intérêt sont toujours les mêmes que lorsqu'ils ont embarqué en 1948. Ils n'ont subi aucune maturation secrète, aucun vieillissement de la pensée. Ils vont à l'école, régulièrement. Le problème, c'est qu'ils ne parviennent jamais à passer dans la classe supérieure. Chaque fois qu'on a essayé, ça n'a pas fonctionné. Le programme était trop compliqué pour eux.

— *Vous voulez dire que certains d'entre eux ont recommencé le cours préparatoire soixante fois de suite ?*

— Oui, mais ils ne s'en rendent pas compte. Une fois l'année terminée, ils oublient ce qu'on leur a enseigné, si bien qu'il faut tout reprendre à zéro. Je ne devrais pas le dire, mais ils me font penser à ces poissons rouges dont les souvenirs s'effacent le temps d'un tour de bocal. Dans un sens, c'est une chance pour eux, car l'école les occupe. Vous connaissez la terrible propension des enfants à l'ennui. S'ils refusaient d'aller en classe, je ne sais pas ce que nous ferions d'eux ! »

Cassidy médite l'information. D'éternels redoublants… elle n'avait pas envisagé les choses sous cet angle.

« Y a-t-il une explication physiologique à ce phénomène ? interroge-t-elle.

— Sûrement, lâche Hips, mais je l'ignore. Je pense quant à moi qu'ils ont embarqué trop jeunes, alors que leur cerveau n'était pas encore formé. Les adultes n'ont pas connu cet inconvénient. On peut même avancer que, en ce qui nous concerne, cette éternelle jeunesse mentale nous a préservés de la dépression sénile. Imaginez ce qui se passerait si nous avions tous l'âge mental qui devrait être le nôtre ! Je raisonnerais comme un type de quatre-vingt-dix ans ! Je serais amer, dégoûté de tout, seulement préoccupé de ce que je vais manger à mon prochain repas. Au lieu de cela, je me comporte toujours comme le gars de trente ans que j'étais en 1948. C'est là un formidable privilège, savez-vous ? Nous ignorons l'usure, le désintérêt. Aucun d'entre nous n'est blasé, nos réserves d'énergie et d'optimisme restent intactes après tout ce temps. »

Cassidy estime qu'il recommence à s'exprimer comme un panneau publicitaire et cesse dès lors de lui prêter attention.

Les bureaux de Radio Good Day sont installés dans un bâtiment du style paquebot, en vogue à Miami dans les années trente. L'immeuble aux fenêtres en forme de hublots se dresse à la lisière d'un jardin public. Le logo de la station est un immense sourire aux dents étincelantes barrant la façade. *Une pub pour dentifrice,* songe la jeune femme. On l'accueille avec gentillesse. Tout le monde semble soucieux d'aligner son sourire sur celui qui est peint au-dessus de la porte principale. Les hommes comme les femmes sont très convenables. Robes coquettes et costumes trois-pièces. Dans l'entrée, des chapeaux s'alignent sur une étagère.

« On porte des chapeaux à l'intérieur de la nef ? s'étonne Cassidy.

— Oui, s'excuse aussitôt Hips. J'aurais dû vous en parler ; nous fonctionnons sur un système de saisons et d'intempéries artificielles, ceci afin de rompre la monotonie des journées. Vous êtes californienne, vous êtes donc accoutumée au soleil permanent ; il n'en va pas de même pour tout le monde. Il y a ici des gens qui viennent de New York, de Boston, de Philadelphie. Ils ont l'habitude de la pluie, du brouillard, de la neige… Je dirais même qu'ils y tiennent.

— Attendez ! s'exclame la jeune femme, vous allez me dire que des rampes d'arrosage installées dans le plafond créent l'illusion de la pluie ?

— Oui, c'est ça. La pluie, mais également le brouillard et la neige. Nous avons des étés chauds, caniculaires, des hivers cléments ou rudes, c'est selon. Le calendrier est régi par un système aléatoire. Il vous faudra faire l'acquisition d'un parapluie, d'un manteau, d'une écharpe. Ces bouleversements climatiques viennent rompre le ronron, comprenez-vous ? Si l'on a froid, on se prend à rêver du retour de la chaleur. Cela occupe l'esprit.

Je comprends », bredouille Cassie, qui se fait de plus en plus l'effet d'avoir été transportée sur la scène d'un théâtre et d'évoluer devant une toile peinte. Malgré tout, elle détecte dans cette accumulation de simulacres quelque chose qui lui plaît. Elle ne sait quoi, au juste. C'est comme un charme vénéneux qui l'engourdirait, paralysant sa vigilance. Elle a éprouvé cela, jadis, lorsqu'elle s'amusait avec sa maison de poupées et qu'elle empruntait l'arrosoir du jardin pour faire pleuvoir des averses sur le toit de la bicoque.

C'est pareil, songe-t-elle*, sauf que ce n'est plus moi qui tiens l'arrosoir, et que je fais désormais partie des poupées.*

Elle essaye de se raidir contre cet alanguissement, cette envie de s'abandonner et d'en profiter…

Elle réalise alors qu'elle s'est laissé séduire par la tranquillité des lieux, cet aspect *small town* qu'on ne rencontre plus dans la vie réelle. Elle aime s'asseoir dans le jardin public et regarder le patron du drugstore délaisser sa fontaine à sodas, entre deux clients, pour fumer une cigarette au bord du trottoir. Il y a dans chacun de ses gestes une lenteur qu'on serait bien en peine d'observer aujourd'hui à L.A. *La vie lente…* oui, c'est cela qui l'a conquise. Ces gens prennent leur temps. Ils ne galopent pas. Il y a quelque chose en eux des grands lézards qui paressent au soleil, avançant d'un millimètre toutes les trois heures. Et puis la politesse, bien sûr, la courtoisie désuète de ces « villageois » qui se saluent en soulevant leur chapeau ; les bonnes manières, une douceur de vivre qui agit sur elle telle une brume opiacée. Elle n'a jamais connu cela ; dans son enfance, l'agressivité était déjà de rigueur. Les insultes, les regards hostiles, les empoignades entre voisins, les bagarres de rue, la saleté des jardins, les ordures entassées, les bagnoles rouillées pourrissant sur cales…

Voyant qu'elle rêvasse, Hips la secoue gentiment pour lui faire découvrir son bureau. Une pièce agréable, fleurie (c'est facile, puisque ici les fleurs ne fanent jamais !). Une machine à écrire de la taille d'un char d'assaut trône sur la table. Il y a du papier, un gros stylo plume et sa bouteille d'encre. La fenêtre ouvre sur le square. Au mur, on a accroché la reproduction d'un dessin de Norman Rockwell pour le *Post* du 24 août 1940. « De retour du camp ». Une fillette fatiguée, juchée sur une pile de bagages hétéroclites, attend le train qui va la ramener dans sa famille, au terme de formidables vacances. Elle en rapporte une prolifération d'objets qui provoqueront, à coup sûr, les cris horrifiés de sa mère : une tortue en laisse, un herbier, une musaraigne dans sa boîte, une couleuvre dans son bocal. L'expression de la gosse est désenchantée, proche de la tristesse, comme si elle prenait conscience que la parenthèse merveilleuse va se refermer, la rejetant dans l'enfer du quotidien. Cassie se demande si l'on a suspendu cette illustration à dessein, pour lui rappeler ce qui l'attend si elle commet l'erreur de quitter la nef. Elle trouve que la gamine lui ressemble, avec son genou écorché caché sous un énorme pansement.

« C'est ici que vous écrirez, explique Daniels Hips. N'oubliez pas qu'il s'agit de textes radiophoniques, très dialogués. Une secrétaire les dactylographiera en plusieurs exemplaires pour les remettre aux comédiens. On les jouera le soir même. Il faudra beaucoup produire, j'espère que vous ne succomberez pas sous l'ampleur de la tâche. »

Il dit cela en riant, mais on le devine soucieux. Il est évident qu'il verrait mieux Cassie en sténodactylo qu'en auteur à succès.

La jeune femme ne se laisse pas impressionner. Elle se

met au travail sans tarder. Ses collègues sont charmants. Comme elle écrit pour les enfants, on lui parle avec douceur. Sans doute voit-on en elle une inadaptée chronique, une petite fille montée en graine ignorant tout du monde des adultes. Les hommes cessent d'échanger des plaisanteries grivoises dès qu'elle apparaît. *Dehors,* se dit-elle, *ce serait le contraire !*

Elle sait qu'il lui faut réagir, ne pas céder à la fascination. La nef est une boîte de bonbons aux couleurs douceâtres, un coffret pelucheux, l'une de ces cassettes à bijoux dans lesquelles, dès qu'on soulève le couvercle, une minuscule ballerine se met à tourner au son d'une musique aigrelette. Surtout ne pas devenir cette ballerine en tutu de gaze, à l'expression béate !

Le piège est là, dissimulé sous la douceur des choses.

Dans la galerie marchande, la voix de Sinatra fait entendre ses ronronnements de matou amoureux. C'est bien sûr le Sinatra encore maigre de *From Here to Eternity*. Quand il se tait, Dean Martin et Bing Crosby prennent la relève. Le bourdonnement perpétuel des crooners installe une atmosphère tout à la fois lénifiante et sexy.

Cassie écrit, beaucoup, adaptant pour l'antenne les contes qu'elle a jadis publiés sous forme de romans. La série des *Mam'zelle Kittie et du chat Two-Pennies*, notamment. Les mots coulent avec aisance. La jeune femme découvre qu'il est agréable de tracer des phrases avec un gros stylo à plume douce. Les arabesques à l'encre violette sont fascinantes. Elle en oublie son ordinateur et le traitement de texte et s'étonne même d'avoir pu un jour travailler sur une machine aussi désincarnée.

Elle a dû réajuster plusieurs de ses récits, car, en 1948, on ne parle ni de robots ni de cosmonautes ; les vrais héros appartiennent encore à la race des cow-boys chevauchant dans la prairie. Les diligences tiennent lieu de vaisseau spatial, et les Indiens sanguinaires remplacent les extraterrestres. On ne sait pas ce qu'implique le terme « pistolet laser » ; flèches et tomahawks font la loi. Si les gosses ignorent tout de l'Étoile noire, ils connaissent à merveille le fonctionnement d'une Winchester 30-30. Certains s'appliquent même à apprendre le langage des signes en usage chez les Indiens des grandes plaines.

Trente ans plus tard, songe Cassidy, *ils seront remplacés par ceux qui étudieront le klingon*[1] *dans le texte.*

À midi, elle dévore un sandwich au pastrami avec les filles du bureau des auteurs, de jolies perruches dont les intrigues amoureuses l'amusent. Ici, on ne grignote pas une demi-feuille de salade et un quart de yaourt en guise de repas. On a la fourchette facile, l'appétit joyeux. Toutes ces demoiselles s'étonnent de la maigreur de Cassie. Quand elle leur explique que, dans son monde, on la considère comme potelée, elles éclatent de rire, croyant à une plaisanterie.

Le soir, les comédiens interprètent les textes en direct, debout devant le micro, la feuille dactylographiée à la

1. Langue parlée par les protagonistes de la série de science-fiction *Star Trek*. Aux États-Unis, certains fans ont constitué des dictionnaires et des méthodes permettant de la pratiquer comme n'importe quelle langue vivante. Ils confrontent leur connaissance de cet idiome fantaisiste lors de conventions qui rassemblent des milliers de passionnés.

main, mimant malgré eux une action que les auditeurs ne peuvent voir. Dans un coin, un bruiteur sonorise le récit au moyen d'astuces artisanales : une bande magnétique froissée crée l'illusion du feu, des noix de coco entrechoquées restituent le galop d'un cheval. Cette naïveté enchante Cassie qui a l'habitude des sons synthétiques, des boutons qu'on presse et qui vous livrent, plus vrai que vrai, le tumulte d'une tempête d'équinoxe en mer de Chine.

Parmi les comédiens, elle en a repéré un, Edwin Coleridge. Brun, le cheveu frisé, la trentaine éclatante. L'allure d'un tennisman aux cuisses musclées, avec, parfois, une ombre de tristesse au fond des yeux qui vient humaniser son agaçante perfection de jeune étalon. Elle s'est renseignée auprès d'une secrétaire qui lui a révélé que le bel Edwin était « d'origine contrôlée », expression signifiant qu'il s'agit d'un passager ayant embarqué en 1948 et non d'un transfuge du dehors provenant d'époques postérieures indéterminées.

« En plus, a chuchoté la sténo, il est vraiment comédien ! C'est le fils d'un ingénieur proche du professeur Ballooran. Son père l'a forcé à embarquer sous prétexte que sa mère ne s'en remettrait pas s'il restait dehors, à attendre qu'éclate la Troisième Guerre mondiale. C'est un bourreau des cœurs. Nous en sommes toutes folles ! »

Laisse tomber, se répète Cassidy. *Ne t'embarque pas là-dedans, tu n'es pas venue pour ça.*

Le problème, c'est qu'elle a tendance, justement, à oublier ce pour quoi elle est venue ! Tout se passe comme si sa vie d'avant prenait l'allure d'un rêve condamné à s'effacer au fil de la journée. Woody, sa mère et même

Babylonios lui semblent parfois aussi peu réels que les personnages d'une série télévisée. Elle doit se concentrer pour se rappeler leurs visages.

Le plus terrible, c'est qu'elle ignore depuis combien de temps elle vit dans la nef. Quelques jours ? Quelques mois ? *Plusieurs années ?*

Je vais devenir comme ces émigrants qui finissent par oublier leur langue maternelle, se répète-t-elle. *Une reprise en main s'impose.*

Mais ces belles résolutions restent lettres mortes.

*

La diffusion des contes a été un véritable succès. Les gosses en sont fous. *Sweet Gossips*, la gazette intérieure de la nef – distribuée gratuitement chez les commerçants – a consacré un reportage à Cassie. Sa photo a été reproduite en première page. Jamais la jeune femme n'avait connu un tel honneur. Désormais, il est fréquent qu'un enfant l'aborde pour lui extorquer un autographe lorsqu'elle déjeune au *coffee shop*.

« Vous êtes devenue la coqueluche des gamins ! lui lance Edwin Coleridge un jour qu'elle boit un soda en sa compagnie. Ça doit être bien agréable ?

— Ils vous connaissent aussi ! s'est empressée de répondre Cassie, frappée par la détresse qu'elle a cru détecter dans les paroles du jeune homme.

— Oui, a fait Edwin d'un ton désabusé, mais pour eux je ne suis pas un comédien, ils voient en moi Sam Cactus, l'intrépide cow-boy, le héros des émissions du jeudi. Vous, ils vous admirent vraiment en tant qu'auteur. Ce n'est pas pareil. »

Cassidy hésite avant de lâcher :

« Vous regrettez le monde d'avant ? Je veux dire, tel qu'il était au moment de votre départ ? »

Edwin fait la moue. Il peut se le permettre : même lorsqu'il grimace il reste séduisant. Malgré tout, Cassidy conserve assez de lucidité pour se méfier du numéro de « l'homme triste », dans lequel excellent certains garçons.

« Sans doute, avoue son interlocuteur. Je me dis souvent que si j'étais resté là-bas au lieu d'obéir à mon paternel, je serais devenu une vraie vedette. J'aurais joué dans des films, comme Gary Cooper, John Wayne… On parle encore d'eux, là d'où vous venez ?

— Un peu, ment Cassie pour ne pas le peiner. Les vrais cinéphiles ne les ont pas oubliés.

— Mais je me trompe peut-être, soupire Edwin. Il est probable que je n'aurais pas fait carrière… Je serais devenu gigolo. À l'heure qu'il est, je serais mort, enterré et totalement oublié. Au lieu de ça, depuis soixante ans je suis le héros des gamins, Sam Cactus, le cow-boy intrépide, la terreur des voleurs de chevaux et des Indiens sanguinaires. C'est mieux que rien. »

Le nez dans son verre, il semble réfléchir, puis chuchote :

« Leur foutue Troisième Guerre mondiale avec les Popov, elle n'a jamais eu lieu, n'est-ce pas ?

— Non.

— Alors on a embarqué dans ce foutu rafiot pour rien !

— Pas pour rien, puisque vous êtes toujours vivant, jeune… et séduisant. »

Bon ça suffit, s'ordonne Cassidy. *Serre les freins, ouvre le parachute et saute en marche. Ne va pas plus loin ou tu passeras pour une putain. En 1948 les femmes ne sont pas sexuellement agressives. On n'a pas encore diffusé* Sex and the City *!*

Plus profondément, elle a entendu résonner au fond de sa tête un signal d'alarme étouffé. Elle se demande soudain si le cinéma du bel Edwin n'aurait pas pour unique but de la tester. Et s'il jouait les chiens battus pour savoir ce qu'elle pense réellement du système mis en place par le professeur Ballooran ? Elle doit se tenir la bride courte.

« En plus, plaisante-t-elle, le Coca-Cola est bien meilleur que là d'où je viens. Vous le fabriquez selon la recette d'origine ; plus personne n'accepterait d'avaler ça aujourd'hui. Moi j'adore. »

Elle s'en tire par une pirouette et prend congé, convaincue de l'avoir échappé belle.

Elle rentre à pied chez elle, chose inconcevable dans le L.A. du troisième millénaire. Elle a pris l'habitude d'enfiler des bas, des porte-jarretelles, de vérifier par-dessus son épaule que la fichue couture est bien droite le long de ses mollets. Elle est impressionnée par la qualité des étoffes, le fini des vêtements. L'objet le plus humble est fignolé à l'extrême, conçu pour durer. Elle n'a jamais vu cela. Elle a grandi dans un univers consumériste, mot obscur qui signifie en fait « du supermarché à la poubelle en moins de temps qu'il ne faut pour le dire ».

Elle a quitté sa chambre d'accueil pour emménager dans un charmant deux pièces avec vue sur les jardins. Daniels Hips lui a remis une carte d'identité de type C, qui lui confère un statut de cadre moyen. Elle a le droit de s'approvisionner chez les commerçants distribuant des denrées « C ». On identifie ces marchandises grâce à l'étiquette collée sur l'emballage.

« Vous avez de la chance, lui a murmuré Suzie-Ann, la dactylo qui transcrit ses textes sur l'Underwood. Avec un passeport C, vous avez déjà accès à la qualité. Moi, je dois me contenter d'un F. Pas terrible, à moins de raffoler des spaghettis en boîte et des boulettes de viande. »

Peu à peu la vie de Cassidy s'organise, mais est-ce vraiment *sa* vie ? Elle a du mal à s'en persuader. À Los Angeles, elle menait une existence solitaire. Ici, elle rencontre beaucoup de gens. Des gens aimables, attentifs, qui ne vous coupent pas la parole dès que vous avez ouvert la bouche. Elle apprécie le changement à sa juste valeur. Et puis elle a toujours eu le culte des beaux objets, des matières nobles, autant de choses qui se font rares dans le monde moderne où tout est conçu pour une durée d'utilisation extrêmement brève. Elle peut rester de longues minutes en contemplation devant le stylo Bright Flood Shadow que lui ont offert ses collègues de la station en guise de bienvenue. Elle sait d'instinct qu'il ne tombera jamais en panne. Si elle pose le pied dessus par mégarde, il ne se brisera pas davantage. Il est d'une autre trempe, d'un autre temps… Parfois, également, elle se dit *Merde, je deviens folle !*

Ce qui l'ennuie, c'est la certitude qu'elle a de fréquenter Edwin depuis près d'un an. C'est impossible, n'est-ce pas ? Et puis « fréquenter », d'où sort-elle ce mot ? Est-ce ainsi que l'on s'exprimait en 1948 ?

Le temps refuse de se laisser dompter, canaliser, mesurer. Il coule, se dilate, stagne, multiforme et insaisissable.

Elle n'a jamais convié le jeune homme chez elle. Il l'a raccompagnée au bas de son immeuble sans jamais exiger autre chose qu'un baiser au coin des lèvres. Peut-on imaginer plus convenable ?

Ils dînent ensemble tous les quinze jours (du moins en a-t-elle l'illusion). Il lui parle de sa famille, du monde de 1948. Il semble regretter d'avoir été trop jeune pour faire la guerre.

« Mon père a intrigué à la demande de maman pour m'empêcher de partir, a-t-il avoué à Cassie. Il m'a fait affecter à un poste bidon sur le projet Ballooran. Du coup, je suis presque devenu l'équivalent d'un agent secret. C'était amusant. J'ai compris trop tard qu'il prévoyait de me faire embarquer dans l'arche de Noé des immortels.

— Tes parents sont toujours vivants ? s'enquiert étourdiment Cassidy.

— Bien sûr, balbutie Edwin, interloqué. Sauf en cas d'accident, personne ne meurt, ici. Mais pour être franc, je dirais que je les fréquente moins. Avec le temps, il se produit une espèce de détachement bizarre, tu vois ? C'est difficile à expliquer. Les gens finissent par vous sembler moins réels.

— Moins réels ?

— Oui, je ne suis pas habile avec les mots, comme toi. J'essaye de t'expliquer ce que je ressens. Mes parents ne souffrent pas de mon absence. On se voit de temps en temps, quand l'agenda automatique nous invite à le faire.

— Quel agenda automatique ?

— Un appareil chargé de te rappeler à l'ordre quand tes liens avec ta famille commencent à se distendre. Il te remet en mémoire des trucs de base : les prénoms de tes parents ou de tes frères et sœurs, ce qu'ils font dans la vie, leurs adresses.

— Tu veux dire qu'il t'arrive d'oublier le prénom de ta mère et où elle habite ?

— Oui, c'est un effet de distorsion dû au temps immobile. On surnomme ça "l'amnésie fantôme". À d'autres moments, c'est le contraire, tu te souviens avec une précision hallucinante de la moindre seconde d'une journée que tu as vécue à l'âge de six ans. Tu revois tout, comme si ça se déroulait de nouveau devant tes yeux. Ça se manifeste quand l'esprit échoue à se situer dans le flux temporel. Mon père dit que c'est comparable à ce qu'on ressent en caisson d'apesanteur, lorsque l'esprit ne perçoit plus les limites du corps qui l'abrite. Ça engendre des hallucinations[1]. »

Cassidy malaxe une boulette de pain. Finalement, elle se décide à poser la question qui la taraude depuis son arrivée.

« Qui est Ballooran ? On a l'air de le considérer comme un dieu. Vous le voyez parfois ? Il se montre en public ? »

Edwin hausse les épaules.

« Mon père l'admire à genoux, les mains jointes, chuchote-t-il. Il ne faut surtout pas le critiquer devant lui. Je ne me suis jamais vraiment intéressé à ces trucs techniques, tu sais. J'ai cru comprendre que c'était une espèce d'Einstein puissance dix, toujours d'après mon paternel. Il aurait eu l'idée du temps immobile à cause de sa femme, Éléonore, qui se mourait d'une maladie incurable. Grâce à son invention, elle n'est pas morte…

1. Authentique.

elle se contente d'agoniser depuis soixante ans. Je ne sais pas si c'est vraiment mieux, mais bon, chacun voit midi à sa porte. »

*

Lentement, bribe par bribe, Cassidy tente de reconstituer le puzzle. Dès qu'elle en a le loisir, elle arpente les couloirs, part en reconnaissance et complète le plan qu'elle a entrepris de tracer dans le secret de son appartement. Elle découvre qu'il est difficile de s'orienter dans le labyrinthe de la nef. Afin de rompre l'uniformité de l'architecture, tous les quartiers sont bâtis dans un style différent. Il y a le quartier latin, le quartier allemand, etc. Pour chacun, on s'est appliqué à reproduire des monuments célèbres, italiens, espagnols ou autres. Les façades ont été artificiellement vieillies afin de donner à ces décors un air d'authenticité. L'ensemble n'est pas déplaisant. On a également respecté les différences climatiques. Ainsi le quartier londonien est-il submergé matin et soir par un brouillard factice censé imiter le fog.

Un parc à thème, songe Cassie en remontant le col de son imperméable pour se protéger de l'humidité londonienne. *Ballooran était un précurseur.*

*

Les émissions de contes recevant un accueil de plus en plus favorable, Cassie est priée de faire la tournée des écoles pour rencontrer son jeune public. Il est hors de question de refuser, mais, à l'idée d'affronter ces enfants de soixante-dix ans, la jeune femme sent sa gorge se serrer. Alors qu'elle rassemble ses notes, elle fait un faux mouvement qui expédie son stylo plume derrière le bureau. En se baissant pour le récupérer, elle s'aperçoit qu'on a caché là une autre illustration de Norman Rockwell. Il s'agit cette fois de la une du *Post* du 3 avril 1948, intitulée « La boutique de curiosités ». Cassidy se rappelle que l'artiste avait coutume de dessiner tous les ans une scène gag – poisson d'avril à l'usage des lecteurs – regorgeant de détails incroyables. Dans la reproduction qu'elle vient d'exhumer, une adorable fillette semble perdue au milieu d'un magasin de jouets rempli d'objets inquiétants : poupées à face de vieillard (qui sont en réalité les clones miniatures du marchand), doubles d'elle-même se promenant le long des étagères, animaux impossibles gambadant en liberté… Une trogne démoniaque occupe le centre d'un miroir et darde sur l'enfant un regard malicieux, non dénué de méchanceté. Il se dégage de l'ensemble une impression de malaise qui n'a rien d'amusant.

« Oh ! fait la voix confuse de Suzie-Ann, la dactylo, qui vient de se figer sur le seuil de la pièce, vous avez retrouvé ce truc… Je croyais qu'on l'avait flanqué à la poubelle. C'est la fille qui vous précédait qui l'avait accroché au mur.

— La fille qui me précédait ?

— Oui, Laura-Lou Parker, celle qui écrivait les histoires pour les gosses, comme vous. Elle est devenue folle. Je ne devrais peut-être pas vous le dire. Elle prétendait que tous les secrets de la nef étaient contenus dans ce dessin. Elle ne supportait plus de le voir, ça l'angoissait. Un jour il a disparu.

— Elle l'avait caché derrière le bureau. Qu'est-elle devenue ?

— Je ne sais pas. Elle s'est mise à écrire des trucs de plus en plus dingues qui faisaient peur aux gosses, alors ils sont venus la prendre.

— *La prendre ?* Et qui ça « ils » ?

— Les types de l'hygiène morale. Ceux qui s'occupent des fous. On ne l'a jamais revue. J'espère que vous ne finirez pas comme elle. C'était une fille épatante au début. C'est pas commun, hein ? Perdre la boule en regardant une illustration de Norman Rockwell, faut le faire ! »

Cassidy pose le sous-verre dans un coin, sur la moquette. Elle a le sentiment qu'un pan du voile vient de se soulever. Ainsi, une réalité inquiétante se dissimule bel et bien sous le vernis. Elle s'en doutait. Reste à découvrir ce qui a rendu Laura-Lou Parker folle de peur.

Troublée, elle fourre ses notes dans son sac et quitte la station. Un guide l'attend en bas pour la conduire à l'école du quartier. C'est un jeune homme souriant affublé d'une tenue de groom, comme on en voyait encore dans les grands hôtels au siècle dernier. Il n'y a pas de voitures à l'intérieur de la ncf, que des bicyclettes ou des vélos-taxis qu'on hèle lorsque la distance à couvrir est trop importante.

Une institutrice attend au seuil de l'école élémentaire de jeunes filles du square Richmond-Wallace. Elle s'empresse de féliciter Cassie pour la qualité de ses contes. Cassidy a toujours adoré écrire pour les enfants. Elle apprécie leur enthousiasme qui, parfois, confine au fanatisme ou à l'hystérie. À la différence des adultes, ils ne sont jamais blasés, ils n'ont pas peur de la nouveauté, des choses qui sortent de l'ordinaire. À une époque de sa vie, elle a publié trois romans à destination des grandes personnes ; elle s'est heurtée à un public maussade qui l'a déçue. « Les bouquins étaient excellents, lui a répété sa directrice littéraire, ce sont les lecteurs qui ne valaient pas un pet. Tu n'as rien à te reprocher. » Depuis cette aventure, elle s'est juré de se consacrer aux gosses. Elle a le chic pour établir le contact avec eux. Elle s'abstient de leur faire la leçon, n'amène jamais la morale sur le tapis. Les enfants lui en savent gré.

Cassie entre dans la classe, le cœur serré, persuadée qu'elle va se retrouver en face des petits monstres du *Village des damnés*, un film qui la terrifiait lorsqu'elle était adolescente. Mais non, elle se trompait. Les fillettes qui l'accueillent n'ont ni les cheveux uniformément platine ni les yeux bleu acier. Elles ne ressemblent ni à des robots ni à des extraterrestres. Ce sont des gosses d'abord intimidées, puis très vite surexcitées, qui se coupent la parole, se bousculent pour se rapprocher de leur idole. Cassidy les observe. Elle a du mal à se convaincre que ces gamines n'ont pas grandi d'un centimètre depuis soixante ans.

La jeune femme leur explique qu'elle a commencé à écrire quand elle avait leur âge, et se met aussitôt à bredouiller, consciente d'avoir proféré une absurdité : ces fillettes sont deux fois plus vieilles qu'elle !

Ces dernières veulent surtout savoir ce qui va arriver aux héros dans les prochains épisodes. *Est-ce que Mam'zelle Kittie se trouvera un fiancé ? Quant au matou mal élevé, Two-Pennies, ce serait bien s'il se dénichait une copine, non ? Va-t-il se réconcilier avec les souris ? Le capitaine Barbe-en-Fer est beaucoup trop méchant ! Est-ce vrai qu'il peut projeter ses poils de barbe à cinquante mètres, comme si c'étaient des fléchettes empoisonnées ? Et si Mam'zelle Kittie le rasait pendant son sommeil ? Il aurait une sacrée surprise en se réveillant !*

Elles finissent par confondre fiction et réalité, comme de coutume. Tout cela est bien sympathique. Pour finir, l'institutrice a organisé une séance de dédicaces. La station a en effet imprimé de petits fascicules reproduisant les derniers épisodes diffusés. Les fillettes se jettent sur Cassidy pour les lui faire signer. Alors qu'elle appose son autographe au bas de la première page, la jeune femme s'entend dire : « Vous êtes géniale, madame, plus tard je voudrais être comme vous… Oui, quand je serai grande, je serai écrivain. »

Le cœur de Cassie se serre. Elle regarde l'enfant. C'est une petite fille de onze ans, brune, le visage constellé de taches de rousseur.

« Et puis autre chose, reprend la gosse, grâce à vous, j'ai moins peur le soir, quand les fantômes viennent me voir…

— Quoi ? » s'étonne Cassie. Mais l'enfant n'a pas le temps de lui répondre ; déjà l'institutrice la tire en arrière, l'extrayant de la foule des gamines énervées.

À l'air apeuré de la maîtresse, Cassie comprend qu'il vient de se passer quelque chose d'important.

La séance de signature terminée, l'institutrice la remercie d'un ton pressé et la reconduit à la porte. De toute évidence, elle n'a qu'une hâte, que Cassidy s'en aille le plus vite possible.

10

Le succès de Cassie va croissant. Les lettres d'enfants arrivent par sacs entiers à la station. La jeune femme ne sait si elle doit s'en réjouir ou s'en inquiéter. Dans le monde réel (ainsi s'obstine-t-elle à désigner tout ce qui existe hors du vaisseau), elle n'a jamais été à ce point adulée. C'est justement là que réside le piège. Elle songe qu'elle aura désormais bien du mal à se satisfaire de la vie en demi-teinte qu'elle menait à Los Angeles. Elle a goûté à la gloire, le poison de la vanité coule dans ses veines. Il lui plaît d'être reconnue par les gosses lorsqu'elle fait ses courses. Elle s'installe dans une vie sur mesure, elle s'y trouve à l'aise, comme dans un vêtement coupé par un bon tailleur. Jamais elle n'a été aussi bien dans sa peau. Elle pense qu'elle devrait prendre Edwin pour amant, ainsi le tableau serait complet. Le garçon lui plaît, c'est certain, mais elle éprouve une curieuse réticence à l'idée de se retrouver au lit en sa compagnie. Elle ne sait à quoi cela tient… Peut-être aux quatre-vingt-dix ans du bel Edwin ? *Son âge réel !* Ces derniers temps, le même cauchemar l'a visitée à plusieurs reprises : elle fait l'amour avec un vieillard qui lui murmure des mots passionnés. Cassie, qui étreint son maigre torse, perçoit le contour de chaque os sous la peau de son amant, fine, parcheminée. Soudain, l'homme se défait. Son enveloppe charnelle se déchire comme un sac en papier mouillé, et les ossements se déboîtent pour pleuvoir sur Cassie qui, bientôt, se retrouve ensevelie sous les « décombres » de ce squelette disloqué. Le plus frappant c'est que le rêve ne provoque en elle ni horreur ni dégoût, il s'en dégage un sentiment de tristesse infinie ; chaque fois, elle s'est réveillée les joues humides, un goût de sel sur les lèvres.

Daniels Hips, très cérémonieux, est venu lui remettre une nouvelle carte d'identité de niveau B.

« Vous grimpez dans la hiérarchie, a-t-il expliqué, c'est formidable. Cela tient au succès de vos émissions. Vous êtes maintenant une vedette. Qui aurait cru cela quand vous avez embarqué, il y a un an ! »

Cassie a frissonné en entendant ces mots. *Est-elle vraiment là depuis un an ?* À certains moments elle a la conviction d'être arrivée la semaine précédente, à d'autres, il lui semble qu'elle travaille à la radio depuis beaucoup plus longtemps. Elle se rassure en se répétant que l'erreur vient de Daniels Hips ; c'est lui qui n'est plus capable d'apprécier la durée, pas elle !

Sa promotion en classe B éveille la jalousie de ses collègues. Sans doute trouve-t-on qu'elle va trop vite ? Elle essuie des réflexions acides qu'elle feint de ne pas entendre. Le désenchantement d'Edwin s'accentue.

« Là, tu deviens une star, lance-t-il alors qu'ils déjeunent en tête à tête pour fêter l'événement. Et moi je prends de plus en plus l'allure du vermisseau amoureux d'une étoile. »

Depuis quelque temps il s'amuse à endosser le rôle de l'amoureux transi, résigné à s'encroûter dans l'emploi de confident. Cassie le soupçonne de jouer la carte de la tristesse, un truc de dragueur qui donne souvent de bons résultats avec les filles au cœur tendre. Elle découvre qu'elle aurait horreur d'être manipulée. Elle comprend qu'elle s'attache trop à Edwin et qu'elle devrait prendre ses distances, hélas ce n'est guère envisageable puisqu'ils travaillent ensemble, et que le jeune homme est, d'une certaine manière, le comédien vedette de Radio Good Day.

Son patron, Maurice Prewitt, est enthousiasmé du succès des émissions « jeunesse », jusqu'alors peu écoutées. C'est un jeune homme chauve, mou, aux lunettes rondes à monture d'écaille, aux poses affectées. Suzie-Ann, la dactylo, a révélé à Cassidy qu'il prétendait se prénommer Maurice parce que ses parents étaient fans d'un chanteur français fort connu aux États-Unis, à une époque – Maurice Chevalier –, mais que c'est faux ; en réalité il se nomme bêtement Morris. Il occupait auparavant la fonction d'attaché de presse auprès du professeur Ballooran dont il gérait le secteur relations publiques.

« C'est bath[1] ! s'exclame-t-il lorsqu'il reçoit Cassie dans son bureau. On va organiser un grand cocktail pour marquer l'événement. J'ai reçu les félicitations officielles du comité d'hygiène mentale. Ils apprécient *notre* travail. Ce

1. C'est génial !

n'est pas une mince affaire de gérer le moral des gosses. Jusqu'à votre arrivée on cumulait plutôt les échecs. »

Cassie, instinctivement, saisit la balle au bond et lâche :

« Il y avait quelqu'un avant moi à ce poste, une certaine Mary-Lou Parker, ou quelque chose d'approchant… »

Maurice détourne les yeux, grimace.

« Oh ! *elle…,* soupire-t-il. Une dingue. Elle nous a causé beaucoup d'ennuis. Son cerveau ne s'adaptait pas aux perturbations du flux temporel. Elle a sombré dans la psychose. Elle voyait des complots partout. Une triste histoire. Vous, c'est différent, on sent bien que vous avez le souci de vous intégrer, une qualité rare chez les artistes. »

Il continue ainsi à lui passer la pommade pendant trois minutes, mais ses yeux ont un éclat métallique qui alerte Cassidy. Elle a commis une erreur, elle n'aurait pas dû parler de Mary-Lou Parker.

La semaine s'écoule en préparatifs divers. Cassie cède à la nervosité, elle court les boutiques à la recherche d'une robe « habillée » mais ne réussit pas à arrêter un choix. Elle ignore tout des canons de la mode de l'époque. Ces tenues lui semblent bizarres, trop chic. Chaque fois qu'elle tente un essayage, elle a l'impression de se déguiser. En désespoir de cause, elle appelle Silena Jones au secours.

« Eh bien, souffle celle-ci, on peut dire que tu as fait ton chemin. C'est rare chez les nouveaux arrivants ; la plupart du temps ils stagnent à des postes subalternes pendant des années. »

Un peu plus tard, alors qu'elles font les boutiques, elle ajoute avec perfidie :

« Je ne dis pas ça pour jouer les rabat-joie, mais tu ne dois pas t'habituer au luxe. Ce statut de vedette, tu ne le garderas pas longtemps. Deux ans tout au plus. Comme tout le monde, tu devras te soumettre au principe de la rotation. Tu n'as pas oublié, au moins ?

— La rotation ? bredouille Cassie qui, effectivement, a tout oublié de cette curieuse coutume.

— On ne peut pas occuper le même poste plus de deux ans, récite Silena, une méchante lueur dans l'œil. Quand on arrive à échéance, il faut se soumettre au tirage au sort qui décide alors d'une nouvelle affectation, la plupart du temps sans rapport aucun avec celle qu'on occupait précédemment. Tu peux ainsi te retrouver au vestiaire d'un restaurant, ou dame pipi dans une administration. Ça m'est arrivé. On n'en meurt pas.

— Mais c'est un gâchis de compétences ! proteste Cassidy, consciente que son affolement amuse Silena.

— Dans ton monde, peut-être, corrige celle-ci, parce que vous avez l'obsession du rendement. Ici nous avons le temps. Personne n'est pressé. Si quelque chose se met à déconner, on se dit qu'on pourra arranger ça demain, ou après-demain… ou plus tard. Si tu te retrouves mutée à la plonge, à la cantine d'un ministère, tu penseras que tu as été victime d'une injustice, ça t'occupera l'esprit jour et nuit, ça te préservera de l'ennui. Tu n'auras qu'une hâte : que les deux ans s'écoulent vite pour qu'un nouveau tirage au sort te sorte de là. Tu dois t'imprégner de cette vérité. Ton existence à bord de la nef sera faite d'une multitude de vies juxtaposées. Des vies très différentes les unes des autres. Des hauts, des bas ; des existences fastueuses, et d'autres obscures, médiocres. Tu les connaîtras toutes. Tu vivras dans des palaces et dans des gourbis. Tu auras tantôt les mains finement manucurées, tantôt souillées par la graisse des casseroles. C'est ainsi. C'est la loi. Alors ne cède pas à la griserie. Tu dois en profiter, mais en gardant présent à l'esprit que ça ne durera pas. Et c'est justement cette note un peu triste qui donnera tout son prix au moment. Il n'en irait pas de même si tu te savais installée pour l'éternité dans ton rôle de vedette. *Carpe diem*, je crois que c'est comme ça qu'on dit. Profite du moment, car il ne dure pas. Ballooran est très fort. Il a su deviner que seule une alternance de joies et de déceptions nous rendrait l'éternité supportable. »

Cassie est agacée de se découvrir déçue, sur le point de pleurer.

Bon sang! se dit-elle, *qu'est-ce qui m'arrive? Je ne comptais tout de même pas m'installer ici à perpétuité!*

Elle comprend qu'elle a mis les pieds dans la glu, et qu'il est peut-être déjà trop tard pour se dégager.

*

Le jour du cocktail arrive enfin. Teinte en brune, enveloppée dans un fourreau de satin noir qui lui laisse les épaules nues, Cassidy trouve qu'elle ressemble à Ava Gardner dans *La Comtesse aux pieds nus*. Elle n'oserait jamais s'exhiber ainsi dans le monde réel, mais elle découvre bientôt que tous les convives sont *très* habillés. Les hommes en spencer, les femmes en robe longue.

Des éclairs de flashs l'aveuglent. Elle est la vedette de la soirée. On l'entoure, on l'encercle. Elle étouffe un peu.

L'air empeste le cigare et le parfum. Des visages défilent, le sourire vissé aux lèvres. À partir de la troisième coupe de champagne, la tête lui tourne. Elle est surprise de voir tant de gens fumer. Dans le Los Angeles de 2007, seul un psychopathe oserait allumer une cigarette dans un lieu public. Silena, proclamée pour la circonstance attachée de presse, lui présente des inconnus dont Cassie ne retient pas les noms. Alors qu'elle tente une retraite en direction du buffet dans l'espoir de souffler un peu, elle est happée par une femme enceinte jusqu'aux yeux se pavanant dans une robe du soir que son ventre distend outrageusement.

« Linda Nelligan, se présente-t-elle, j'étais laborantine lors de l'embarquement, en 1948. Votre émission est formidable. Les gosses l'adorent ! »

Par politesse, Cassidy se prépare à s'enquérir de la date de l'accouchement quand elle réalise que cette femme est, à coup sûr, dans la même situation que Silena.

« Pas de panique, ma chérie ! glapit Linda qui a deviné son trouble. J'étais déjà comme ça lors de l'embarquement. Je savais ce qui m'attendait, mais je ne voulais à aucun prix que mon gosse voie le jour dans un monde gouverné par les russkov ! Je suis enceinte depuis soixante ans et ça me convient très bien. D'après les calculs du médecin j'aurais dû accoucher il y a vingt ans, mais, de toute évidence, il s'est trompé. Je ne m'en plains pas… »

Elle est à moitié ivre, Cassie voudrait s'en éloigner mais l'autre se cramponne à son bras, lui soufflant au visage une haleine alcoolisée.

« En fait, explique-t-elle sur le ton de la confidence, je

dois avouer que j'ai peur d'être déçue par le bébé. Vous comprenez ? Il y a si longtemps que je fantasme sur lui ! Dans ma tête je l'ai déjà paré d'une multitude de dons. Pianiste, sportif, beau, charmeur, intelligent, je lui ai peu à peu collé toutes les épithètes positives du dictionnaire. Vous imaginez ma déception s'il était tout simplement normal ? *Horriblement normal !* Ce serait si décevant… Je crois que je ne m'en remettrais pas. Tant qu'il n'est pas né, tout est encore possible, alors ça me rassure de le savoir dans mon ventre. Je me dis que plus je le garde au chaud, plus ses dons se développent. C'est idiot, n'est-ce pas ? Mais je suis convaincue que les bébés naissent beaucoup trop tôt. Si les mères avaient le courage et la patience de les garder plus longtemps en elles, les nouveau-nés naîtraient en sachant déjà parler, marcher, tenir des conversations, exercer un métier… Vous ne pensez pas ? »

Cassidy bredouille un « peut-être » indistinct et tente une nouvelle fois de se dégager.

« Beaucoup de femmes pensent comme moi, renchérit Linda. Ici, à bord de la nef, nous avons la conviction que l'habituel délai de neuf mois est une erreur de la nature. Il faut attendre plus longtemps. C'est la seule façon d'avoir des bébés parfaits. Et d'abord, pour une mère, il serait plus satisfaisant d'accoucher d'un bébé qui parle correctement anglais plutôt que d'une larve gargouillante. C'est du moins mon opinion. »

Silena, comprenant que Cassie est en difficulté, intervient sous prétexte de la présenter à un personnage « incontournable ».

« Merci, souffle Cassie, cette femme est bonne à enfermer…

— Je ne pense pas, réplique Silena d'un ton pincé. Elle a un peu bu, c'est vrai, mais nous sommes nombreuses à partager son point de vue. D'ailleurs, le professeur Ballooran approuve cette théorie. »

Cassidy ne trouve rien à objecter.

Durant l'heure qui suit elle fait connaissance avec divers notables qui, tous, lui vantent les mérites du temps immobile. Parmi eux, des gens souffrant de maladies incurables, et qui auraient dû mourir peu de temps après l'embarquement. Ils survivent depuis soixante années, en état stationnaire, le mal ayant cessé de se développer.

Ceux-là, Cassidy les comprend, mais elle est gênée par les confidences d'un vieil amateur de lolitas qui lui explique sans détour que, grâce à l'immobilisation du flux temporel, son épouse aura seize ans pour l'éternité, ce qui lui évitera de la répudier.

Elle est toutefois émue par le cas opposé : une jeune femme marié à un homme beaucoup plus âgé, et qui a pris la décision de trouver refuge à l'intérieur de la nef parce qu'elle refusait de voir bientôt mourir celui qu'elle aimait.

« Je ne pensais plus qu'à ça, avoue-t-elle. À sa mort prochaine. J'avais dix-huit ans, lui cinquante-cinq. Il ne voulait pas m'épouser à cause de la différence d'âge, c'est moi qui l'y ai contraint. J'étais folle de lui. Mais, tout de suite après notre mariage, j'ai été prise d'angoisse. Mes parents, mes amis n'arrêtaient pas de répéter que j'avais épousé mon grand-père et que je ne tarderais pas à le conduire au cimetière. La nuit, je me rêvais veuve, assistant à son enterrement. J'ai fait une dépression nerveuse. C'est ce qui a conduit Markham à accepter de grimper à bord de la nef. À l'origine, il ne voulait pas... C'était contre ses convictions religieuses. Néanmoins, j'étais si malheureuse qu'il s'y est résolu. Je ne regrette pas de l'y avoir obligé.

— Tout est pour le mieux, alors, fait Cassie soucieuse de se montrer compatissante, je suppose que vous êtes soulagée.

— Pas vraiment, murmure la jeune fille. Depuis, je rêve que le vaisseau tombe en panne, qu'il s'arrête, et que notre âge véritable nous est restitué d'un coup. Soudain j'ai soixante-dix-huit ans, et Markham... *cent quinze ans !* Je le vois pourrir devant moi, s'effriter, tomber en poussière, alors je hurle, et je me réveille en sueur. C'est éprouvant. »

Elle fait une pause, le temps de boire une coupe de champagne, et reprend :

« Vous savez que je n'exagère pas ? C'est ce qui arrivera si, un jour, la turbine cesse de fonctionner. La nef ralentira, puis s'arrêtera. Alors le temps recommencera à couler, et nous devrons restituer les années que nous lui avons volées ! »

Encore une fois Silena tire Cassie d'embarras en lui présentant un « collègue », Ambrose Gangway, un écrivain qui a fui le monde réel. D'emblée, l'odieux personnage s'applique à jouer les aînés et explique, avec une certaine condescendance, qu'il écrit de la vraie littérature, lui. Il donne du « ma petite » à Cassidy qui résiste de toutes ses forces au désir de lui expédier un bon coup de pied dans la braguette.

« J'ai décidé de chercher refuge dans le vaisseau quand j'ai compris que je n'aurais pas le temps matériel de finir mon œuvre si je demeurais plus longtemps à Los Angeles, explique l'homme de lettres. Le texte sur lequel je travaille est d'une telle ampleur, que trois vies au moins me seront nécessaires avant que j'inscrive le mot "fin" au bas du manuscrit. Il me fallait du temps, voyez-vous, ma petite. Énormément de temps. C'est ce qui arrive quand on porte en soi une œuvre majeure. Il faut tricher avec la mort. La postérité est à ce prix. »

Cassidy se prépare à lui jeter le contenu de sa coupe au visage quand elle se fige. *Woody vient d'apparaître.* Hellwood Krantz, son frère. Celui qu'elle est venue chercher.

Il est là, bien campé sur ses jambes, sanglé dans un uniforme de fantaisie, un air satisfait sur le visage. Cassie note que la foule des invités s'est éloignée avec déférence, comme si elle se trouvait en présence d'un haut personnage. Le brouhaha des conversations s'est mué en un concert de chuchotements. Même Ambrose Gangway, l'écrivain génial, se met à bafouiller, s'incline et se retire à reculons.

« Alors, sœurette, ricane Woody, on se rencontre enfin ? »

Il est à l'aise, heureux d'être le point de mire de l'assemblée. Les mains nouées dans le dos, il joue au général passant ses troupes en revue. Son uniforme a une coupe démodée. Cassie pense aux tenues d'opérette, excessivement kitsch, de la bande dessinée *Flash Gordon* ou du film *Les 5 000 Doigts du docteur T*.

Tout ce qu'elle trouve à dire, c'est : « Je suis venue te chercher. »

Mauvais début. Woody pouffe de rire et lui prend le bras pour l'attirer à l'écart. La foule se creuse devant eux, leur ouvrant un passage en direction de la terrasse qui domine les jardins.

À leur arrivée, les couples qui flirtaient le long de la balustrade rococo s'éloignent afin de ne pas perturber leur tête-à-tête.

« On m'a averti de ta présence à bord dès que le comité de sélection a lu ton nom, explique Woody en s'adossant à la rambarde. Ils m'ont appelé en urgence, pour me demander s'il existait un lien de parenté. J'avoue que j'ai hésité à dire oui. J'ai pris deux minutes pour décider si j'avais ou non envie de t'avoir dans les pattes. Nous ne nous sommes jamais supportés, toi et moi, n'est-ce pas ? »

Il porte des bottes d'officier de cavalerie que Cassidy juge grotesques. Pourquoi pas des éperons ou un sabre, tant qu'il y est ? Elle a conscience qu'elle se laisse emporter par une rancœur remontant à l'enfance. Elle choisit de juguler son ressentiment, et demande :

« Qu'est-ce que tu fiches ici, déguisé en général Custer ? Ces gens ont l'air d'avoir peur de toi.

— Ce n'est pas faux, fait Woody, se rengorgeant. À Los Angeles je n'étais qu'un mécano aux mains crasseuses, aux ongles noirs, qui bricolait les belles voitures de yuppies méprisants. J'avais du talent, du génie, même… J'étais capable de concevoir des moteurs, des circuits, des systèmes d'un genre nouveau, mais voilà, sans diplôme d'ingénieur, personne ne me prenait au sérieux. Je passais pour le zozo du coin de la rue. Le petit bricolo qui se la joue… Ici, les choses ont changé.

— Il n'y a pas de voitures, objecte Cassidy.

— Exact, mais il y a UN moteur… Un énorme moteur qui propulse la nef, et tout dépend de lui. Cet engin a été construit en un autre temps, à une époque où l'informatique n'existait pas, où l'électronique était encore au berceau. Tu piges ? *Tout, ou presque, relève de la mécanique !* Ce type, Ballooran, il a construit une espèce de dragster géant. Un dragster allant si vite que les atomes qui le composent se désolidarisent. Les dimensions changent, mais le principe est identique. Nous fonctionnons grâce à un réacteur nucléaire de conception vétuste, mais aussi grâce à des injections de gaz qui boostent les turbines. Je ne vais pas t'expliquer ça en détail, tu n'y comprendrais rien. Il n'y a pas grand-chose à espérer d'une fille qui s'obstine à rouler en voiture de série ! »

Cassidy a soudain l'impression d'avoir de nouveau douze ans. Elle est dans le salon familial et se bat avec Woody devant le téléviseur pour la télécommande. Elle veut regarder une émission sur les animaux abandonnés, il exige de suivre une compétition de stock-cars. Leur mère va intervenir, indisposée par leurs cris, et, comme d'habitude, donnera raison à son fils.

Cassie s'efforce de garder la tête froide.

« Arrête de frimer, soupire-t-elle, quel est ton rôle ici ?

— Je suis le chef mécanicien, énonce Hellwood Krantz. Dès que j'ai franchi la porte de la salle des machines, j'ai tout de suite pigé ce qui déconnait. Je leur ai proposé des modifications de mon cru. Ils en sont restés sur le cul. C'est remonté jusqu'à Ballooran. Ce mec déteste les petits informaticiens de mes couilles mais il a le plus grand respect pour les gars qui travaillent à l'ancienne. Je lui ai tapé dans l'œil. Et voilà. Au bout de deux ans j'ai été nommé responsable de la grande turbine. »

Cassie se retient de lui faire remarquer qu'il n'a disparu que depuis six mois. Elle suppose que, à l'instar de Nathan, il éprouve des difficultés à se situer dans le flux temporel.

« C'est une *énorme* responsabilité, reprend Woody en baissant la voix. Et un *énorme* pouvoir. L'immobilisation du temps dépend du bon fonctionnement des machines. Si elles tombaient en panne, tous ces gens vieilliraient de soixante ans en trois minutes. Tu imagines le tableau ? Ce serait la danse macabre, le carnaval de l'horreur. La nef se changerait en charnier, en nécropole. Il y a là des types qui ont cent vingt-cinq ans d'âge réel. La nana la plus bandante est en réalité une mémère bonne pour l'hospice. Ils ne se font aucune illusion, ils savent que leur existence est entre mes mains. Je suis celui qui peut leur sauver la peau. Qu'une panne se produise, et hop ! j'interviens. Le miracle peut continuer. »

Parler lui a donné soif, d'un claquement de doigts il hèle un serveur pour se faire apporter une coupe de champagne. Cassie juge son arrogance insupportable.

« J'ai vu que ça marchait, ton petit business, reprend-il une fois désaltéré. Ne te monte pas la tête, c'est en grande partie pour me faire plaisir qu'ils t'ont mutée à ce poste. J'avais rédigé une note favorable allant dans ce sens. Je me suis dit que tant que tu serais occupée à écrire tes conneries pour mouflets je ne t'aurais pas dans les pattes. Il ne tient qu'à toi de continuer. »

Cassidy en a le souffle coupé. L'espace d'une seconde elle est sur le point de commettre un acte irréparable, mais elle se domine.

« Moi, j'occupe un poste si important que je suis inamovible, insiste Woody. Il n'en va pas de même pour toi. La rotation te menace. Dans deux ans, tu peux te retrouver serveuse dans une cafétéria. Si tu suis mes conseils, je peux t'épargner ça.

— Ah oui ? siffle la jeune femme, et comment ?

— J'ai mes entrées chez Ballooran, je déjeune avec lui deux fois par mois pour lui faire mon rapport. Il suffirait que je lui glisse un mot pour qu'il t'accorde le statut de travailleuse inamovible. En échange, je te demande de m'oublier. Reste ou pars, je m'en cogne, mais n'essaye pas de me convaincre de rentrer à L.A. Ici je suis quelqu'un, là-bas, je redeviendrai un petit mécano sous-payé. Il n'en est pas question.

— Maman va mal, coupe Cassidy. Depuis ton départ elle perd la tête. J'ai dû la placer dans un centre médicalisé.

— Je m'en fous ! aboie Woody. Ici je ne l'ai plus sur le dos, à me coller. Elle était tout le temps derrière moi, à me bichonner comme un chien de salon. Tu ne t'en es jamais rendu compte, mais je détestais ça. Et ses façons de me tripoter sans en avoir l'air ! Elle était en manque, tu comprends ? Ce qu'il lui fallait, c'était un mec, pas un fils. Si je rentre, elle me retombera sur le râble ! C'est hors de question. »

Il est rouge et respire fort. Son éclat verbal a provoqué l'inquiétude des convives. On jette des coups d'œil désapprobateurs à Cassidy. Pour qui se prend donc cette petite pécore qui ose contrarier le Chef mécanicien ?

« Bon, capitule Woody, on ne va pas recommencer à s'engueuler comme à la maison. Vis ta vie, je vivrai la mienne. Chacun de son côté, en évitant de se rencontrer. La nef offre de gros avantages à qui sait en profiter. Tu es ma sœur, on aura soin de te chouchouter. Je peux t'ouvrir un chemin semé de pétales de roses ou te foutre dans de telles emmerdes que tu n'auras plus qu'une envie : partir. C'est ce qui s'est produit avec Nathan. Il est devenu chiant à mourir avec sa morale à la gomme. Un vrai prédicateur. Il n'arrêtait pas de répéter que tout cela était antinaturel, blasphématoire. J'en ai eu marre. Je l'ai fait expulser.

— Je croyais qu'il était parti de son plein gré ?

— Ça, c'est ce qu'il raconte ! En réalité je me suis arrangé pour que la rotation l'affecte à des boulots de plus en plus merdiques tandis que sa nana, Silena, grimpait de postes importants en postes encore plus importants. Ils ont fini par se bouffer le nez. »

Il ricane en observant son reflet dans une porte vitrée. Il aime, de toute évidence, se donner des airs méphistophéliques.

« Voilà pourquoi je suis venu à ta petite sauterie, conclut-il. Je voulais t'exposer les règles du jeu. Si tu veux un conseil, fais comme moi, profite de l'aubaine et prend ce qu'il y a à prendre. À L.A. tu ne seras jamais qu'un auteur minable, inconnu du grand public. Ici, au contraire, tu peux connaître la gloire. C'est un petit royaume, soit, mais mieux vaut être reine d'un petit royaume que serveuse à Hollywood. »

Il sort une carte de sa poche et la pose sur la balustrade.

« Le numéro de mon secrétariat, explique-t-il. Si tu as un problème, passe un coup de fil. Explique-leur le topo, j'essayerai de t'arranger le coup. Dégotte-toi un mec... fais pas comme maman. L'éternité c'est long, toute seule. Allez, salut sœurette, si tout va bien on ne se reverra pas de sitôt, ça ne nous manquera ni à l'un ni à l'autre. »

Il plaque un rapide baiser sur la joue de Cassidy et

s'éloigne en prenant soin de faire claquer ses bottes sur le parquet au point de Hongrie.

La jeune femme reste un instant à contempler les jardins qu'estompe la nuit artificielle. Elle attend que son cœur ait repris son rythme habituel pour retourner dans la salle. Elle devine une présence dans son dos. Silena Jones.

« Ça s'est mal passé, hein ? murmure l'ancienne compagne de Nathan. C'est un con. Mais un con puissant, dangereux. Il est plus prudent de ne pas le contrarier. Il n'exagère pas quand il prétend avoir l'oreille de Ballooran. On l'écoute, c'est vrai. C'est un génie de la mécanique, il a su imaginer des solutions miraculeuses à plusieurs problèmes graves qui menaçaient de ralentir la turbine. Ça l'a propulsé au sommet de la hiérarchie. Il est intouchable. Quand il a débarqué ici, ce n'était qu'un mécano avec du cambouis sous les ongles… Je me rappelle avoir pensé *en voilà un qu'on devrait affecter à la plonge, ça lui donnerait l'occasion de se décrasser.* Comme j'étais stupide ! »

À ses yeux trop brillants, Cassidy devine qu'elle a bu plus que de raison. Elle paraît avoir envie de s'épancher. Les deux femmes s'accoudent à la balustrade. Au-dessus de leurs têtes, des étoiles scintillent sur la voûte céleste artificielle.

« Nathan était à l'opposé de ce type, grogne Silena. Il était trop pur, c'est pour ça que tout a foiré entre nous. Il refusait les compromissions. Il répétait : "Je ne veux pas payer le prix de votre tricherie. L'addition est trop lourde pour moi." J'avais beau le raisonner, lui faire valoir les avantages que nous en tirions, il ne m'écoutait pas.

— Et en quoi consistait le prix à payer ? » murmure Cassidy, aux aguets.

Silena baisse les yeux, mal à l'aise. Elle réalise qu'elle a trop parlé. Elle ne sait comment rattraper sa gaffe. Avec un soupir, elle se décide à capituler :

« Tu le découvriras toute seule, chuchote-t-elle. Après, ça se jouera entre ta conscience et toi. Nathan, lui, n'a pas supporté. C'est pour ça qu'il a décidé de partir ; pas parce que les manigances de Woody le condamnaient à des emplois subalternes. Il s'en fichait de travailler à la plonge des cantines administratives. Il était au-dessus de ces humiliations.

— Et toi ? insiste Cassie, ça ne t'empêche pas de dormir ?

— Non, mais je dors mal, c'est la rançon de l'immortalité. Maintenant viens, il faut rejoindre les invités, nous faisons bande à part depuis trop longtemps. »

Elles regagnent la salle où la fumée des cigares a installé un brouillard bleuté. Woody est en train de prendre congé. Plusieurs dignes messieurs l'accompagnent jusqu'à la sortie en lui parlant avec solennité.

Comme il fallait s'y attendre, les mères de famille se jettent sur Cassie pour la supplier d'aller rendre visite aux enfants, qui jouent dans le salon contigu.

« Vous êtes leur idole ! s'exclame l'une d'elles, ça leur ferait tellement plaisir. Ils rêvent tous d'obtenir un autographe ; ma fille, Caroline, a insisté pour emporter tous les fascicules de vos contes. »

Bien qu'elle soit nerveuse et fatiguée, Cassidy est contrainte d'accepter. Un mauvais pressentiment l'assaille. Elle donnerait n'importe quoi pour ne pas avoir à rencontrer ces vieux enfants qui éveillent en elle un dégoût mêlé de tristesse.

Ils l'attendent, garçons et filles arborant des costumes de cérémonie comme on en portait à l'aube des années cinquante. Jolies robes, nœuds dans les cheveux, escarpins vernis pour les fillettes, culottes courtes, blazers et cravates colorées pour les garçonnets. Cassie s'installe au milieu d'eux. Ils sont tous d'une exquise politesse. Leur vocabulaire est riche, exempt d'emprunts populaires. C'est tout juste s'ils osent un « C'est bath ! » pour exprimer leur enthousiasme. Les fillettes ont des gants blancs, une aumônière en bandoulière. Elles sentent bon le savon Ivory, l'eau de Cologne (sans alcool) pour demoiselles. La conversation s'engage, et bientôt les questions pleuvent, toujours les mêmes. Cassidy s'en veut d'avoir trop bu, elle se sent déphasée.

« J'aime bien lire vos livres dans mon lit, explique l'une des petites filles, ça m'évite d'avoir peur et de penser aux fantômes.

— *Tais toi !* lui souffle l'un des garçons, *tu sais bien qu'il ne faut pas parler de ça !*

— Oh ! fait négligemment Cassie, il n'y a pas à avoir honte, moi aussi j'ai peur des fantômes. »

Les enfants semblent soulagés en constatant qu'ils n'ont commis aucun impair. Ouf ! La dame était déjà au courant ! Ils ne seront pas punis.

« Moi, je me bouche les oreilles quand ils commencent à parler, reprend la gamine. Mais je fais toujours un bond lorsque je les vois sortir des murs…

— Moi je leur jette mon oreiller à la figure, se vante un garçonnet, après je me cache sous les couvertures.

— Vous les voyez souvent ? s'enquiert Cassie sans

lever le nez des dédicaces qu'elle trace d'une main mal assurée.

— Presque toutes les nuits, soupire la petite fille. C'est toujours le même, et en même temps ce n'est pas lui… Il change de visage. Enfin, c'est toujours la même tête, mais de plus en plus vieille. Les vôtres sont comme ça aussi ?

— Oui, oui… », bredouille la jeune femme.

L'apparition d'une escouade de mères au seuil de la salle met fin aux confidences. Il est tard, les enfants doivent aller au lit. Après une rapide distribution de baisers, ils s'en vont, laissant Cassie désemparée.

11

La fête est finie. Une heure du matin, c'est le signal du couvre-feu. Cassie regagne son appartement. Elle ne sait pas si elle a su se montrer sous son meilleur jour, si elle a fait preuve d'une volonté d'intégration convaincante. C'est ce qu'on attend d'elle, n'est-ce pas ? Qu'elle épouse la philosophie de la nef, qu'elle laisse tout esprit critique au vestiaire. Pour le moment, on lui fait encore crédit car elle est la sœur du Chef mécanicien, l'ange qui siège à la droite de Ballooran, une clef à molette à la main, celui dont dépend la bonne marche du vaisseau. Cette glorieuse parenté la protège ; mais il n'en ira pas toujours ainsi. Il faudra tôt ou tard qu'elle fasse acte d'allégeance.

La jeune femme se laisse choir sur son lit. Elle a trop bu ; la tête lui tourne et elle a envie de vomir. Les paroles des enfants continuent à flotter dans son esprit. Elle sent qu'elle a mis le doigt sur une information capitale mais elle ignore comment l'utiliser. Elle se méfie de tout le monde. De Silena, d'Edwin, de ses collègues, de la serveuse du *coffee shop*, du miroir de sa salle de bains…

Sous les félicitations, elle a détecté des menaces sournoises. En réalité, on n'a pas cessé de lui faire comprendre qu'elle avait intérêt à marcher droit, sinon…

Tout est dans ce *sinon*.

Il y aura un prix à payer, Silena et Woody ont bien insisté sur ce point. L'immortalité n'est pas gratuite.

La nausée la contraint à se lever. Dans la salle de bains, elle se débarrasse du fourreau, des longs gants de star. L'image que lui renvoie le miroir lui ressemble si peu qu'elle a l'impression d'épier sa voisine par un trou dans le mur ! Elle récupère son jean, son t-shirt, ses sandales mexicaines. Dans un verre, elle laisse dissoudre deux comprimés effervescents.

Tout à coup, alors qu'elle s'apprête à avaler la mixture, un cri lui parvient du dehors. Un cri animal, comme il en résonne dans les zoos. Elle pose le verre sur le bord du lavabo et, obéissant à une impulsion, se dirige vers la porte palière. Là, elle s'immobilise, hésitant à aller plus loin. À l'intérieur de la nef on ne se promène pas la nuit, Silena le lui a souvent répété.

« Pourquoi ? a demandé Cassidy.

— Parce qu'on cesse de ventiler les coursives à partir de deux heures du matin, a répondu Silena. Par mesure d'économie. Il y a donc pénurie d'air respirable dans les parties communes, les boutiques, les jardins. Ça ne gêne pas les plantes qui ont l'habitude de se nourrir de gaz carbonique. Quant aux oiseaux, ils ont vite pris le réflexe de regagner la ménagerie sitôt les lumières éteintes. »

Cette explication a laissé Cassidy rêveuse.

« Ne prends pas cela à la légère ! a insisté Silena, c'est

du sérieux. Si tu commettais l'erreur de sortir de chez toi après l'extinction des feux, tu pourrais avoir un malaise et succomber à l'hypoxie. Il y a déjà eu des accidents.

— Mais pourquoi ces économies ?

— Pour permettre à la turbine de refroidir. Les recycleurs d'air ont besoin de faire une pause de temps en temps. »

Cassidy a jugé l'explication embrouillée et peu convaincante. Certes, elle est ignare en mécanique, mais cette histoire d'économies d'énergie lui paraît farfelue.

Et pourtant, en cette seconde, la main sur la poignée de la porte, elle hésite à sortir. Et si c'était vrai ? Si elle tombait asphyxiée au bout de dix pas, sans avoir la force d'appeler à l'aide ?

Elle abaisse pourtant la poignée. À l'intérieur du vaisseau, il n'y a ni serrures ni clefs. Personne ne verrouille sa porte puisque – comme l'affirme le slogan – on est entre honnêtes gens. Quand Cassie s'en est étonnée, elle a provoqué les rires de ses collègues de bureau.

« C'est vrai que dans votre monde on vient vous égorger dans votre lit ! a glapi Suzie-Ann, la dactylo. Chez nous, des choses pareilles n'arrivent jamais ! »

Cassie entrebâille le battant pour jeter un coup d'œil dans le couloir. Tout de suite, le petit haut-parleur incorporé dans la cloison, juste au-dessus de la minuterie, se met à nasiller un avertissement :

« Attention, votre porte est mal fermée. Nous sommes en période nocturne. Il est déconseillé de quitter votre appartement pour traverser une zone non ventilée. Si quelque chose vous y oblige, si vous êtes malade, si un incendie s'est déclaré, formez le 910 sur le cadran du téléphone intérieur.

La permanence "Sécurité" ne tardera pas à vous venir en aide. »

La jeune femme décide de passer outre. Elle sort et referme la porte derrière elle. Maintenant elle est dans le couloir qu'éclaire chichement une veilleuse bleue. L'étage est désert. Cassie renifle avec méfiance. Elle n'éprouve aucune sensation d'étouffement.

De nouveau, elle perçoit un bêlement, au loin. Sur la pointe des pieds elle prend la direction de la galerie marchande surplombant le jardin public. Alors qu'elle remonte le couloir, elle tombe nez à nez avec un mouton occupé à brouter la moquette.

Suis-je en train de m'asphyxier? se demande-t-elle. *Pourrait-il s'agir d'une hallucination due à la raréfaction de l'oxygène dans les lobes de mon cerveau?*

Un mouton fantôme, alors? Non, car son odeur de suint et de laine sale est bien réelle. L'animal lève le museau, examine la jeune femme, et s'éloigne en trottinant.

Cassie poursuit son exploration, plus décidée que jamais à percer ces mystères.

Quand elle s'accoude à la balustrade dominant le square, elle a la surprise de découvrir un couple de biches au milieu des pelouses. Les animaux sont nerveux ; ils tremblent sur leurs pattes grêles et ne cessent de tendre l'oreille en tous sens, comme s'ils cherchaient à détecter l'approche d'un prédateur.

Pourquoi lâche-t-on ces bêtes dans les parties communes dès l'extinction des feux ?

Cassie longe les boutiques fermées. Elle n'y voit pas grand-chose. À la terrasse du *coffee shop*, des lapins gambadent entre les tables. Un mouton plus hardi que les autres essaye de grimper une à une les marches de l'escalator, pour l'heure immobile. Le tableau a quelque chose de surréaliste.

On respire parfaitement. La teneur en oxygène est normale. Cassie s'adosse à un pilier et attend. Les bêtes ont peur. Leur comportement trahit leur panique, elles vont et viennent, se tiennent aux aguets.

Peu à peu, l'angoisse des biches se communique à Cassidy. Comme elles, la jeune femme scrute l'obscurité. Dans la nuit, le vaisseau perd son apparence rassurante, coquette. Il devient cathédrale de poutrelles, caverne où les piliers se changent en stalactites. Le moindre espace public se fait béance. Cassie a l'impression de se tenir en équilibre au bord d'un précipice. Un pas de plus, et elle tombera dans le vide.

Elle éprouve le besoin d'un abri, de regagner son appartement. Elle n'est pas en sécurité au milieu de ces bestioles qui grelottent de frayeur.

Alors qu'elle bat en retraite, elle aperçoit des silhouettes... Des formes humaines cachées derrière les piliers. Les animaux les ont également repérées. Une biche se met à gémir et urine de terreur. Cassidy presse le pas. On l'encercle. Elle voit bouger des formes confuses, une foule qui rase les murs, elle perçoit des chuchotements.

La jeune femme résiste à l'envie de prendre ses jambes à son cou, car Mitch Babylonios lui a souvent répété qu'il ne faut jamais se mettre à courir devant un prédateur. Tant qu'on lui fait face il hésite à attaquer. Si on lui tourne le dos, on avoue sa faiblesse.

Le cœur battant à tout rompre, elle remonte le couloir menant à son appartement. Tout à coup, alors qu'elle pose la main sur la poignée, un visage se dessine dans la lueur bleue de la veilleuse.

« Silena ? » gémit Cassidy, stupéfaite.

C'est bien Silena, mais ses traits sont altérés, comme s'ils avaient subi une curieuse métamorphose. Elle paraît fatiguée.

« Silena, c'est toi ? » répète Cassie.

La femme reste immobile, mais ses yeux brillent d'un éclat étrange, un mélange de haine et de… *convoitise*.

Cédant à la panique, Cassidy ouvre la porte et s'engouffre dans l'appartement. Parvenue de l'autre côté de la porte, elle saisit une chaise et en cale le dossier sous la poignée. Le souffle court, elle appuie de toutes ses forces sur le battant pour s'opposer à une éventuelle tentative d'effraction. Elle a l'impression que quelque chose passe et repasse devant la porte sans oser entrer.

Puis elle réalise qu'elle a pensé *quelque chose* et non *quelqu'un*.

Un long moment s'écoule avant qu'elle ne se décide à quitter son poste. L'ennemi ne donnant pas signe de vie, elle se résout à s'asseoir sur le bord du canapé. Elle reste là une heure durant, les yeux rivés sur la porte, s'attendant à voir tourner la poignée…

Brisée par la tension nerveuse, elle finit par s'assoupir. Quand elle se réveille en sursaut il est six heures du matin (en temps fictif du vaisseau). Elle n'en revient pas d'avoir dormi si longtemps. Elle libère la poignée et ouvre la porte. Les éclairages de « l'aube » ont pris la relève des veilleuses nocturnes. Il s'agit en fait de lampes de faible intensité dont la lumière économique suffit à éclairer les techniciens de surface qui nettoient les zones publiques du vaisseau. Personne parmi ses voisins n'est encore levé ; elle en profite pour se faufiler jusqu'à la galerie marchande. Là, elle assiste à un spectacle des plus curieux. Les ouvriers de la voiric arpentent les allées du jardin en poussant un gros conteneur à ordures monté sur roulettes. Chaque fois qu'ils trouvent une bête morte, ils la glissent dans la poubelle géante et reprennent leur inspection.

Cassie prend alors conscience que *tous* les animaux sont morts. Les lapins, les moutons…

Tout près d'elle repose le cadavre d'une biche. Son pelage, qui était encore fauve à une heure du matin, est à présent totalement blanc.

12

Désireuse d'obtenir une explication, Cassie invite Silena à déjeuner. Quand l'ancienne fiancée de Nathan se présente au *coffee shop*, elle a recouvré son visage habituel. Les altérations de la nuit ont disparu. Elle semble naturelle et s'exprime sans gêne ni dissimulation. À dix reprises Cassie est sur le point de la questionner au sujet des événements nocturnes mais se ravise à l'ultime seconde. Elle commence à douter de ce qu'elle a vu. S'agissait-il réellement de Silena ? A-t-elle été abusée par une ressemblance ?

Elles se séparent sans qu'aucune parole décisive n'ait été prononcée.

Toute la journée, Cassie a le plus grand mal à se concentrer sur son travail et reste en panne d'inspiration, le stylo levé, l'encre séchant à la pointe de la plume d'or. Elle décide qu'elle reprendra ses investigations dès l'extinction des feux.

Elle assiste à une réunion de rédaction mais son esprit est ailleurs, et toute l'équipe note son manque d'entrain.

Les regards se font fureteurs. Les filles croient détecter dans son attitude les conséquences d'une querelle d'amoureux. Le bel Edwin se serait-il montré pressant ? Cassie aurait-elle refusé de lui céder ? Voilà qui est bien excitant !

La nuit est longue à venir. Cette fois, Cassie s'équipe d'un couteau de cuisine et d'une lampe de poche. Elle attend que résonne la sonnerie annonçant l'arrivée des ténèbres. Elle a le souffle court, les mains moites.

Pourquoi prendre des risques ? lui chuchote la voix de la prudence. *N'es-tu pas heureuse ici ? Que te faut-il de plus ? Tu as vraiment envie de retourner à L.A. dans ton appartement minable pour mener ta petite vie étriquée d'auteur sous-payé ?*

Cassidy se retient de protester. Elle n'est pas sous-payée, loin de là ! Même si elle n'est pas mondialement connue, ses revenus sont ceux d'un cadre d'état-major, et elle ne manque de rien. Sauf d'amour, mais ça, c'est autre chose.

De l'autre côté de la porte résonne le claquement des projecteurs qu'on vient d'éteindre. Dans deux minutes les veilleuses de sécurité s'allumeront, pointillant l'obscurité de taches bleues.

Après avoir inspiré une grande bouffée d'air, Cassie abaisse la poignée et sort dans le couloir. Tendue, le couteau à la main, elle remonte le passage en direction de la galerie marchande. D'abord, elle est déçue car il n'y a pas d'animaux sur les pelouses du square. Décontenancée, elle s'assied sur un banc, entre deux massifs de roses blanches qui fleurissent depuis soixante ans. Elle souhaiterait presque rentrer bredouille. Elle se sent ridicule avec son couteau et sa lampe de poche.

Soudain, alors qu'elle commence à peine à se rassurer,

elle repère une silhouette qui glisse entre les buissons. Quelqu'un approche, sans bruit, avec la fluidité d'un nageur se déplaçant au fond d'une piscine. Cassie hésite encore à se lever mais ses doigts étreignent le manche du couteau avec plus d'énergie. La silhouette émerge des fourrés, traverse la lumière des veilleuses. Cassie peut désormais distinguer son visage. C'est… *C'est Edwin !* Mais un Edwin vieilli, d'une cinquantaine d'années. Le garçon est encore séduisant, mais sa chevelure vire au gris et il a des poches sous les yeux, pourtant c'est bien lui, Cassidy en est certaine, elle a toujours été physionomiste. Aucun doute n'est permis.

Suis-je bête ! songe-t-elle, *ce n'est pas Edwin, c'est son père ! Voilà pourquoi la ressemblance est si frappante.*

« Monsieur Coleridge ? hasarde-t-elle en se forçant à sourire. Je suis une amie de votre fils. Nous travaillons tous deux à Radio Good Day. Peut-être vous a-t-il parlé de moi ? »

Elle se traite d'idiote en se souvenant qu'Edwin lui a justement confié n'avoir que peu de rapports avec ses parents.

L'homme reste silencieux. Il se dandine d'un pied sur l'autre. Sa peau accroche bizarrement la lumière. Elle semble poreuse. On dirait qu'elle boit le halo des veilleuses tombant du plafond.

« Monsieur Coleridge ? » répète la jeune femme dont la nervosité croît de minute en minute. Elle n'aime pas le regard que l'inconnu pose sur elle. Elle le juge empreint de malveillance et de… *lubricité ?* Non, ce n'est pas le mot qui convient car il n'y a rien de sexuel dans ce coup d'œil. De la gourmandise, alors ?

Elle se redresse, le couteau plaqué le long de sa cuisse.

L'homme ne se décide pas à bouger. Il marmonne des choses incompréhensibles. Tout à coup, il tend la main droite comme s'il désirait saluer la jeune femme. Celle-ci, embarrassée, se dépêche de glisser son arme improvisée dans la ceinture de son pantalon afin de libérer sa paume. Lorsque ses doigts rencontrent ceux du père d'Edwin, elle croit empoigner une ligne à haute tension : une force inconnue la secoue de la tête aux pieds, une décharge électrique qui crépite le long de ses nerfs, de ses veines. C'est très douloureux. Elle réalise au même moment que cette secousse l'aspire… pompe son énergie vitale. C'est une succion formidable qui draine la vie hors de son corps. Elle est en train de se vider. Si cela continue, elle s'affaissera tel un ballon dégonflé.

Cédant à la panique, elle récupère son couteau de la main gauche et frappe l'homme à l'avant-bras, lui entaillant la peau sur vingt centimètres.

Le père d'Edwin lâche prise, Cassie en profite pour se mettre à courir. Alors qu'elle est sur le point de sortir du square, un autre homme lui barre la route. Elle étouffe un cri… *C'est encore Edwin, mais un Edwin de soixante-dix ans !* La ressemblance est toujours flagrante bien que le visage soit marqué par la vieillesse. Cassie le bouscule d'un coup d'épaule. Il ne résiste pas. Il paraît mou. Une baudruche. En quittant la galerie marchande, elle jette un bref coup d'œil par-dessus son épaule. Les deux hommes la fixent avec colère. Ils se tiennent côte à côte, soulignant ainsi la similitude de leurs physionomies.

Le père et le grand-père d'Edwin, songe Cassidy, avant de reprendre sa course.

De retour dans son appartement, elle se barricade en poussant une commode en travers de la porte. Elle ne comprend pas grand-chose à ce qui vient de lui arriver.

Elle éprouve une extrême faiblesse, comme si elle venait de perdre du sang en quantité alarmante. Pourtant, elle ne présente aucune blessure. À l'endroit où le père d'Edwin l'a touchée, sa chair est insensible, anesthésiée. L'empreinte de ses doigts a laissé des taches livides, décolorant la peau comme le feraient des gouttes d'eau de Javel en tombant sur une étoffe.

La jeune femme titube, à bout de forces. Elle a l'intuition qu'il s'en faudrait de peu qu'elle ne rende le dernier soupir, là, sur la moquette. D'instinct, elle sait qu'elle ne doit pas s'abandonner au sommeil. Si elle s'endormait, elle ne se réveillerait pas.

Elle se force à marcher de long en large. Dans la cuisine, elle prépare du café très fort, imbuvable, « à la française », dirait sa mère. Elle en avale trois tasses en grimaçant.

Ce serait le moment de gober des amphétamines si elle en avait sous la main. Jamais elle ne s'est sentie aussi fatiguée. Elle continue à aller et venir, jusqu'au moment où le malaise s'estompe.

Cassie se demande si elle doit sommer Edwin de s'expliquer. Son père et son grand-père sont-ils fous ? Est-il au courant de leurs escapades nocturnes ?

Que lui auraient-ils fait si elle n'avait pas réussi à leur échapper ? *Ils ont essayé de m'électrocuter,* se répète-t-elle. *Ils ont dû employer une espèce de pistolet* Taser[1], *comme les flics... À cause de l'obscurité, je ne m'en suis pas rendu compte.*

1. Arme utilisée par la police américaine, qui provoque une électrocution momentanée de la cible au moyen de fléchettes reliées à une batterie de fort voltage.

Elle sait qu'elle rationalise à l'excès, mais elle ne peut s'en empêcher. Elle songe à Silena, qu'elle a vue la nuit précédente dans des conditions similaires.

Pas Silena, corrige-t-elle, *la mère de Silena…*

Que font tous ces gens, la nuit, dans les parties communes du vaisseau ? Elle les imagine déambulant sans dire un mot, le regard perdu.

Elle finit par s'endormir au creux du fauteuil où elle a trouvé refuge. Elle rêve qu'elle est poursuivie par la mère, la grand-mère et l'arrière-grand-mère de Silena… Une horde de vieilles femmes, toutes griffes dehors, qui, après l'avoir acculée dans une impasse, lui lacèrent le visage et lui arrachent les cheveux.

Le lendemain, elle jette de fréquents coups d'œil à Edwin sans oser lui parler. Est-il seulement au courant des activités nocturnes de son père ?

Une théorie s'élabore dans son esprit. *Et si l'immortalité rendait fou ?* Si c'était là le prix à payer auquel Nathan faisait allusion ?

On vit éternellement, soit, mais le cerveau se délabre, songe-t-elle. *Une dégradation irréversible qui entraîne des comportements aberrants.*

Elle est presque certaine d'avoir découvert la clef du mystère. Ainsi, la nef serait tout bonnement un asile psychiatrique ambulant, peuplé d'aliénés plus ou moins dangereux. Un asile aux portes dépourvues de serrures, et dont les pensionnaires vont et viennent en liberté… Pas de quoi être rassurée !

Au bout de combien d'années les troubles se manifes-

tent-ils ? s'inquiète-t-elle. *Dix, vingt, trente ? Autrement dit : combien de temps resterai-je saine d'esprit ?*

Elle songe à celle qui l'a précédée au poste de conteuse radiophonique. Mary-Lou Parker, que la vue d'un tableau de Norman Rockwell a suffi à rendre folle. Va-t-elle suivre le même chemin ? Sera-t-elle un jour frappée de démence en feuilletant une bande dessinée à l'usage des dix-onze ans ?

Angoissée, elle bâcle un conte qui démarrait plutôt bien. Elle se montre ridiculement irritable au cours de la séance d'enregistrement. Maurice Prewitt, son patron, lui jette des coups d'œil suspicieux. L'a-t-on formé à détecter les signes annonciateurs de la folie chez ses employés ?

Je dois me reprendre, se répète Cassidy. *Je suis en train de devenir le principal sujet de conversation de la station. Suzie-Ann se montre moins chaleureuse que d'habitude, je n'aime pas ses regards sournois.*

À cause de ses divers cafouillages et de son manque d'attention, la séance d'enregistrement se termine fort tard. Tout le monde est mécontent. On se sépare en bougonnant. Même Edwin semble furieux contre Cassie.

La jeune femme regagne son logis. Ce soir, les simulateurs climatiques ont choisi de noyer les rues sous une nappe de brume au parfum de suie. Cassidy, qui possède encore mal la topographie des lieux, manque de s'égarer. Inquiète à l'idée de se laisser surprendre par la nuit, elle presse le pas, écoutant le cliquetis de ses talons s'envoler sous les arcades. C'est en poussant un soupir de soulagement qu'elle franchit le seuil de son appartement. Une fois son imperméable ôté, elle s'aperçoit que l'appétit lui fait défaut. Elle va et vient dans la pièce principale, ne sachant comment s'occuper.

À bout de nerfs, elle s'étend sur le lit et s'endort. C'est alors que la poignée de la porte bouge. D'abord timidement, puis d'un mouvement de plus en plus affirmé. Cassie se dit qu'elle est en train de rêver, qu'elle a les yeux fermés et que cette scène se déroule dans sa tête. Mais il y a le crissement du pêne, celui des gonds... Cassidy lutte pour s'arracher à la torpeur qui la tient clouée sur le lit. Elle voudrait bondir, hurler. Pourquoi, comme les autres soirs, n'a-t-elle pas pris la précaution de pousser la commode contre la porte ?

Le battant s'entrouvre alors, un visage apparaît... celui de la mère de Silena. Son expression a quelque chose d'animal, ses gestes sont approximatifs, comme si elle contrôlait mal son corps. Quelqu'un la bouscule, qui se presse derrière elle et cherche à forcer l'entrée. La grand-mère de Silena... Le même visage, mais plus marqué. Les rides, les chairs flasques ne parviennent pas à masquer la formidable ressemblance.

Mon Dieu ! songe Cassie, toujours paralysée. *Combien sont-elles ?*

Les deux femmes s'approchent du lit, les mains tendues. L'expression qui déforme leurs traits est effrayante.

Cassidy sait qu'elle mourra si ces créatures la touchent. Elle ignore d'où lui vient cette conviction, néanmoins elle a la certitude d'être en train de vivre ses derniers instants. Si elle ne parvient pas à vaincre l'enchantement qui la tient abattue sur sa couche elle est perdue !

Les mains des deux femmes l'effleurent. Décharnées, ridées, déformées par l'arthrite. Leurs ongles longs et ébréchés évoquent des griffes.

Soudain, une silhouette s'interpose, repousse les harpies. Un homme, enveloppé d'une combinaison de mécanicien crasseuse. Comme la mère de Silena se rebelle, il la frappe au visage avec la lampe de chevet. La femme s'écroule au pied du lit tandis que la plus âgée prend la fuite. L'homme pose un genou sur le lit, empoigne Cassie par les épaules et la secoue.

« Tu vas te réveiller, oui ? grogne-t-il. C'est moi, Mitch. Arrête de faire ces yeux de zombie ! Reviens à toi ! »

Alors seulement, Cassie reconnaît Mitch Babylonios. Il est sale, il pue ; la barbe lui couvre les joues. Elle émerge de sa stupeur pour bégayer son nom.

« Je… je croyais que tu n'avais pas eu le temps d'embarquer, dit-elle d'une voix éteinte.

— Je suis monté derrière toi, explique l'écrivain. Tu ne t'en es pas rendu compte parce que tu es tombée dans les pommes dès la fenêtre franchie.

— Mais où étais-tu passé ?

— C'est difficile à expliquer. J'ai obéi à un réflexe d'ancien soldat. Sitôt le pied posé à l'intérieur du vaisseau je me suis senti en danger. Mon instinct m'a commandé de me planquer avant d'être repéré. J'ai juste eu le temps de m'aplatir derrière une canalisation. La porte s'est ouverte et cette fille, Silena, est venue te récupérer. Deux types l'accompagnaient, ils t'ont posée sur une civière et t'ont emmenée. Je me suis bien gardé de signaler ma présence. Quelque chose me disait qu'il me serait plus facile de te venir en aide si je restais dans l'ombre. »

Babylonios remplit un verre de bourbon et le tend à Cassie. Elle en boit une gorgée, tousse. Il avale le reste d'un trait.

« Bordel ! gronde-t-il, ça fait deux semaines que je vis comme un rat, à te suivre, à te surveiller, à explorer cette foutue machine. J'ai volé ces fringues dans un vestiaire.

— Deux semaines ! s'étonne Cassidy. Seulement ? J'ai l'impression d'être là depuis un an.

— C'est parce qu'ils t'ont confisqué ton ancienne montre. Moi j'ai gardé la mienne, elle continue à marquer l'heure du dehors. Si j'en crois le dateur, il y a seulement quinze jours que nous nous sommes introduits dans cet asile de fous. De plus, ils t'ont fait subir un traitement particulier, j'ai vu ça de loin. Une immersion prolongée, des injections. Moi, j'ai échappé à ces tripotages, mon estimation du temps n'a pas été faussée. Je pense qu'ils t'ont conditionnée pour effacer de ta mémoire tout ce qui se rapporte à ta vie d'avant. »

Babylonios se penche sur la mère de Silena, toujours inconsciente.

« Sais-tu d'où elle vient ? demande Cassidy.

— Non, souffle l'écrivain. Ils sortent la nuit. Ils se déplacent en groupes distincts. Des vieux, des vieilles. Ils se ressemblent tellement qu'il est facile de deviner qu'ils appartiennent à la même famille. Les hommes et les femmes ne se mélangent pas. On dirait que chaque lignée regroupe les représentants d'un seul sexe. Des clans de femmes, des clans d'hommes, quatre, cinq ou six individus par meute, jamais davantage.

— Cette femme, murmure Cassie. C'est la mère de Silena, l'ancienne maîtresse de Nathan.

— Je sais, derrière elle venaient encore la grand-mère et l'arrière-grand-mère… Elles attendaient dans le couloir. Je les ai chassées. Je pense qu'elles te voulaient du mal. Tous ces vieux… ils tuent les animaux, tu sais ? Les biches, les lapins, les moutons qu'on lâche dans les squares certaines nuits ; ils s'en approchent pour les caresser… mais chaque fois que leurs mains se posent sur une bête, sa fourrure devient blanche et elle meurt. Le matin, les types de la voirie font disparaître les cadavres pendant que les braves gens dorment encore.

— Je m'en doutais », soupire Cassie.

Elle s'agenouille près de la mère de Silena, touche son visage du bout des doigts. La peau est froide, sans vie. Prise d'une horrible appréhension, Cassie applique son index sur la veine jugulaire.

« Elle est morte ! gémit-elle. Je ne sens plus battre son cœur. Tu l'as tuée ! »

Babylonios colle son oreille sur le sein de la femme, puis se redresse.

« T'as raison, confirme-t-il, elle est calanchée. J'ai eu la main trop lourde. Cela dit, si je ne l'avais pas neutralisée, elle te faisait ton affaire. Ces vieux-là, il faut s'en méfier comme de la peste. Je ne sais pas ce qu'ils ont au bout des doigts, mais ils tuent tout ce qu'ils touchent. Je ne tenais pas à te retrouver raide, les cheveux aussi blancs que le poil des biches qu'ils ont foudroyées l'autre nuit. »

Cassie s'écarte du cadavre. La chair de la femme a une consistance étrange, un peu molle, faisandée.

Une méduse, se dit-elle. *Si j'appuyais, elle finirait par exploser.*

« C'est tout de même bizarre, constate Babylonios. *Elle est trop froide…*

— Comment ça ?

— Elle vient de mourir, elle ne devrait pas être glacée. Tiède, oui, mais pas glacée. Un cadavre refroidit lentement. On dirait qu'elle sort du congélateur. Ce n'est pas normal.

— Qu'est-ce qu'on va faire du corps ? s'inquiète Cassidy. Il ne faut pas qu'on le trouve ici. Tu crois qu'on pourrait le déposer dans le square ?

— Pourquoi pas ? Le problème, c'est qu'il va falloir attendre que tous ces vieux regagnent leur cachette. Ils passent la nuit à déambuler dans les couloirs et les jardins publics. On dirait qu'ils cherchent quelque chose ou quelqu'un… Ces derniers temps ils t'avaient dans le collimateur, ils rôdaient devant chez toi. C'est pour ça que je me suis posté dans le faux plafond, juste devant ta porte, pour monter la garde.

— Des vieux…, répète Cassidy.

— Ouais. Une vraie armée. Dans la journée on ne les voit pas. Ils sortent la nuit. Parfois ils entrent chez les gens. Cette vieille, là… (il désigne le corps étendu sur la moquette) elle s'est plusieurs fois rendue chez sa fille, Silena Jones, accompagnée des deux autres sorcières, la grand-mère et l'ancêtre. Une fois à l'intérieur, elles se sont engueulées avec Silena pendant des heures. Je n'ai pas tout saisi, mais elles l'accablaient de reproches… Ça pleurnichait, ça menaçait…

— Chez Silena ?

— Oui. C'est une pratique courante. La nuit, ils se glissent chez l'un de leurs descendants pour lui pourrir la vie jusqu'à l'aube. Là, ils repartent comme ils sont venus.

— *Les fantômes…*, lâche Cassidy. Les gosses ont

mentionné à plusieurs reprises l'existence de fantômes qui leur font peur. Ils ont dû prendre les vieux pour des spectres…

— Possible, admet Babylonios. Bon, je vais en profiter pour prendre une douche et manger un morceau. Depuis quinze jours je me nourris dans les poubelles du *coffee shop*. J'ai le caleçon qui colle comme du papier tue-mouches, j'ai peur de m'arracher les poils du cul lorsque je l'enlèverai. »

Mitch ne paraît guère indisposé par la présence du cadavre. Mais il a été soldat ; il a côtoyé la mort plus souvent qu'à son tour. En outre, il a toujours eu un sens aigu de la survie. De son point de vue il a agi en légitime défense, pour protéger Cassidy ; partant de là, et selon son expression favorite, « il ne va pas se flanquer une hernie à la conscience ».

Alors qu'il ôte sa combinaison de mécano, la morte se redresse, et, d'un pas mal assuré, se dirige vers la porte. Deux secondes plus tard, elle a disparu dans le couloir.

« Nom de…, halète Babylonios à demi nu.

— Elle… elle était morte ! bégaye Cassie. Son cœur ne battait plus. Elle était glacée… »

Mitch a le réflexe de bondir dans le corridor. Il a juste le temps d'apercevoir le « cadavre » qui s'éloigne en compagnie des deux autres femmes.

« Bon, fait-il, inutile de se prendre la tête. On ne dispose pas d'éléments suffisants pour expliquer ce phénomène. Je pense que le plus simple est d'aller demander des explications à Silena Jones. »

Cassie est du même avis. Le plus urgent est d'habiller Mitch avec des vêtements décents. Elle ira se fournir dans la boutique d'un autre quartier, afin qu'on ne s'étonne pas de la voir emporter des effets masculins bien trop grands pour Edwin Coleridge.

Babylonios se douche, se débarrasse de sa barbe au moyen du rasoir à jambes de Cassidy. Une fois qu'il a dévalisé le contenu du réfrigérateur, il s'écroule sur le lit et s'endort. La jeune femme réalise à quel point elle est heureuse de l'avoir retrouvé. Maintenant qu'il est là, pense-t-elle, elle sera moins vulnérable.

Elle attend l'heure d'ouverture des galeries marchandes, puis, prenant garde de ne pas réveiller Mitch, part faire ses emplettes. Elle est de retour une heure plus tard, avec de quoi le transformer en homme des années cinquante.

« Super ! lance l'écrivain en posant le feutre gris sur sa tête, j'ai l'impression de jouer dans *Le Faucon maltais.* »

Cassie mise sur ce déguisement pour rendre Babylonios invisible. *A priori*, personne dans le quartier ne devrait s'étonner de la présence de cet inconnu. Sans doute pensera-t-on qu'il s'agit d'un nouveau transfuge du troisième millénaire. Les habitants de la nef sont à tel point persuadés de la supériorité de leur mode de vie qu'ils croient que tous les êtres du XXIe siècle meurent d'envie de s'installer chez eux.

Les deux écrivains quittent l'appartement de Cassie. Couloirs, coursives et lieux publics ont recouvré leur apparence habituelle. Les vieillards ont mystérieusement disparu. On ne croise plus que des visages jeunes, tout au plus quadragénaires.

« D'après ce que j'ai pu en voir, murmure Babylonios,

ce truc est immense. C'est l'équivalent du *Titanic*, mais des zones entières restent inhabitées. Manifestement ils avaient prévu grand, pourtant ils n'ont pas réussi à faire le plein au moment du départ, ce qui expliquerait le nombre de cabines inoccupées. Dans certains quartiers, on a l'impression d'explorer un vaisseau fantôme. J'aurais pu m'installer là-bas mais j'avoue que j'ai eu la trouille. Je ne sais pas pourquoi, mais je me suis dit que les gens qui vivaient là, jadis, avaient fini par disparaître, et qu'à l'origine le vaisseau était plein comme un œuf. C'est con, hein ? »

Ils arrivent chez Silena Jones. Cassidy appuie sur la sonnette. Silena ouvre ; elle est en peignoir, décoiffée. Elle dévisage Babylonios avec méfiance. Rapidement, Cassie lui expose la raison de leur visite. Silena recule. Elle a blêmi. Elle se met à aller et venir au milieu du salon, en proie à un grand trouble.

« Bref, abrège Babylonios, nous voulons savoir pourquoi votre mère s'en est prise à Cassie… À quoi rime ce complot de vieillards ?

— Les enfants ont plusieurs fois évoqué l'existence de fantômes, insiste Cassidy. Ta mère était morte, elle s'est relevée. Doit-on en déduire qu'elle fait partie de ces spectres ?

— Vous n'avez pas eu affaire à un fantôme, lâche Silena, mais à un V. E. Autrement dit, un *virtual ego*. C'est ainsi que nous désignons ces créatures.

— Un quoi ? » glapit Mitch.

Silena s'immobilise.

« Un ego virtuel, si vous préférez, explique-t-elle d'une voix sourde. Vous n'avez pas rencontré ma mère, ni ma grand-mère… C'est à la fois plus simple et plus compliqué. En réalité, toutes ces femmes n'en forment qu'une, *moi*. Vous n'avez fait que me voir, moi et moi seule, aux différents âges de mon existence. Moi à quarante, à cinquante, à soixante ans... »

Cassie et Babylonios échangent un regard incrédule.

« Je sais, soupire Silena, c'est dur à admettre. Il s'agit de l'un des effets secondaires engendrés par l'immobilisation du temps. Nous ne vieillissons pas, mais tous les dix ans, nous muons, comme les serpents. Une espèce de moi virtuel se détache de nous, un moi qui nous représente tels que nous devrions être si nous étions soumis aux lois habituelles qui régissent l'espace et le temps. Ballooran pense que ce double est une expression de notre culpabilité. Il est produit par notre inconscient, qui nous reproche de tricher avec la nature. D'autres estiment qu'il s'agit d'un écho, d'une sorte de décalage, de dédoublement fabriqué par la vitesse. Un mirage en quelque sorte. Tous les dix ans, un nouveau V. E. voit le jour. Il nous jette au visage l'image de notre vieillesse potentielle. Nous pouvons ainsi nous contempler tel que nous devrions être. Ils sont l'image de notre décrépitude virtuelle... »

Cassidy essaye de dominer sa stupeur.

« Bref, ce sont des doubles de vous-même, récapitule Mitch. Des clones...

— Je dirais des images du passé. De mon passé, corrige Silena. Une espèce d'album photographique en relief. Au fil du temps, les V. E., de plus en plus nombreux, finissent par constituer une tribu. Tous ceux qui ont embarqué en 1948 en possèdent six, à raison d'un nouvel ego virtuel tous les dix ans. Ces "fantômes", comme les surnomment les enfants, vivent ensemble, et viennent hanter celui qui leur a donné naissance. La nuit, ils nous harcèlent. Lorsque je me réveille, il m'arrive souvent de découvrir toutes les femmes que j'aurais dû être assises autour de mon lit. Elles jacassent, elles m'accablent de reproches…

— Mais de quoi t'accusent-elles ? s'étonne Cassie.

— De les avoir empêchées de vivre, murmure Silena. De les avoir condamnées à la non-existence. Elles disent que je les ai volées, dépouillées de leur part de réalité. Elles énumèrent tous les événements qu'elles auraient dû normalement vivre si je leur avais laissé la chance de s'incarner. Elles radotent, interminablement, gémissent, pleurent. À la longue, ces séances finissent par devenir déprimantes. Il n'est jamais très excitant, pour une femme, de contempler l'image de sa décrépitude. »

Silena se tait. Elle passe derrière le bar, sort trois verres et les remplit de scotch.

« Excusez-moi, souffle-t-elle, mais j'ai besoin d'un remontant. »

Ils trinquent.

« Tous ceux qui vivent à bord de la nef subissent ce genre d'infestation ? s'enquiert Babylonios.

— Oui, s'ils sont là depuis au moins dix ans, répond Silena. Vous connaîtrez cela si vous restez assez longtemps parmi nous. Personne n'y échappe. Un fantôme pour chaque décennie écoulée. Ils sont la voix de notre conscience. Les plus vieux sont les plus vindicatifs. Ils sont capables de vous injurier une nuit entière.

— On ne peut rien faire pour s'en débarrasser ?

— Non, il faut apprendre à les supporter. Personne n'est épargné. Les V. E. des enfants sont aussi très virulents, car ils n'ont jamais pu faire l'expérience de la vie.

Des gosses de dix ans voient donc ces ectoplasmes débarquer dans leur chambre pour leur reprocher de les avoir privés de vie amoureuse… Ils n'y comprennent rien. Les mioches qui avaient dix ans lors de l'embarquement de 1948 sont persécutés par des images d'eux-mêmes tels qu'ils auraient dû être à vingt, trente, quarante, cinquante, soixante et soixante-dix ans ! Vous imaginez ce qu'ils peuvent éprouver quand ils se réveillent en pleine nuit pour découvrir cette tribu d'inconnus installée autour de leur lit ! »

Babylonios fait tinter les glaçons dans son verre.

« Vous parlez d'ectoplasmes, grogne-t-il, mais pour avoir cogné sur l'un deux, j'ai pu me rendre compte qu'ils étaient bien réels. Et solides. Même si leur chair a une consistance étrange, elle est néanmoins palpable. Ce ne sont pas des créatures immatérielles.

— Je sais, fait Silena en détournant les yeux. Au début ils n'étaient pas ainsi. C'étaient de véritables spectres, capables de traverser les murs. Mais ils ne le supportaient pas. Ils ont très vite manifesté certaines exigences…

— Lesquelles ?

— Ils… ils voulaient s'incarner. Acquérir une enveloppe matérielle, comme les humains. Ils ne cessaient de répéter que nous leur devions au moins cela puisque nous les avions spoliés de la vie qui leur revenait de plein droit. Ils y voyaient une sorte de dédommagement.

— Et comment avez-vous procédé ?

— Par transfert d'énergie. Ils sont constitués d'électricité, de photons… S'ils parviennent à accroître cette énergie, ils gagnent en épaisseur. Ils deviennent solides. Le problème, c'est que cette énergie ne peut pas provenir d'une machine, ils doivent la puiser chez un être vivant. »

Oh! songe Cassidy en réprimant un frisson. *Alors c'est là que les animaux entrent en scène!*

Silena leur tourne le dos, mal à l'aise. Elle se sert un nouveau scotch. Sa main tremble et ils entendent cliqueter le goulot sur le bord du verre.

« O.K., fait Babylonios, les biches, les moutons lâchés dans les jardins publics, c'est pour satisfaire leur fringale ?

— Oui, on ne peut pas faire autrement. Dès qu'ils sont en manque ils s'attaquent aux nouveaux arrivants, ceux qui sont là depuis moins de dix ans.

— Comme Cassidy ?

— Oui, ou comme vous. Il existe un accord tacite entre eux : ne jamais s'en prendre à un voyageur ayant donné naissance à un ou plusieurs V. E. Ils y sont contraints. S'ils le faisaient, ils scieraient la branche sur laquelle ils sont assis. S'ils me tuaient, par exemple, tous les V. E. que j'ai créés au cours des soixante dernières années mourraient avec moi. Voilà pourquoi les nouveaux arrivants sont en danger tant qu'ils comptent moins de dix ans de présence à bord. »

Cassie s'agite.

« Fallait-il vraiment leur céder ? » s'indigne-t-elle.

Silena baisse la tête.

« Ils ont posé un ultimatum, explique-t-elle avec lassitude. Un truc simple : si nous refusions de les alimenter, ils se débrouilleraient pour provoquer des pannes majeures. Ça leur est facile. Ils sont composés d'énergie, partant de là, ils peuvent déclencher des courts-circuits, faire fondre les relais électriques, immobiliser la turbine. Ils nous l'ont d'ailleurs prouvé en générant des dysfonctionnements majeurs qui ont contraint le vaisseau à ralentir pendant quelques minutes. Nous avons tous connu de sacrées sueurs froides en ces occasions. Je n'ai pas besoin de vous rappeler ce qui arriverait si nous nous arrêtions pour de bon… C'est comme ça qu'ils nous ont forcés à capituler. Nous n'avions pas le choix. »

Elle se tait. Sous l'effet de l'alcool, ses pommettes ont rougi et sa respiration est devenue sifflante.

« Voilà, conclut-elle, vous savez tout. Le vaisseau est un château hanté. Hanté par les fantômes de ce que nous aurions dû devenir. Encore une fois, personne ne connaît la cause réelle de ce phénomène. Les avis des experts divergent. La plupart d'entre eux penchent pour ce qu'ils surnomment *un écho temporel*, un mirage provenant d'une diffraction parallèle causée par la vitesse. Honnêtement je n'ai aucune idée de ce qu'ils entendent par là. Je n'ai pas de formation scientifique. Les psychologues s'obstinent à parler de projections ectoplasmiques de notre sentiment de culpabilité, mais il n'y a probablement qu'eux pour croire encore à de telles foutaises.

— Vous sentez-vous coupable ? interroge Babylonios. Je veux dire, dans le secret de votre âme, éprouvez-vous du remords ? »

Silena hausse les épaules.

« Je ne sais pas, avoue-t-elle. Ce n'est pas exclu. Au début du voyage, je me sentais fautive. J'avais l'impression de participer à une entreprise blasphématoire. Je me disais que Ballooran se prenait pour Dieu, qu'il n'avait pas le droit de bouleverser ainsi les lois naturelles, et puis… et puis le temps a passé. Quand j'ai fêté mes cinquante ans je me suis contemplée dans le miroir, et j'ai été soulagée de ce que j'y ai vu, alors j'ai dit :

Merci professeur Ballooran. Depuis je ne me pose plus de questions. »

Cassie n'est pas tout à fait convaincue par cette profession de foi.

« Où vivent les V. E. pendant la journée ? demande-t-elle, et que font-ils ?

— Aucune idée, lâche Silena sans dissimuler sa lassitude. On dit qu'ils se retirent dans les zones inoccupées du vaisseau. Personne n'y met les pieds.

— Mais ils doivent être très nombreux à présent, insiste Cassidy. Si l'on compte six doubles virtuels pour chaque voyageur embarqué en 1948, ça revient à multiplier par six la population qui se promène dans les rues !

— Possible, élude son interlocutrice en prenant une expression fuyante.

— Vous les nourrissez avec des animaux, intervient Babylonios, O.K… mais votre cheptel doit avoir bougrement diminué en soixante ans puisque les bêtes ne peuvent pas se reproduire ! Comment faites-vous pour ne pas tomber à court d'offrandes ? Ça m'intéresserait de le savoir. Ne me racontez pas que les moutons pilotent des bolides dopés au NOS pour accéder à la fenêtre jaune, je ne vous croirais pas. »

Une étincelle de colère traverse le regard de Silena. Elle sait qu'elle ne parviendra pas à s'en tirer par une pirouette.

« Nous… nous avons des rabatteurs, lâche-t-elle. Des gens comme Ziggy, ce type qui vous a convaincus de tenter l'aventure…

— Allons ! gronde Mitch. Je ne vois pas Ziggy en train de transborder des moutons à grande vitesse. Ça ne tient pas debout. À moins que…

— *À moins que nous ne soyons ces offrandes !* complète Cassie, le souffle court. C'est ça, hein ? Les V. E. préfèrent les humains aux animaux, n'est-ce pas ? Le rendement énergétique est meilleur… Nous sommes la future nourriture des fantômes ! C'est pour cette unique raison que vous nous appâtez. »

Silena ébauche un mouvement pour s'enfuir, mais Babylonios lui barre la route et la gifle. Elle perd l'équilibre et s'étale sur la moquette, son peignoir s'ouvre, dévoilant ses cuisses et son ventre.

« Assez de conneries, grogne l'écrivain en la relevant brutalement. Cassidy a raison, hein ? Nous servons de biftecks aux fantômes ?

— Oui, gémit Silena en se débattant. C'est ce que vous voulez entendre ? Oui ! oui ! oui ! On a gagné du temps en leur offrant des animaux, mais c'est fini à présent, le zoo est presque vide. Pour que le système fonctionne il aurait fallu que les bêtes se reproduisent, mais c'est impossible, vous le savez bien. Il leur faut des années pour arriver au terme d'une gestation. Les V. E. ne nous ont pas laissé le choix… Ils ont été clairs sur ce point : si nous suspendons les sacrifices, ils provoqueront l'arrêt de la turbine.

— Ouais, siffle Mitch, alors vous avez pensé à ces pauvres couillons de mortels du XXIe siècle, qui vous idolâtrent et campent au bord de l'autoroute zéro dans l'espoir que vous leur apporterez la paix, la vérité et le bonheur !

— C'était la seule solution ! hurle Silena en se dégageant.

— Combien de crétins dans notre genre embarquez-vous chaque semaine ?

— Ça dépend des rabatteurs. Une centaine environ… mais ils ne servent pas tous de nourriture aux V. E. Cassie, par exemple, a eu droit à un traitement de faveur… »

Cassidy hausse les sourcils.

« Ah oui ? s'étonne-t-elle, et pour quelle raison ?

— Parce que tu as le don de distraire les gosses, crache Silena. Ça rend service aux parents. Tant que tu auras du succès auprès des mômes tu seras protégée. On fera savoir aux V. E. qu'ils ne doivent pas te toucher, mais si ton audience baisse, si tu finis par te planter, on t'abandonnera à ton sort. C'est ce qui est arrivé à la fille qui occupait ton poste.

— Mary-Lou Parker ?

— Oui. Quand elle a découvert l'existence des V. E. elle a perdu la tête. Elle n'a plus été capable d'écrire une ligne. Edwin et Maurice Prewitt l'ont aussitôt virée.

— Qu'est-ce qu'Edwin vient faire là-dedans ?

— Pauvre idiote ! Tu n'as pas encore compris ? Edwin est là pour empêcher les filles qui débarquent du dehors de se poser trop de questions. Il leur conte fleurette, ça les occupe, elles tombent invariablement amoureuses de lui. C'est son job. Ça lui plaît parce que ça lui permet de jouer la comédie. Quand il s'aperçoit que la bécasse est près de découvrir le pot-aux-roses, il prévient Prewitt, et le sort de la donzelle est réglé. »

Cassidy essaye de faire bonne figure mais elle se sent horriblement humiliée. *Au moins je n'ai pas couché avec lui !* songe-t-elle en guise de consolation.

« Merde ! hurle Silena. Vous pensez qu'on a le choix ? C'est le prix à payer, voilà tout. Si vous réussissez à échapper aux V. E. pendant les dix prochaines années, vous générerez votre premier fantôme, dès lors vous serez des nôtres et vous n'aurez plus rien à craindre. Il faut simplement que vous teniez dix ans…

— Ouais, ricane Babylonios, sûr que c'est pas grand-chose ! Un vrai week-end de détente. Tu peux me dire comment je dois m'y prendre pour survivre dix ans avec une meute de vampires aux fesses ?

— Certains y parviennent ! riposte Silena. Le vaisseau est grand. Il faut ruser, être mobile, s'entourer de pièges. »

Elle passe derrière le bar et s'asperge le visage d'eau froide.

« Ce ne sont pas des paroles en l'air, reprend-elle en s'essuyant avec une serviette. J'ai réfléchi à la question. J'avais imaginé une stratégie pour Nathan. Une stratégie de fuite en avant à travers les zones inoccupées du vaisseau. Je pensais l'accompagner. Nous nous serions déplacés en permanence en direction de la proue. J'avais rassemblé tous les plans, mais il n'a pas voulu tenter l'aventure. Il a préféré retourner dans votre monde…

— Ça consistait en quoi, cette stratégie ? s'enquiert Babylonios, intéressé.

— Tout reposait sur une évidence, murmure Silena. Les V. E., quoi qu'on pense, ne sont pas mobiles. Ils ont l'habitude de rester groupés autour des lieux habités. C'est là que se situe leur terrain de chasse, c'est là qu'ils peuvent trouver de quoi se nourrir. Bouger, marcher, ça consomme de l'énergie. S'ils s'agitent trop, ils s'affaiblissent. Pourquoi voulez-vous, dans ce cas, qu'ils se donnent la peine de poursuivre deux malheureux fuyards se déplaçant sans cesse à travers le vaisseau ? Ce ne serait pas économique. L'énergie récupérée sur les proies ne compenserait même pas celle dépensée au cours de la traque !

— Pas bête, admet Mitch.

— Je sais ! C'est ce que j'ai essayé de faire admettre à Nathan. J'avais tout étudié, les itinéraires, les cachettes… J'étais certaine que les V. E. cesseraient de le poursuivre dès que nous aurions mis suffisamment de distance entre eux et nous. C'était logique. En s'obstinant à nous courser, ils se seraient dangereusement affaiblis, et cela, ils ne peuvent se le permettre. À bout d'énergie, ils meurent.

— Mais pourquoi le vaisseau est-il aux trois quarts vide ? s'étonne Cassidy.

— Parce que Ballooran a dû précipiter le départ, lâche Silena. Les militaires et les gens de l'O.S.S.[1] avaient eu vent de ses projets, ils voulaient réquisitionner la nef. Le professeur refusait d'entendre parler d'application stratégique ; pour lui, Hiroshima, Nagasaki, c'était suffisant. À l'origine, il avait prévu d'embarquer plus de deux mille invités sélectionnés en fonction de leurs compétences ou de leur sagesse. Des scientifiques, mais aussi des philosophes. Il n'en a pas eu le temps. Quand il a su qu'un détachement militaire se préparait à investir le chantier pour s'emparer du vaisseau, il a dû se contenter d'emmener ses collaborateurs et leurs familles. En tout, cinq cents, six cents personnes… Ce n'était pas suffisant. Au fil du temps, il nous a fallu compléter par des apports extérieurs.

— Tu veux dire des gogos dans notre genre ? grogne Mitch.

— Oui, avoue Silena. Ça s'est révélé plus facile que

1. *Office of Strategic Service*, ancêtre de la CIA.

nous ne l'imaginions. Nous avons implanté des agents à l'extérieur, des types comme Ziggy Starboy. Nous leur avons fourni des gadgets susceptibles d'attiser la curiosité des transfuges potentiels. Des objets fabuleux qui avaient l'air de sortir d'un film de science-fiction. Nous leur avons également communiqué les solutions techniques qui leur permettent d'élaborer les bolides nécessaires aux transbordements.

— Des rabatteurs, marmonne Babylonios. Et qu'obtiennent-ils en échange de leurs loyaux services ?

— On les laisse en place trois ou quatre ans, puis on les relève. Ils peuvent alors s'installer chez nous à demeure, en classe A, avec le titre d'inamovibles. Les candidats ne manquent pas. On les recrute parmi les arrivants de fraîche date, ceux qui sont là depuis moins d'une semaine. Passé ce délai, il leur est difficile de réintégrer votre monde sans subir de gros dégâts physiologiques. On avait proposé cette mission à Nathan, mais il l'a refusée, ce qui lui a valu de croupir dans des emplois subalternes. »

13

Babylonios estime que le plus simple est de quitter le vaisseau sans tarder. Puisque Woody s'y trouve bien, qu'il y reste ! Cassie n'espère tout de même pas l'enlever contre son gré ? Elle a fait son possible pour tenter de le convaincre de revenir, elle n'a rien à se reprocher, sa responsabilité dans l'affaire est désormais dégagée.

« Ne rêvez pas ! intervient Silena. La nef n'est pas un autobus. On ne peut en descendre quand on en a envie. Les ralentissements sont programmés longtemps à l'avance. La fenêtre jaune ne s'ouvre pas sans autorisation officielle. J'ai eu beaucoup de mal à organiser le départ de Nathan. Il m'a fallu voler un scaphandre, dérober les produits nécessaires au traitement de réintégration.

— Quel traitement de réintégration ? s'inquiète Cassidy.

— On ne sort pas du temps immobile comme d'une piscine ! insiste Silena. Un accident de décompression est possible. Ces troubles s'accompagnent de symptômes étranges, parfois mortels. On essaye de les prévenir en injectant dans les veines de celui qui part un certain nombre de substances compensatrices. »

Cassie hoche la tête. Elle pense à Nathan, devenu si lourd qu'il s'est enfoncé dans les entrailles de la Terre, aux momies millénaires sur lesquelles veille Tomosh-Amak… Problèmes de densité, problèmes de vieillissement accéléré ; revenir chez soi semble effectivement assez compliqué !

« Il faudra consulter le plan de vol pour trouver un créneau, reprend Silena. En outre, il n'est pas certain que je puisse vous procurer des scaphandres. Depuis le départ de Nathan, le comité de surveillance se méfie de moi. On me soupçonne d'avoir profité de l'arrivée de nouveaux transfuges pour faciliter la fuite de mon petit ami.

— Je croyais que personne n'était prisonnier du vaisseau ? lance Cassie. Qu'on pouvait s'en aller à n'importe quel moment…

— De la propagande, souffle Silena avec un haussement d'épaules. Du bourrage de crâne destiné à rassurer les immigrants. Ils te tiennent, mets-toi bien ça dans la tête. Tant que tu jouiras d'un statut de vedette à la radio ils ne te lâcheront pas. Mais sitôt que les gosses en auront marre de toi, tu deviendras de la nourriture à V. E. C'est ainsi que ça fonctionne. Les scaphandres ne sont pas à la disposition des démissionnaires, ils ont été fabriqués pour permettre aux équipes d'entretien d'intervenir sur le fuselage du vaisseau quand le besoin s'en fait sentir. »

Après un instant de réflexion, la jeune femme reprend :

« Il va falloir gagner du temps. Si Cassie tombe en disgrâce, le mieux pour elle serait de se cacher. Laissez-moi le temps de m'habiller, je vais vous montrer ce que j'avais prévu pour Nathan. »

Elle disparaît dans la pièce contiguë et revient enveloppée dans un Burberry, gantée, un chapeau penché sur le front.

« Suivez-moi vingt mètres en arrière, ordonne-t-elle. Nous allons descendre dans les soutes. Je connais bien l'endroit, j'ai travaillé à la gestion des stocks. »

Ils quittent l'appartement pour se mêler aux passants. Le simulateur climatique a décidé qu'il y aurait du brouillard ce matin, cela leur convient. Les réverbères diffusent une lumière jaunâtre tandis que les rampes d'arrosage dispersent un crachin symbolique. Silena ouvre une porte de service et, par un interminable escalier, s'enfonce dans les entrailles du vaisseau. À sa suite, Cassie et Babylonios découvrent une enfilade de soutes, de cales, où s'entassent des denrées de première nécessité : conserves, viande séchée, rouleaux de tissu, de papier d'imprimerie… Les magasins se succèdent, immenses et pourtant à moitié vides.

« Les réserves embarquées en 1948…, explique Silena à mi-voix. Ou plutôt ce qu'il en reste. Grâce au temps immobile nous mangeons peu, ce qui nous a préservés de la famine, mais la situation devient critique en ce qui concerne les étoffes et le papier. Il sera bientôt impossible de couper de nouveaux vêtements ou d'imprimer d'autres livres. Il y aura pénurie. Comme rien ne s'use, personne ne court le risque de voir ses habits tomber en poussière, mais il ne faudra plus espérer dénicher de nouveaux modèles dans les magasins. Même chose pour les livres. Voilà pourquoi Ballooran prône le développement des émissions radiophoniques. Les ondes ne consomment pas de papier, elles ! »

Cassie s'apprête à poser une question quand elle est frappée par une puanteur animale qui lui arrache une grimace.

« Le zoo..., s'excuse Silena. Ou plutôt *la ferme*, comme on l'appelait en 1948. Ballooran avait peur du scorbut. Il tenait à embarquer de la viande sur pied et des légumes frais. Derrière ces portes s'étendent des parcs à bestiaux ainsi que des silos contenant des centaines de tonnes de légumes cueillis dans les jours qui ont précédé l'embarquement. Des fraises, des pêches de Californie, des salades, des carottes... Tout cela attend d'être consommé depuis 1948, préservé de la flétrissure par la magie du temps immobile. On ne pouvait imaginer réfrigérateur plus efficace ! »

Elle pousse une nouvelle porte métallique. L'odeur de suint et de fumier atteint la limite du supportable. Cassidy découvre une suite d'enclos où s'entassent vaches, chèvres, moutons... Ovins et bovins bêlent et meuglent tristement sur leur passage.

« Inutile de préciser que le cheptel a diminué, commente Silena. Les bêtes ne se reproduisant pas, nous serons sous peu confrontés à un gros problème alimentaire. Il faudra faire durer, et pour cela rationner la population.

— Ou vous résoudre au cannibalisme, grogne Babylonios. Après tout, vous pourriez faire comme les V. E., dévorer les petits nouveaux ? »

Silena ne relève pas. Zigzaguant entre les enclos, elle

prend la direction d'une bâtisse coincée entre deux hangars débordant de fourrage.

« On m'a affectée là à trois reprises, explique-t-elle. Entre deux séjours, il m'arrivait d'être directrice d'un atelier de haute couture ou danseuse dans une revue. Cela dépendait des hasards de la rotation. Ici, les pieds dans le fumier, j'avais tout le temps de regretter le temps de la barre fixe et des pliés. »

À sa suite, les écrivains franchissent le seuil du bâtiment. On se croirait au fin fond de l'Oklahoma. Les bureaux sont déserts, encombrés de classeurs métalliques et d'antiques machines à calculer.

« Ici, on établissait les plans d'approvisionnement, explique Silena. Statistiques, prévisions… les comptables s'en donnaient à cœur joie. Moi, je travaillais dans le bureau du fond. C'est là que j'ai imaginé de me perdre avec Nathan dans le labyrinthe du vaisseau. Je surnommais ça *la stratégie des dix ans*. »

Elle entre dans la pièce, s'agenouille pour démasquer une cache secrète ménagée sous une étagère. La cavité déborde de plans, de notes, de cartes. Elle s'en saisit, les étale sur la table poussiéreuse.

« Ne craignez rien, souffle-t-elle, plus personne ne vient. Ça pue trop ; les comptables travaillent désormais dans une autre partie du vaisseau. »

Sous les yeux de Mitch et de Cassie, elle déroule des « bleus » d'architecte[1] comme on en utilisait encore dans les années cinquante. Il s'agit de vues en coupe du vaisseau et de la cartographie – pont par pont – des zones

1. Système de reprographie vétuste qui avait la particularité de tout imprimer en bleu.

d'habitation. Pendant une heure elle indique les chemins qu'elle avait prévu d'emprunter avec Nathan pour fuir les V. E.

« Ça a l'allure d'un paquebot désert, explique-t-elle. Des cabines, des salles de bal, de conférences, des cuisines, un solarium, des jardins intérieurs. Des installations sportives. Un court de tennis. Et là, un mini terrain de golf… »

Son index danse sur les plans, indiquant les routes à suivre, les raccourcis. Là, une bibliothèque, ici un cinéma… Ballooran avait prévu grand. Un vrai petit royaume.

« Il y a probablement de la nourriture dans les cuisines, fait-elle. Des produits frais qui attendent depuis 1948 d'être consommés. En vous serrant la ceinture, vous aurez de quoi vous restaurer plusieurs années durant. Le tout, c'est de tenir dix ans, le temps de générer votre premier V. E. Après, vous n'aurez plus rien à craindre, vous ferez partie de la confrérie des immortels. Il vous sera possible de regagner la zone habitée en toute impunité. »

Se détournant de la masse de papiers, elle s'arc-boute contre une armoire pour démasquer une cache creusée dans le mur. De gros sacs à dos attendent là, à côté de torches à dynamo. Mitch note également la présence d'un calibre 12 à pompe tirant des cartouches à neuf grains. Une arme de flic.

« J'avais tout préparé, soupire Silena, laissant paraître sa lassitude. Mais Nathan n'a rien voulu savoir. Je vous lègue le matériel de bon cœur. Si vous vous sentez menacés, n'attendez pas qu'on vous livre aux V. E., enfuyez-vous et grimpez vers les ponts supérieurs. Le début du parcours sera difficile, car les fantômes vous donneront la chasse, mais plus vite vous vous éloignerez, plus vite ils renonceront. »

Cassidy est songeuse. Elle essaye de s'imaginer en tête à tête avec Babylonios, pendant dix ans, dans le désert des étages supérieurs. Dix ans sans voir personne d'autre que leur propre reflet dans les miroirs des salles de bains ou des restaurants déserts. Seront-ils capables de le supporter ou en viendront-ils à se haïr ? *Deux naufragés*, pense-t-elle, *deux naufragés prisonniers d'un vaisseau fantôme*.

Le temps immobile ne leur laissera même pas la possibilité de faire un enfant pour meubler leur solitude…

Dix ans d'exil. *Elle ne sait pas…*

« Voilà, conclut Silena, je vous ai livré mes secrets. Je préférerais que nous cessions de nous fréquenter. Je ne veux pas être compromise. On pourrait m'expulser du vaisseau. Je vous ai aidés en souvenir de Nathan, à présent je ne veux plus entendre parler de vous. Le mieux, en ce qui concerne Cassie, serait de faire profil bas et de continuer à travailler pour Radio Good Day. Tant que les gosses l'idolâtreront, elle n'aura rien à craindre. Dès que son étoile pâlira, accourez ici, prenez les sacs à dos et grimpez dans les étages. »

14

Cassidy a repris ses fonctions à la station. Instruite des menaces qui pèsent sur sa tête, elle s'applique à donner satisfaction. Ses yeux se sont dessillés ; désormais elle n'a plus l'impression de vivre à l'intérieur d'une peinture de Norman Rockwell, elle sait que ce bonheur, cette quiétude ne sont qu'apparents. Pour le moment, ses jeunes auditeurs semblent contents ; les lettres de félicitations affluent. Maurice Prewitt lui sourit de nouveau et l'invite à boire le café dans son bureau. Edwin recommence à flirter avec elle. La jeune femme essaye de ne rien laisser paraître. Elle travaille à donner l'image d'une fille insouciante et bien intégrée dans la microsociété de la nef.

Babylonios, lui, ne supportant plus de rester caché dans le minuscule appartement, a élu domicile dans la soute à bétail. Il s'est installé, au milieu des enclos et des bêlements, dans les anciens bureaux des services comptables. Il vit là, en short et tricot de corps, dans la chaleur épaisse des animaux et les remugles de purin.

« C'est chouette ! ricane-t-il, la puanteur est ma

meilleure protection. Personne ne vient jamais, à part les mecs qui s'occupent des bêtes. Ils sont si pressés de repartir qu'ils ne perdent pas une minute à me demander ce que je fous ici. Comme je me promène avec des dossiers sous le bras, ils s'imaginent que je suis un inspecteur de la Statistique et me saluent bien bas. »

Mitch s'est organisé un bivouac entre les classeurs métalliques et les calculatrices obsolètes. Dans le coin cuisine, il a déniché des conserves embarquées en 1948 : corned-beef, jambon au miel, saucisses aux haricots, café… et même une bouteille de tafia cubain ! Cela suffit à son bonheur. Cassidy descend lui rendre visite dès qu'elle bénéficie d'un moment de liberté.

La promenade à travers les soutes aux trois quarts vides a quelque chose de fascinant dont la jeune femme ne se lasse pas. Les odeurs, toujours vivaces après soixante années de stockage, la grisent. Ses préférées sont celles du tabac et du café. Les manutentionnaires s'activent sans lui accorder un regard. Sans doute la prennent-ils, eux aussi, pour une fonctionnaire chargée de les espionner. Après cet enchantement olfactif, l'entrée dans le secteur réservé au bétail constitue une épreuve. Là, les garçons de salle portent des masques à gaz. Ils ne passent qu'une fois par jour, ne s'attardant que le temps de nourrir les bêtes et de ratisser le gros des déjections. La soute est gigantesque mais chichement éclairée. Ce faux paysage de campagne, avec sa baraque, ses enclos, ses silos, semble avoir été découpé, telle une part de gâteau de maïs, dans un quelconque État fermier, et transporté là tel quel. Cassie se dépêche de remonter l'allée menant au bâtiment pour retrouver le parfum de café chaud et de cigare qui règne au sein des bureaux. En compagnie de Babylonios, elle reste des heures à étudier les cartes léguées par Silena. Ils essayent d'en mémoriser les itinéraires et s'interrogent sur leurs chances de survie aux ponts supérieurs. Mais chaque fois, Cassie bute sur la même interrogation : *seront-ils capables de se supporter pendant dix ans ?* En outre, cette existence de fuite incessante lui fait peur. Elle s'imagine avec Mitch, menant une vie de bêtes traquées, constamment aux aguets, n'habitant nulle part, déménageant sans cesse.

Elle sait que Babylonios, en tant qu'ancien soldat, supportera l'épreuve sans broncher. Jadis, lorsqu'il était éclaireur au 13e RECO[1], il lui est arrivé de rester des mois dans la jungle sans aucun contact humain. C'est là que — pour éviter de devenir fou — il a pris l'habitude d'inventer des histoires, des histoires qu'il se racontait à lui-même. Une fois démobilisé, il en a fait son métier. Elle n'est pas certaine d'être capable de supporter un tel degré de déréliction.

Un jour qu'ils sont courbés sur la table de travail, étudiant les cartes, Mitch dresse l'oreille. Dehors, les bêtes se sont soudain mises à meugler, à bêler. Elles s'agitent dans les enclos, se pressent contre les barrières comme si elles voulaient s'enfuir.

« Elles ont peur… », souffle l'écrivain.

Abandonnant les plans, tous deux s'approchent de la fenêtre pour scruter la soute entre les lames du store poussiéreux. L'affolement des animaux augmente. Un instant, Cassidy se demande s'ils ne vont pas briser les clôtures et se répandre dans la cale.

1. Groupe de reconnaissance.

« Qu'est-ce qui peut bien… » commence-t-elle, mais les mots meurent sur ses lèvres, elle vient d'apercevoir les trois V. E. qui remontent l'allée en direction de la maison. Trois « Silena », l'une a cinquante ans, la deuxième soixante, la dernière soixante-dix. Elles se déplacent lentement, s'appliquant à économiser leur énergie.

« On fiche le camp ? demande-t-elle en se tournant vers Mitch.

— Non, gronde celui-ci, on ne sera nulle part mieux qu'ici. Je préfère en finir avec elles.

— Tu ne pourras pas les tuer, tu sais bien…

— Oui, mais elles se lasseront peut-être de prendre des coups ! »

Il est déjà prêt au combat. Ayant enfilé son pantalon, il empoigne une batte de base-ball dénichée au fond d'une armoire lors de son installation.

Cassidy essaye de ne pas céder à la panique. Les « fantômes » la terrifient. Elle déteste leur chair translucide de méduse et la fixité de leur regard. De part et d'autre de l'allée, les moutons sont fous de terreur et bêlent comme si on allait les égorger. Mitch tend une barre de fer à Cassie (en réalité un pied-de-biche servant à déclouer les caisses de conserves).

« Quand faut y aller…, grogne-t-il. Frappe à la tête, j'ai l'impression que ça leur emberlificote les circuits. Je me charge des deux plus jeunes, occupe-toi de la vieille. N'hésite pas à taper de toutes tes forces. Elle n'est pas humaine. »

Ils sortent de la baraque pour prendre position sur la véranda. Les V. E. n'ont pas l'air surpris de les voir. Ils continuent à progresser du même pas égal. De temps à autre, un crépitement électrique parcourt leur peau.

Arrivée à dix mètres de la maison, la Silena âgée de cinquante ans s'immobilise et lève la main, paume ouverte, comme les Indiens au cinéma.

« Nous ne venons pas pour nous battre, dit-elle. Je veux parler à Cassidy Krantz, la sœur du chef mécanicien. Seulement parler. Rien d'autre. »

La voix est celle de la Silena qu'ils connaissent tous les deux ; un peu plus grave, mais c'est la seule différence. Le visage, lui, présente les stigmates de la cinquantaine. La bouche est striée de ridules verticales, les cheveux virent au gris, la chair des mâchoires s'affaisse.

« J'y vais, décide Cassie, dominant soudain sa peur. Je veux savoir ce qu'elles veulent.

— Fais gaffe ! » marmonne Mitch, les doigts serrés sur le manche de la batte.

Lentement, Cassie quitte la véranda pour aller à la rencontre des fantômes.

Elle s'arrête à cinq pas du double de Silena. Dans la mauvaise lumière de la soute à bétail, l'illusion est parfaite ; la créature paraît humaine.

« Je sais qui vous êtes, dit le V. E., j'ai accès aux pensées de Silena Jones. Elle ne peut nous fermer son esprit, elle n'a donc aucun secret pour nous. Quoi de plus normal puisque nous sommes toutes Silena Jones… ou plutôt, nous sommes ce qu'elle aurait dû devenir si elle s'était abstenue de tricher.

— D'accord, fait Cassie. J'ai compris le principe, elle me l'a expliqué.

— Bien, mais savez-vous qu'elle vous déteste ? Elle est jalouse. Elle s'obstine à croire que Nathan l'a quittée pour vous rejoindre. Elle remâche sa déception. Elle espérait que nous vous tuerions.

— De quoi désirez-vous me parler ? » coupe Cassidy, que la présence de la créature met mal à l'aise. (Elle a l'impression de côtoyer un requin qui, d'une seconde à l'autre, pourrait céder à l'envie de lui arracher un bras.)

Silena se détourne pour laisser courir son regard sur les moutons terrifiés qui bêlent au sein des enclos.

« J'aimerais vous faire comprendre ce que nous ressentons, dit-elle enfin. Cette garce nous a volé notre vie. Elle m'a privée de ce que j'étais légitimement en droit d'attendre de l'existence. L'amour d'un homme, des enfants, un métier. Des joies, des peines… que sais-je ? Et c'est bien là le problème : *je ne le saurai jamais puisqu'elle m'a empêchée de vivre !* Je ne suis qu'une femme virtuelle, née déjà vieille et sans souvenirs. Je me suis éveillée à la conscience à cinquante ans, la tête vide, privée de toute histoire personnelle. Un amnésique a oublié sa vie, soit, mais il a au moins la consolation de savoir qu'il a vraiment vécu avant de sombrer dans le trou noir. C'est une maigre consolation, je l'admets, mais c'est tout de même une consolation. Moi, je suis creuse. Un emballage vide. Cinquante années de vide. Un gouffre ! De quoi avoir le vertige. Tous les V. E. souffrent de ce vertige et détestent ceux qui le leur ont infligé. Nous n'avons qu'une idée, nous venger d'eux. Leur faire payer ce qu'ils nous ont imposé, cette existence de fantôme. »

Les deux autres Silena Jones, qui sont demeurées en retrait, hochent la tête, scandant par leur approbation muette les paroles de la plus jeune d'entre elles.

« Je comprends votre drame, dit Cassie, mais dans ce cas, pourquoi ne tuez-vous pas ceux qui vous ont spoliés ?

— C'est hélas impossible, soupire son interlocutrice. Quelque chose nous en empêche. Il nous est interdit de porter préjudice à ceux qui nous ont donné naissance. Si je le pouvais, il y a longtemps que j'aurais aspiré l'énergie vitale de Silena, croyez-moi.

— D'ailleurs, cela équivaudrait à un suicide puisque aucun V. E. ne peut survivre à la disparition de son géniteur…, remarque Cassidy.

— C'est vrai, mais pour tenir à la vie encore faut-il en avoir une ! Nous ne sommes que des ectoplasmes, des images essayant désespérément de s'incarner, des simulacres. Beaucoup d'entre nous passent leur temps à ressasser la vie imaginaire qu'ils auraient connue dans le monde normal, là où il est permis de vieillir en toute liberté. Ils s'inventent des histoires d'amour, des divorces, des joies, des malheurs, des drames, des passions… Ils parlent de l'existence qu'ils auraient menée au-dehors, dans ce monde mythique qu'ils connaissent par ouï-dire. Ils se fabriquent des adultères, des ascensions sociales, des banqueroutes, des petits-enfants, des retraites paisibles… Ils brassent des images naïves, des chromos brossés à partir de photos entraperçues dans les magazines. Nous en sommes réduits à vivre en rêve des vies qui n'ont jamais existé et n'existeront jamais. »

Cassie sent sa gorge se nouer. La détresse de la créature n'est pas feinte.

« En refusant de vieillir, reprend le V. E., Silena Jones a contrarié la marche du temps, alors la nature s'est vengée en nous créant. Nous sommes là pour la hanter, pour lui faire payer son crime. Nous voulons la vengeance… Voilà pourquoi je voulais vous voir.

— Vous pensez que je peux vous aider à la punir ?

— Oui. Depuis l'arrivée de votre frère, notre pouvoir s'affaiblit. Avant, nous pouvions faire chanter les humains en les menaçant de provoquer des pannes de courant, d'endommager les machines. Mais Woody Krantz a changé cela. Il est habile. C'est un formidable mécanicien. Il est parvenu à mettre en place un dispositif de sécurité qui nous interdit l'accès à la salle des machines, si bien que nos menaces sont de moins en moins prises au sérieux. Désormais, nous en sommes réduits à n'occasionner que des dommages mineurs : plonger un quartier dans les ténèbres, bloquer les escalators, les ascenseurs, couper la ventilation, brouiller les conversations téléphoniques… Des broutilles. Ce qui fait peur aux humains, c'est que la turbine s'étouffe, provoquant l'arrêt du vaisseau. Hélas, pour accéder à la turbine, nous devons d'abord entrer dans la machinerie…

— Oh ! je vois… Vous voulez que je sabote le système de sécurité installé par Woody ?

— Oui ! C'est votre frère, il vous est facile de l'approcher, de percer ses secrets. Il ne refusera pas de vous recevoir.

— Mais si vous sabotez la turbine, tous les humains qui ont embarqué en 1948 vieilliront d'un coup ! La plupart mourront en l'espace de trois minutes, dès que leur âge véritable leur sera rendu.

— Oui, c'est exactement ce que nous voulons. C'est le seul moyen de contraindre Silena Jones à vieillir comme elle aurait dû le faire depuis des années. La pendule doit être remise à l'heure. »

Cassidy s'écarte instinctivement de la créature dont les yeux brillent d'un éclat fiévreux.

« Vous allez tous les tuer…, répète-t-elle.

— Vous ne serez pas touchée, insiste son interlocutrice. Ceux qui comme vous sont montés à bord tout récemment vieilliront de six mois, d'un an, c'est négligeable. Réfléchissez bien. Ne soyez pas sentimentale. C'est votre seule chance de sortir de la nef. Personne n'a jamais pu quitter le vaisseau sans se retrouver aussitôt affligé de symptômes terrifiants. Pas plus Nathan que ceux qui l'ont précédé sur le chemin de l'évasion. Il vous arrivera la même chose si vous tentez de retourner dans votre monde à l'occasion d'un ralentissement. La fenêtre jaune est un piège à sens unique. Elle permet d'entrer, jamais de ressortir. La seule façon pour votre compagnon, votre frère et vous-même de quitter la nef sans être changés en monstres de foire, c'est de le faire quand la machine sera définitivement arrêtée et que le temps aura repris son cours normal. À ce moment-là, vous ne risquerez plus de périr victime d'un accident de décompression. »

Cassidy hoche la tête. Elle devine que la créature dit la vérité.

« Il faut que cette aberration cesse ! siffle le double virtuel. Ne devenez pas une autre Silena Jones. Vous savez qu'ils nous offrent des jeunes gens en pâture ? Ils sont prêts à tout pour rester éternellement jeunes. Ils ont posté des rabatteurs à travers les États-Unis. Des chefs de sectes ayant pour mission de recruter des gosses crédules ou déboussolés à qui ils font miroiter le miracle de la fenêtre jaune… du passage dans l'autre dimension ! C'est avec ce cheptel humain qu'ils nous nourrissent, *qu'ils se nourrissent*…

— Quoi ?

— Nous nous alimentons d'énergie vitale mais nous ne touchons pas à la chair. Les corps prennent ensuite le chemin de la conserverie. Vous croyez qu'ils peuvent s'offrir le luxe de gâcher toute cette bonne viande ? Pas avec un stock de vivres qui ne cesse de diminuer ! Ne soyez pas naïve. D'où croyez-vous que sortent les steaks servis dans les restaurants ? »

L'estomac de Cassidy s'agite dangereusement. La sueur froide de la nausée lui mouille les tempes.

« Vous comprenez enfin pourquoi il est temps de mettre un terme à cette folie ? martèle le double virtuel. Chaque semaine apporte son lot de nouvelles victimes. La menace pèse sur vous comme sur les autres. Un jour vous serez chassée de la radio, on cessera de vous protéger. Un V. E. pompera votre énergie vitale, quant à votre joli corps… vos collègues de Radio Good Day y tailleront de juteux hamburgers ! »

Cassidy fait trois pas en arrière. Le clone s'éloigne à son tour.

« Voilà ce que j'avais à vous dire, fait-elle. Tout le monde vous a menti, sauf moi. Vous savez désormais ce qui vous attend… et de quels crimes vous vous rendez complice par vos hésitations. Prenez contact avec Woody Krantz. Cherchez le moyen de désactiver les défenses de la salle des machines. Nous nous chargerons du reste. La nef doit s'arrêter. »

Les trois V. E. tournent le dos à la maison et repartent comme ils sont venus. Babylonios s'approche de Cassidy, qui tremble de tous ses membres.

« Nom d'un foutu cheval borgne ! grogne-t-il en tirant un cigare de sa poche. Va falloir prendre une décision, ma jolie. »

15

Cassidy a réfléchi. Il ne lui a pas fallu longtemps pour comprendre qu'elle ne supporterait pas d'être complice des immortels. À l'instar de Nathan, elle n'envisage pas de payer le prix de la jeunesse éternelle. Elle a décidé de collaborer avec les créatures virtuelles. Pour ce faire, elle a contacté le secrétariat de Woody. Son frère lui a donné rendez-vous dans une zone résidentielle privilégiée à laquelle on ne peut accéder sans montrer patte blanche. Il lui a fallu prendre un ascenseur privé en compagnie d'un vigile en uniforme d'apparat, l'arme à la hanche. La cabine l'a lâchée à l'étage supérieur (ici l'on dit « le pont supérieur », comme à bord d'un paquebot). Elle a découvert une zone d'habitation au décor luxueux, dont la végétation proliférante évoque celle du Brésil, avec ses orchidées omniprésentes. Les façades des maisons sont de type colonial, blanches, nanties de portiques à colonnes, comme dans le sud des États-Unis, avant la guerre civile. On s'attendrait presque à découvrir des champs de coton, des esclaves noirs, et des cavaliers confédérés venus rendre visite à leurs belles le temps d'un bal, dans le bruissement des crinolines et le parfum du punch.

Elle comprend que cet univers flatte les fantasmes du professeur Ballooran. Ici, l'on n'est plus en 1948 ; les tenues des passants appartiennent au XIXe siècle. Un tilbury remonte la rue, entre les demeures de maître, tiré par un cheval bai.

Woody apparaît, en redingote et pantalon de nankin jaune ; ganté, une fine canne à la main, le mollet pris dans une botte moulante. On croirait qu'il se prépare à passer une audition pour *Autant en emporte le vent*. Une chaîne de montre pend à son gousset.

« Surprise ? ricane-t-il en guise de bienvenue. Je sais que ça fait un peu carnaval, mais c'est un caprice du vieux… je veux dire : du professeur. Ses ancêtres possédaient une plantation, ils ont été ruinés par la guerre civile. Pour se consoler, il joue au planteur. À cet étage, tu ne trouveras que des privilégiés. Des *inamovibles*. »

Il s'interrompt, grimace en examinant les vêtements de sa sœur et déclare :

« Nous allons faire halte chez une modiste afin que tu puisses te changer, tu fais trop moderne. Va, les vendeuses se chargeront de tout. »

Ébahie, Cassie se laisse entraîner par deux jeunes filles qui, sans attendre, la dépouillent de son tailleur pour lui passer un corset, des jupons, des bottines. Si elle n'était pas si crispée, cette mascarade l'amuserait. Elle quitte la boutique déguisée en Scarlett O'Hara, une capeline sur la tête, un éventail à la main.

« Bon, ça va, grommelle Woody, je sais que c'est idiot mais épargne-moi tes habituels commentaires sardoniques, on pourrait t'entendre. Allons déjeuner, tu m'exposeras le motif de ta visite. »

Cassie remarque que son frère qui, jadis, s'exprimait dans l'argot des rues, fait de prodigieux efforts pour saupoudrer sa conversation de formules désuètes. Il fait très chaud. Sans doute essaye-t-on de reproduire le climat de la *Cotton Belt* pour parfaire l'illusion.

Woody la conduit dans un établissement fort coquet où les tables sont disposées dans un jardin. Quand le serveur s'approche pour prendre la commande, Cassie qui le croyait noir découvre qu'il s'agit en fait d'un Blanc grimé, à la manière des *minstrels*[1] du cinéma muet ! Comme elle va s'en étonner, Woody, d'un geste, lui impose le silence.

« Il n'y avait pas de Blacks dans l'équipage, murmure-t-il. Alors Ballooran a dû improviser. Comme il tenait à son ambiance guerre de Sécession, il a ordonné aux Blancs de se déguiser. Tous les esclaves que tu verras travailler dans les champs sont en fait des Blancs grimés en négros. Personnellement je trouve ça débile, mais c'est lui le chef, il fait ce qu'il veut. Bon, si on en venait aux choses sérieuses. Qu'est-ce que tu veux ? »

Dès qu'il s'énerve il retrouve ses intonations de gosse des rues.

Cassidy prend son souffle et entreprend de débiter un conte qu'elle espère convaincant. Elle apprécie les prodiges du temps immobile, explique-t-elle, *mais elle veut davantage*... Il n'est pas question pour elle de se

1. À l'époque, les Afro-Américains n'ayant pas le droit d'exercer le métier d'acteur, leurs rôles étaient tenus par des Blancs grimés de manière caricaturale.

contenter d'écrire des fictions radiophoniques, elle désire réellement mener la grande vie. Elle souhaite sans tarder passer à la vitesse supérieure, jouer dans la cour des grands…

« Ah ! ah ! ricane son frère, je savais que tu y prendrais goût. Le succès t'est monté à la tête, ça t'a changée de la vie minable que tu menais à L. A… Je comprends ça. »

Il s'interrompt pour réfléchir, examine Cassie du coin de l'œil, comme s'il jaugeait ses atouts physiques.

« Y a peut-être un angle d'attaque, finit-il par lâcher. Ballooran a besoin d'un écrivain pour rédiger sa biographie. Sa grande ambition, c'est que le bouquin serve de manuel scolaire aux jeunes générations. Comme il est incapable d'aligner deux mots, il a besoin que quelqu'un l'écrive à sa place ; il a déjà fait un essai avec un type nommé Ambrose Gangway, mais ça n'a pas marché. Le mec la ramenait trop… Je pourrais lui parler de toi. Il aime les jeunes filles. Ça te permettrait d'être admise dans son entourage. À partir de là, si tu donnes satisfaction, tu seras lancée. Tu n'auras pas longtemps à attendre. Un riche planteur viendra fatalement te demander en mariage. »

L'espace d'une seconde, Cassie est sur le point de lui dire : « Réveille-toi ! À quoi joues-tu ? Nous sommes dans un décor, il n'y a ni planteurs ni champs de coton ! » Elle se ravise *in extremis* et feint d'approuver la suggestion de son frère.

« D'ailleurs, ajoute celui-ci dans un murmure, si tu sais *vraiment* te débrouiller, tu pourrais mettre la main sur Ballooran lui-même. Ce type se trimballe une femme agonisante depuis soixante ans, je pense qu'il ne cracherait pas sur un peu de chair fraîche. Ce sera à toi de voir une fois dans la place. »

Cassidy laisse Woody dérouler les différentes étapes du plan qu'il a en tête. Il devient vite évident que, si elle le laisse agir à sa guise, il fera d'elle une courtisane dont il monnayera les faveurs auprès des personnages influents du directoire. Dès qu'il s'interrompt pour reprendre son souffle, elle glisse :

« Il n'y a qu'un truc que je ne supporte pas dans la nef, c'est les V. E. Il paraît qu'ils peuvent vous rendre la vie impossible. Je connais une fille, à la radio, qui est en train de devenir dingue parce que ses doubles virtuels lui rendent visite chaque nuit pour l'accabler d'injures. »

Elle brode sur le thème. Woody semble un peu surpris qu'elle connaisse l'existence des ego virtuels, mais il finit par hausser les épaules.

« Tu n'auras rien à craindre d'eux à cet étage, déclare-t-il avec suffisance. J'ai mis au point un dispositif de protection qui les éloigne. Un bricolage de mon invention. Il y en a désormais un dans chaque habitation, ce qui interdit aux fantômes de se glisser dans les chambres à coucher. C'est même ce truc qui m'a attiré la faveur de Ballooran, si tu veux tout savoir. En effet, j'en ai ceinturé la salle des machines, si bien que les V. E. ne peuvent plus s'en approcher. Non, ne te fais pas de bile, à ce niveau tu seras tranquille. Ballooran n'est pas du genre à se laisser emmerder par des ectoplasmes. »

Woody balaye le sujet d'un geste de la main. Il semble ravi de voir sa sœur épouser ses vues. Cassie se demande si elle n'est pas allée trop vite en besogne. Peut-être aurait-elle dû finasser ? Hélas, elle n'en avait guère le loisir, car Woody ne lui aurait pas accordé de seconde entrevue.

« La douceur du Sud, c'est pas rien ! » s'extasie-t-il en sortant un cigare d'un étui en peau de porc. Tout de suite, un faux Noir se précipite avec une allumette et une minuscule guillotine en or pour le lui préparer. Tandis qu'il s'affaire, l'échine ronde, Woody chuchote :

« Voilà ce qui t'arrivera si tu foires ton coup, sœurette. Tu deviendras négresse dans un champ de coton. Le contremaître te fouettera avant de t'enfiler bien profond sur les balles de coton. Ce ne sera pas une partie facile. Cette fois, il ne s'agira pas d'emballer un petit connard d'intello ou un journaliste de troisième zone. Tu vas t'attaquer au créateur de la nef. Un vieux mec de soixante-dix ans, retors, très intelligent. Une vraie lumière dans son domaine. Te sens-tu à la hauteur d'une pareille arnaque ?

— Oui », affirme Cassidy. Le regard de Woody la met mal à l'aise. Elle devine qu'il imagine des scènes, des situations scabreuses…

« Possible après tout, capitule-t-il. Nathan répétait tout le temps que te débrouilles très bien au plumard. »

Cassidy s'en veut de rougir. Pour faire diversion, elle déploie son éventail.

La fin du déjeuner se passe en mises au point diverses.

« O.K., conclut Woody, je vais t'héberger et te commander une garde-robe afin que tu sois présentable. Je te ferai donner des cours de maintien. Ballooran est très *old fashioned*, il exècre la désinvolture des filles modernes. Les pantalons et l'amour libre sont pour lui des inventions du diable. Il va falloir apprendre à rester à ta place, ma vieille, et à ne parler que lorsqu'on t'y invitera, mais si tu joues le jeu avec sérieux, tu ramasseras la mise. Nous pourrions former une association du tonnerre, toi et moi. Nous ménager des appuis ici et là… Le temps est immobile, certes, mais on n'est immortel qu'à condition d'échapper aux accidents. Un coup de fusil malheureux dans une partie de chasse, une chute de cheval sont des choses contre lesquelles le ralentissement du flux temporel est impuissant. Lorsque les gens d'ici se parent du titre d'immortels, ils exagèrent beaucoup. C'est vrai qu'avec ce système on peut vivre mille ans, mais seulement à condition de ne pas se briser la nuque dans les escaliers. Tout ça pour dire que Ballooran ne sera peut-être pas toujours là… et qu'à un moment ou à un autre se posera le problème de sa succession. »

Cassie voit sans mal où son frère veut en venir. Le climat irréaliste de la nef n'a fait qu'aviver sa mégalomanie latente. Sa frénésie d'honneurs ne connaîtra bientôt plus de bornes.

Ils quittent l'auberge dans un charmant tilbury, et Cassie découvre la maison de maître où vit Woody. Il lui explique qu'il n'a ni femme ni maîtresse en titre. Elle pourra donc gouverner le domaine à sa guise. Il dit « domaine » comme s'il régnait sur une propriété d'un millier d'hectares, alors que la bâtisse n'est entourée que d'un jardin où de faux esclaves feignent de s'agiter. Cassie se demande si sous ses airs cyniques il ne serait pas dupe du décorum.

*

Dans les jours qui suivent, elle n'a pas une minute à elle. Couturières, professeurs de maintien, de danse, de chant se succèdent. On lui apprend à imiter l'accent du

Sud et à glisser dans sa conversation des expressions vieillottes, à jouer avec son éventail sans le laisser tomber ni le faire claquer. L'épreuve la plus terrible est celle du corset, qui l'étouffe et lui donne l'impression d'être plâtrée de la taille jusqu'aux seins. Le pantalon de dentelle, les jupons forment un fouillis où elle s'empêtre et se noie. Elle se demande comment les femmes ont pu supporter un tel harnachement. Elle se fait l'effet d'une jument sanglée pour le Grand Prix.

Woody l'observe et ricane en vidant à la file un nombre impressionnant de petits verres de Southern Comfort.

La seule concession au modernisme consiste en un téléphone et un téléscripteur dissimulés au fond d'un placard. Profitant d'une absence de son frère, Cassidy décroche le combiné et forme le numéro de la soute à bétail pour prévenir Babylonios qu'elle est dans la place. Enveloppée dans un luxueux peignoir de soie sauvage, elle imagine l'écrivain en caleçon et lunettes noires, fumant un cigare au milieu des moutons. Elle pouffe de rire. Au vrai, elle déteste ce rôle d'espionne qu'on l'oblige à jouer. Elle n'a jamais été douée pour la duperie. Elle ment mal. Elle ignore si elle saura se montrer convaincante une fois qu'elle sera face à Ballooran.

Heureusement, les cours de danses anciennes l'empêchent de réfléchir à sa situation. Le reste du temps, elle s'occupe en lisant des monographies sur la guerre de Sécession et le Vieux Sud afin de se pénétrer de l'esprit de l'époque. Elle veut à tout prix éviter de commettre un impair. Si elle déplaît au professeur, Woody la renverra au pont inférieur, elle n'aura plus aucune chance d'approcher la salle des machines.

Une semaine s'écoule.

« C'est bien, lâche Woody en la regardant évoluer, j'estime que tu peux faire illusion. Je vais te présenter au vieux. La nouvelle de ton arrivée a transpiré, il est pressé de faire ta connaissance ; si je différais la rencontre, il penserait que tu n'es qu'un laideron sans intérêt. J'ai préparé le terrain en lui vantant tes qualités d'écrivain. Il te connaissait déjà au travers des rapports provenant du pont inférieur. Il sait que tu as remporté un beau succès auprès des gosses. Il a écouté tes contes, il les trouve vieillots, *démodés*, ce qui, chez lui, est un compliment. »

Cassie constate avec étonnement que Woody semble nerveux.

« Je joue gros en te présentant, grommelle-t-il. Si tu déconnes, je peux me retrouver en plein merdier. Ballooran n'est pas commode. Il aime jouer au patriarche un brin gâteux, mais c'est une façade. En réalité c'est un tyran travaillé par de gros appétits sexuels. Il regrette l'époque où les planteurs pouvaient librement engrosser les négresses de leur domaine sans que personne ne songe à le leur reprocher. En sa présence, n'emploie jamais le terme *Afro-Américain*, tu te disqualifierais d'emblée. Tu dois dire *nègre, négro,* ce genre de trucs. Ne te fie pas à son sourire de bon grand-père, regarde plutôt ses yeux, ce sont ceux d'un chacal. »

Ces recommandations ne font qu'aviver l'angoisse de Cassidy.

La veille de la présentation, Woody lui rend visite dans sa chambre, tard dans la nuit. Il est pâle, il a bu, empeste le cigare, et affecte des manières de comploteur.

« Attention, souffle-t-il, le vieux ne doit jamais deviner ce que nous projetons. S'il se sent manipulé, il réagira mal. Il serait capable de nous faire fusiller ou pendre. Il déjà ordonné l'exécution de trois de ses anciens assistants, tu sais ? Il les soupçonnait de vouloir prendre les commandes du vaisseau. Il va falloir la jouer fine. Ne lui saute pas à la braguette dès le premier tête-à-tête. Tu devras lui donner l'impression qu'il a presque dû te violer, compris ? »

Cassidy murmure un assentiment. Elle se voit mal partie.

Au cours de la semaine qui vient de s'écouler, elle a rassemblé un certain nombre d'informations qu'elle s'est empressée de transmettre à Babylonios ; le code de l'ascenseur privé desservant le pont supérieur notamment, mais aussi un plan des lieux qu'elle lui a fait parvenir par pneumatique. En prévision de sa venue, elle s'est procuré des vêtements d'époque qu'elle a dissimulés dans une remise du jardin ; ainsi, quand Mitch viendra la rejoindre, il passera inaperçu au milieu des faux Rhett Butler peuplant les rues.

Le jour de la présentation arrive enfin. Cassidy est si nerveuse qu'elle est prise de nausée au réveil. Ses chambrières passent plusieurs heures à la coiffer, la maquiller, l'habiller. Woody surveille les opérations sans se soucier de la pudeur de sa sœur.

« Tu dois paraître plus jeune que tu n'es, grogne-t-il une fois les domestiques sorties. Dans le Vieux Sud, une fille de ton âge était soit mariée, soit déjà veuve. Ballooran adore les tendrons, les petites jeunes filles à qui il faut tout apprendre. Essaye de t'en souvenir au moment crucial. »

Le maître de la nef les attend pour le déjeuner. Ils grimpent dans le tilbury et gagnent la grande maison blanche qui trône au milieu du pont supérieur, dominant les autres habitations. Cassidy note la présence de pièces d'artillerie de part et d'autre de l'entrée, et de sentinelles déguisées en soldats confédérés. Lorsqu'elle pose pied à terre, elle constate que ses jambes ne la portent plus. Elle se cramponne au bras de son frère. Un brouhaha de conversations les accueille. Il y a foule. Les messieurs en habit ou en uniforme (sabre au côté), les dames en crinoline, une petite ombrelle sur l'épaule. Woody la présente, on la trouve délicieuse (mais un peu maigre), on l'invite à une chorale, à différents goûters ou à des séances de broderie collective. Ces pépiements lui donne le vertige. Elle voudrait s'enfuir. Et soudain, c'est la minute de vérité, la confrontation : elle se retrouve nez à nez avec Ballooran. Elle fait la révérence, entend qu'il la trouve « charmante », et se relève.

Ballooran est vieux. Soixante-quinze, quatre-vingts ans ? Sanglé dans un habit noir à larges revers, il porte les cheveux longs. Ses boucles argentées tombent en cascade sur ses épaules. Il se tient raide, le visage raviné mais la bouche gourmande, sensuelle. Il est mince, nerveux, bien proportionné. Nu, il ne doit pas être déplaisant à contempler en dépit de son âge. Son regard est impérieux. Chacun de ses gestes montre qu'il a l'habitude d'être obéi. En sa présence, Woody perd de son arrogance. Cassie ne le reconnaît plus. Le voilà presque servile !

Ballooran glisse son bras sous celui de la jeune femme

et l'entraîne à l'écart, à travers les jardins, sous l'œil excité des dames.

« Votre frère m'a parlé de vous, attaque-t-il aussitôt. Mais je vous connaissais déjà de réputation… et en tant que lecteur. Maurice Prewitt m'a communiqué tout ce que vous avez écrit pour Radio Good Day. J'apprécie votre plume. Excusez-moi, je suis un homme direct, je ne fais jamais de fioritures, je vais droit au but. Brutalement. J'ai besoin d'une assistante pour rédiger mes mémoires. Il ne s'agirait pas d'une simple biographie, mais également d'un ouvrage d'enseignement philosophique à destination des plus jeunes. Une méditation sur le temps et l'usage que les humains en font. J'ai toutes les idées en tête, hélas, je n'ai aucun style. Je n'ai pas davantage la patience d'écrire. Je conçois notre collaboration sous la forme de discussions à bâtons rompus que vous transcririez en leur donnant un aspect plus littéraire. Vous voyez ce que je veux dire… Cette entreprise vous agrée-t-elle ? »

Cassie lui assure avec chaleur que c'est là le rêve de sa vie, car elle souffre d'être enfermée dans le strict domaine de la fiction et souhaiterait se confronter à des sujets plus élevés.

(Elle est assez satisfaite de cette pseudo-justification imaginée deux jours auparavant.) Ballooran hoche la tête et lui serre les mains avec ferveur.

« Je sens que nous allons bien besogner ensemble ! » dit-il avant d'aller rejoindre les autres invités. Cassie se force à sourire. Pourquoi a-t-elle l'impression qu'il a donné au mot « besogner » un sens égrillard ?

Allons, se dit-elle, *je ne suis plus une gamine. S'il devient trop pressant, je saurai le remettre à sa place.*

Mais force lui est de reconnaître que Ballooran l'impressionne. Sous son regard scrutateur, elle perd ses moyens. Elle songe qu'elle serait bien capable de se laisser trousser sans même esquisser un geste de défense, simplement parce qu'il est le maître du vaisseau et que personne n'a le droit de lui dire non.

Pendant le déjeuner, elle reste troublée et surprend à plusieurs reprises le regard du vieillard fixé sur elle. Il l'observe à la dérobée. Elle s'embrouille, se montre godiche, rougit, mais tout cela semble convenir au seigneur du temps immobile. Et même le rassurer.

Je dois faire très jeune débutante…, pense Cassidy. *Après tout, c'est ce que souhaitait Woody.*

Le pire, c'est qu'elle ne joue pas.

16

Les souffrances que lui inflige le corset auquel elle essaye de s'habituer permettent à Cassidy d'oublier en partie ses angoisses. Elle attend en rongeant son frein que Ballooran lui fasse signe. Elle va finir par croire qu'il l'a oubliée. Elle trompe l'attente en faisant d'interminables promenades à cheval à travers les « plantations ». Quand elle passe, les faux esclaves ôtent leur chapeau de paille et la saluent bien bas. Tout cela est du dernier grotesque. Woody lui a révélé qu'on trouvait chez les « Noirs » des ingénieurs garantis 100 % WASP[1] tombés en disgrâce parce qu'ils avaient osé émettre des doutes sur la politique de Ballooran. Depuis, contraints de se grimer et de ramasser le coton, ils multiplient les bassesses dans l'espoir de retrouver leur ancien statut.

« Quelqu'un qui fomenterait un coup d'État pourrait s'appuyer sur ces types, a-t-il conclu, l'air songeur. Ils n'ont plus grand-chose à perdre. »

1. Anglo-Saxons blancs et protestants.

Enfin, la convocation arrive sous la forme d'un majordome perruqué « à la française » qui conduit un attelage élégant. Mlle Cassie est attendue de toute urgence à la grande maison. Elle a juste le temps d'attraper son ombrelle et le bel écritoire en peau de porc offert par Woody.

L'estomac de la jeune femme fait des nœuds pendant tout le trajet. « La Grande Maison », c'est ainsi qu'on surnomme la demeure du maître de la nef. Au début, on l'appelait « la Maison Blanche », mais Ballooran a proscrit cette appellation qu'il jugeait par trop immodeste. Les dés sont jetés. Dans quelques minutes Cassie entrera dans la cage du fauve. Elle n'est pas certaine d'en sortir intacte. Elle n'a jamais été manipulatrice, en outre, les hommes âgés l'ont toujours impressionnée. Chaque fois, elle se sent forcée de leur obéir au doigt et à l'œil, ce qui, dans la situation présente, ne constitue pas un atout.

Elle descend de la voiture et traverse le jardin dans un état second. Il fait très chaud. Le simulateur climatique a été réglé pour restituer aussi fidèlement que possible l'atmosphère d'un après-midi d'été dans le sud des États confédérés. L'odeur des pêches mûres est incommodante.

Ballooran l'accueille en tenue de planteur décontracté. Chemise blanche à jabot et gilet de même couleur. Il porte un large chapeau de paille.

« Promenons-nous, ordonne-t-il d'emblée. Il fait si beau aujourd'hui, ce n'est pas un temps à rester enfermé. »

Cassie s'incline, bien qu'elle sache que ce « beau

soleil » ne doit rien au hasard, et que Ballooran l'a lui-même provoqué en pianotant sur la console climatique de son bureau.

Il est malin, songe-t-elle. *Et fin manœuvrier. Il a pensé qu'il serait plus habile, pour une première rencontre, de rester dehors. Ainsi, je me sentirai moins menacée. L'intimité du cabinet de travail, ce sera pour plus tard.*

Elle a beau essayer de rire, elle n'est pas très à l'aise. Ballooran, malgré son grand âge, lui fait l'effet d'un ogre. Le tyran impitoyable est là, embusqué derrière le masque bonhomme du vieillard. Woody a raison, cela se voit à ses yeux, d'une incroyable dureté. À croire qu'il y a deux hommes en lui, le premier qui sourit, le second qui regarde.

Ils marchent. Les insectes émettent des stridences lancinantes. Cassie se demande s'il s'agit de vraies bestioles ou d'un enregistrement défilant en boucle.

« Dans le Sud, commente Ballooran, nous avons un grand souci : les poux des bois, que les paysans surnomment également fourmis blanches. Il leur arrive de ronger les maisons de la cave au grenier ! »

Cassie met trois secondes pour comprendre qu'il fait allusion aux termites. Combien de temps va-t-il jouer au *gentleman farmer* ? Mais peut-être est-il en train de la tester ? Si elle refuse d'entrer dans le jeu, il la renverra, comme Ambrose Gangway, le précédent postulant. Elle sourit, incline joliment la tête et joue avec application la demoiselle du Sud. Elle minaude en tâchant d'utiliser à bon escient la documentation étudiée ces derniers jours. Elle a conscience de passer un examen. Ballooran plisse les paupières, il semble satisfait. Le « vent » fait voler ses longs cheveux d'argent. Avec sa gueule burinée, brunie aux U.V., il est séduisant, et cela en dépit de son âge avancé. Il y a du pharaon en lui.

Ils finissent par s'asseoir à l'ombre d'une gloriette aux colonnes enveloppées de lierre. Un serviteur se presse d'apporter un pichet de citronnade.

« Vous savez, commence Ballooran en cessant brusquement de jouer au grand-père, je suis un raté... Ce vaisseau est né d'un échec. Mon plus grand échec. J'ai découvert le principe du temps immobile par hasard, lors d'un accident de laboratoire. Beaucoup de découvertes naissent ainsi. En réalité je ne cherchais pas l'immortalité, j'essayais de fabriquer un véhicule capable de retourner dans le passé.

— Dans le passé ? s'étonne Cassidy.

— Oui, je devenais vieux, ma femme était en train de mourir. Je voulais à toute force revenir en arrière, au temps de notre jeunesse... J'espérais contraindre nos corps à rajeunir d'une cinquantaine d'années. Je rêvais de retourner en 1900, à l'époque de notre première rencontre. Le monde de l'après-guerre me dégoûtait avec son modernisme à tout crin, sa musique, sa vulgarité, ses pleurnicheries socialistes. J'aspirais à retrouver un univers en blanc et noir, aux valeurs clairement définies. Les bons d'un côté, les mauvais de l'autre, les maîtres et les esclaves, les hommes et les femmes. Une société bien rangée, chacun se tenant à sa place et jouant son rôle sans essayer d'empiéter sur celui du voisin...

» Je l'avoue, j'ai menti à mes employeurs, je leur ai fait croire que ma machine leur permettrait de modifier le passé. D'assassiner Hitler lorsqu'il était encore adolescent, par exemple, avant qu'il ne détruise la moitié de la planète ! Ils m'ont cru, ils ont financé mes travaux.

Des millions de dollars, des laboratoires, une équipe triée sur le volet... Les militaires salivaient comme des bulldogs en rut. Ils prévoyaient déjà de liquider Staline, Trotski, Karl Marx avant qu'ils ne fassent parler d'eux. Ils employaient des statisticiens, des psychologues, des analystes politiques pour réécrire le passé. Chaque scénario faisait l'objet d'interminables discussions. Ils essayaient de prévoir les répercussions qu'engendreraient ces liquidations. Hitler assassiné à douze ans, le risque d'une Seconde Guerre mondiale subsistait-il ? Un autre leader prendrait-il sa place ? Fallait-il admettre la notion de fatalité historique ? Le conflit éclaterait-il quoi qu'on fasse ? Des discussions stériles qui leur flanquaient la migraine ! Ils avalaient l'aspirine à pleines poignées.

» En réalité, dès le début j'avais prévu de filer à l'anglaise sans leur demander la permission, et de partir m'installer en 1900, avec Éléonore, mon épouse. Nous aurions mené une vie simple ; je me serais contenté d'un poste d'enseignant dans un collège privé, je me serais abstenu de toute recherche sur la relativité afin de pouvoir consacrer la totalité de mon temps libre à ma jeune femme.

— Mais ça n'a pas fonctionné..., complète Cassie, ses mains gantées de blanc posées sur l'écritoire.

— Non, fait sourdement Ballooran. D'abord il a fallu agrandir la machine, que je prévoyais à l'origine de la taille d'une locomotive. Des impératifs techniques nous ont contraints à en faire un monstrueux paquebot. La turbine était énorme, il fallait adapter le véhicule en conséquence. Dès les premiers essais j'ai compris que je ne pourrais jamais me transporter dans le passé, ni dans le futur du reste... Aucun de ces deux moments n'existait en tant que dimension parallèle. En fait, il n'y a que le présent… un présent éternel. Hier et demain sont des illusions psychologiques. Nous sommes coincés pour l'éternité dans la même fraction de seconde[1]… Tout ce que permettait ma machine, c'était d'étirer cette seconde à l'infini, de suspendre l'usure des corps et des matériaux sans nous figer pour autant dans l'immobilité. Une sorte d'immortalité de pacotille, si vous préférez.

— Comment ont réagi les militaires ?

— Pas très bien. En effet, quelle application stratégique auraient-ils pu tirer d'un tel engin ? Je leur ai alors expliqué que le véhicule, pour fonctionner, devait rouler à une vitesse telle que ses atomes se dissociaient, lui permettant de traverser n'importe quel obstacle. Cette perspective les a rassurés. Ils se voyaient déjà en train d'investir les citadelles les plus imprenables. On m'a prévenu qu'ils comptaient confisquer la machine. J'ai décidé de précipiter le départ. Le temps immobile c'était mieux que rien, mais ce n'était pas ce que je désirais. Je ne voulais pas être vieux pour l'éternité, voyez-vous, je voulais recouvrer la jeunesse… »

Il se tait, essoufflé, et boit un peu de citronnade. La main qui tient le verre tremble. Joue-t-il la comédie ? Cassidy ne parvient pas à déterminer ce qu'elle éprouve. Est-il en train de la manipuler ?

Le génie qui se voit comme un raté, songe-t-elle, *évidemment, c'est inattendu… Sans oublier la touche romantique : le grand amour qui se meurt, le retour à la case départ, au premier rendez-vous…*

Bon sang, qu'il est habile et redoutable !

---

1. Théorie ayant actuellement la faveur des spécialistes de la relativité.

Pendant un moment, Ballooran ne dit plus rien, comme s'il craignait de fondre en sanglots s'il s'avisait d'ouvrir prématurément la bouche. La jeune femme ne peut s'interdire d'être émue. Elle s'injurie mentalement, se traite de gourde, de cruche, de godiche… rien n'y fait.

Ballooran hèle l'un des domestiques en livrée embusqués derrière les massifs. Il lui ordonne de se rendre dans son bureau pour diminuer l'intensité du soleil artificiel car il a trop chaud. « Il suffit de tourner le bouton vers la gauche », explique-t-il comme s'il s'adressait à un débile mental. Le valet s'éloigne, la sueur dilue son maquillage, faisant pleuvoir des gouttelettes noires sur son jabot.

Le vieil homme se redresse. Les mains nouées dans le dos, il reprend sa déambulation. Au carrefour de trois allées, il désigne une statue de marbre blanc représentant une femme nue dans la pose classique de la baigneuse surprise au sortir de l'eau.

« Mon épouse, Éléonore, dit-il, lorsqu'elle avait trente ans. J'avais commandé cette statue à un sculpteur en vogue à l'époque. Un inverti, ça va sans dire. Je n'aurais jamais laissé Éléonore s'exhiber dans cette tenue devant un homme sensible au charme féminin. »

Il se fige, l'œil dardé sur le marbre qui flamboie dans la lumière. L'œuvre est belle, sensuelle. L'artiste a su communiquer à la pierre le moelleux de la chair et un certain alanguissement équivoque, comme si la baigneuse venait d'être surprise en un moment d'extrême intimité. Peut-être en train de se donner du plaisir…

« Éléonore a soixante-dix-sept ans aujourd'hui, grogne Ballooran. Elle déteste cette statue. Elle m'a supplié de la détruire. Je n'en ferai rien.

— Comment va-t-elle ? s'enquiert Cassie.

— Mal, depuis soixante ans, soupire l'homme. Dans ma sottise je l'ai condamnée à agoniser interminablement. La maladie ne progresse plus, elle stagne, mais aucune amélioration n'est envisageable. C'est terrible. Je ne me le pardonnerai jamais. Vous savez qu'Éléonore m'a demandé à plusieurs reprises de l'aider à mourir en lui donnant du poison ? Comme j'ai refusé, elle a soudoyé un valet, j'ai découvert leurs manigances à temps. J'ai fait fusiller le bougre sous les fenêtres de sa chambre, pour lui apprendre qui est le maître, ici. J'ai laissé le cadavre sur la pelouse pendant un an, afin qu'elle puisse le voir tous les jours et en tirer la leçon qui convient. Rassurez-vous, il ne s'est pas décomposé. Grâce au temps immobile, rien ne pourrit jamais. On peut conserver ses défunts chez soi, sans avoir à les ensevelir ou à les embaumer. Ils restent intacts, comme s'ils dormaient. Certains ont adopté cette coutume. Je ne m'y suis pas opposé. N'écoutez pas les vantardises de vos voisins, ma petite. J'ai inventé l'éternité, pas l'immortalité. On meurt à l'intérieur de la nef comme partout ailleurs, cela prend davantage de temps, c'est tout. Et puis il y a les accidents, les suicides, les meurtres… contre cela je ne puis rien. »

Soudain fatigué, il met fin à la promenade et remercie chaleureusement Cassie d'avoir su si bien l'écouter. Il la fera convoquer un autre jour, quand ses occupations lui en laisseront le temps.

Le majordome raccompagne la jeune femme chez son frère. Épuisée par la tension nerveuse, Cassidy s'effondre sur son lit et s'endort.

*

Le soir même, elle jette ses premières notes sur le papier. Woody pourrait s'étonner si elle s'en abstenait. Mieux vaut se montrer prudente, feindre jusqu'au bout. Feindre… oui, mais il n'y a pas que ça ; le personnage de Ballooran l'intrigue, la fascine déjà. Ce mélange de faiblesse et de dureté… Elle s'en ouvre à Woody, qui ricane.

« Méfie-toi, ma petite ! siffle-t-il, ne t'avise pas de tomber amoureuse. C'est un requin. Les filles dans ton genre, il en a consommé des wagons entiers. On prétend qu'il a baisé toutes les femmes de l'étage, sans exception. Leurs maris en sont d'ailleurs très fiers. Ici, le droit de cuissage n'est pas un vain mot. Un type qui refuserait de prêter sa nana à Ballooran n'aurait aucune chance de faire carrière. Par contre, si la dame se montre habile au lit, son époux sera vite promu à un poste important. »

Woody abandonne sur son assiette la cuisse de poulet qu'il était en train de grignoter et conclut :

« Baise avec lui autant que tu veux, c'est la règle du jeu, mais conserve ta lucidité. Ne te raconte surtout pas que le roi en pince pour toi. Si tu lui donnes satisfaction, il te gardera à ses côtés le temps que se pointe une nouvelle donzelle, plus fraîche. Alors, pour te récompenser, il te trouvera un riche mari. C'est ce que tu souhaites, non ? »

Cassie se rappelle à temps que c'est effectivement ce qu'elle a prétendu souhaiter.

Cette nuit-là, elle dort mal et fait plusieurs rêves dont elle aura honte au réveil.

La jeune femme est très fatiguée. À la tension nerveuse des dernières semaines s'ajoute la malnutrition car, depuis les révélations de l'ego virtuel de Silena, elle est incapable d'avaler le moindre morceau de viande. La seule vue d'un rôti lui donne la nausée, et elle ne s'alimente plus que de petits pains et de tasses de lait. Chaque fois qu'elle voit Woody engloutir des steaks bleus épais comme la main, elle est prise d'une bouffée de haine à son endroit, car elle a la certitude qu'il n'ignore rien de la provenance réelle de la nourriture.

Il finit d'ailleurs par prendre conscience de sa répugnance et s'esclaffe :

« Arrête de t'affamer ! C'est inutile. À cet étage on ne bouffe que de la viande provenant de la soute à bétail. Les cadavres électrocutés sont réservés aux ponts inférieurs. Sans le savoir, t'en as boulotté ton content quand tu bossais en bas, et tu n'en es pas morte, que je sache… Alors cesse de jouer les mijaurées. »

Cassidy décide néanmoins de s'en tenir aux biscuits.

*

Les dames du comité se sont présentées à la grille pour proposer à Cassie de se joindre à elles. La jeune femme n'a pu refuser, ç'aurait été se montrer mauvaise citoyenne. Néanmoins, elle n'a pas très bien compris en quoi consistent les obligations de cette association de quartier regroupant les femmes les plus influentes du pont supérieur, celles dont les époux siègent au directoire présidé par Ballooran. Elle suppose qu'il s'agit de visites de bon voisinage dans la plus pure tradition du *small town* : thé, biscuits et commérages…

Elle ne va pas tarder à découvrir qu'elle s'est lourdement trompée.

« Nous faisons la toilette des défunts, lui explique

Marjorie Gosford, une ample matrone enveloppée de crinoline et de rubans de satin. Vous savez peut-être qu'ici nous n'enterrons personne. La magie du temps immobile a définitivement changé les rapports entre les morts et les vivants. Plus besoin d'incinérateur ou de cercueil puisque les corps restent intacts. Peu à peu, les gens se sont faits à l'idée de conserver leurs chers disparus à domicile. Selon moi, c'est une coutume charmante qui nous préserve de l'horrible sentiment d'absence qui suit chaque décès. »

Cassie emboîte le pas aux dames du comité en essayant de dissimuler sa stupeur. Elles l'entraînent chez Eather Pickfellow, une voisine dont la fille, Dotty, est morte à seize ans, il y a une vingtaine d'années, d'une chute de cheval qui lui a rompu la colonne vertébrale.

« Je sais que vous n'êtes pas encore habituée à nos usages, ma chérie, chuchote Marjorie Gosford en fermant son ombrelle, mais il serait bon, par égard envers cette pauvre Eather, que vous dissimuliez tout sentiment de dégoût. Ici, nous n'avons pas peur des morts, nous les considérons comme de vieux amis peu bavards. Leur présence nous réconforte. Nous ne sommes pas superstitieux. Vous vous y ferez. »

Eather Pickfellow les accueille avec chaleur. Le salon embaume la pâtisserie sortant du four. Le thé est servi. Cassidy doit subir un interminable papotage dépourvu du moindre intérêt où il est question de gens qu'elle ne connaît pas et d'événements infimes qui n'intéressent personne. Malgré tout, on s'esclaffe, on s'étonne. Ces agapes terminées, on se lève en procession pour gagner la chambre de la pauvre Dotty. Marjorie Gosford prend la direction des opérations et prie la maîtresse des lieux de s'éclipser.

Cassidy franchit le seuil d'un boudoir plongé dans la pénombre. Une jeune fille blonde s'y tient assise, immobile, devant un guéridon où s'étalent les cartes d'une réussite inachevée. Elle est belle, juste un peu pâle, mais sa peau ne présente aucune trace de flétrissure. Elle est vêtue de rose, une robe décolletée mettant ses petits seins en valeur. Elle a toutes les apparences de la jeunesse et de la bonne santé.

« Touchez-la, ordonne Marjorie Gosford d'un ton impérieux. Je veux que vous preniez conscience du miracle. Le temps immobile, c'est aussi la mort suspendue. Un formidable pied de nez à la pourriture. »

Cassidy s'exécute. Elle pose les doigts sur le bras nu de la morte et tressaille. La peau est chaude… La chair paraît vivante.

« Son corps est toujours tel qu'il était à la seconde où elle a perdu la vie, explique Marjorie. Chaud, souple. Son esprit s'est éteint, son âme s'est envolée, mais le corps, lui, est demeuré intact. Il ne s'est pas refroidi, il n'a connu ni rigidité cadavérique ni décomposition. Et il en ira toujours ainsi. Le temps suspendu le préserve de toute dégradation organique. Regardez comme elle est jolie ! »

Aussitôt, les dames du comité se mettent à l'ouvrage. Leur tâche consiste à changer les vêtements de la jeune morte, à la recoiffer, à la remaquiller. On ramasse les cartes qui occupaient la surface du guéridon pour les remplacer par un charmant recueil de poésie.

« Parfois, commente Marjorie Gosford, on l'installe à la fenêtre, comme si elle observait le paysage. Sa mère a tenu à ce qu'on lui laisse les yeux ouverts, c'est plus réaliste, mais certains préfèrent les paupières closes. Chacun ses goûts, n'est-ce pas ? »

Glacée, Cassie se retranche dans un angle du boudoir et observe les bonnes dames manipuler le cadavre comme s'il s'agissait d'une grande poupée. Elles le dévêtent, le rhabillent, le maquillent, discutent interminablement de la coiffure qui mettrait ses traits en valeur. Le corps est flexible. Un système de corset articulé permet de lui imposer des postures diverses sans qu'il s'affaisse. Cassidy résiste du mieux possible à la nausée qui la submerge. Curieusement, tout se déroule avec entrain et bonne humeur. Pas de recueillement ou de chuchotis, on ne procéderait pas autrement s'il s'agissait d'habiller Dotty en vue de ses prochaines épousailles.

La cérémonie terminée, on prend congé. Mme Pickfellow remercie ses visiteuses, et dédie un sourire tout particulier à Cassidy.

D'autres visites suivront. Chaque fois, Cassie fait la connaissance d'un nouveau défunt. Homme, femme, enfant, ils ont tous été victimes d'accidents du travail ou de la circulation. On lui raconte des histoires de chaudières qui ont éclaté, d'électrocution ou de voiture à cheval renversée. Les morts ne sont pas très nombreux. Dans certaines familles, ils ne quittent guère leurs anciens appartements ; dans d'autres, cependant, on les installe à la table du repas qu'ils président chaque jour, en convives silencieux dont on n'oublie pas de remplir l'assiette. Parfois, on les assied dans le jardin, au creux d'un rocking-chair, un plaid sur les genoux comme s'il s'agissait de convalescents prenant le soleil.

Lors de son arrivée sur le pont supérieur, Cassidy s'est étonnée du nombre de personnes qui, embusquées derrière leurs carreaux, passaient leur journée à espionner les allées et venues de leurs voisins. Elle sait désormais qu'il s'agit de cadavres calés sur une chaise à haut dossier, à qui l'on offre le spectacle de la rue en ultime pâture.

Ainsi, où qu'elle aille, les morts la regardent.

*

Elle n'aura pas eu à attendre longtemps pour que Ballooran lui envoie son majordome. Cette fois, curieusement, il pleut ! Ce qui les oblige à chercher refuge dans la maison… Ballooran s'improvise guide de musée et fait visiter à la jeune femme les salles réservées à ses collections. Sabres, uniformes, canons, étendards, tout tourne autour de la guerre civile, bien entendu. Il y a même une série de plans en relief reproduisant les différentes batailles de ce sinistre épisode de l'histoire américaine. Là, au centre des vitrines, de minuscules soldats de plomb ont été piqués sur des paysages naïfs aux rivières peintes en bleu vif, et que bordent des arbres aux branches en fil de fer.

Ballooran évoque son enfance dans le Sud, ses parents, planteurs ruinés par les spéculateurs et les banques. C'est à cette époque, explique-t-il, qu'il s'est senti dégagé de toute obligation envers les institutions de son pays et qu'il a décidé de les exploiter sans vergogne, de la même façon qu'elles avaient exploité sa famille.

Ses études, ils les a menées à coups de bourses et de concours, la rage au ventre, impatient de se venger, *enfin*.

Cassie prend tout cela en note, sans chercher à démêler le vrai du faux. Ballooran lui avoue qu'il s'est laissé piéger par la passion de la recherche scientifique et qu'il n'a pas vu les années filer.

« Quand je me suis réveillé, murmure-t-il, il était trop tard, j'étais vieux. »

Il n'a aucun geste déplacé. La tonalité dominante de l'entretien est la tristesse, la mélancolie. Quand la fatigue le prend, il fait raccompagner Cassidy par son majordome.

En étudiant ses notes, la jeune femme entrevoit enfin un angle d'attaque plausible. Elle va trouver Woody et déclare :

« Il me parle tout le temps de *sa* machine, de *sa* turbine, mais je n'arrive pas à visualiser de quoi il retourne… Si je dois la décrire, il faudrait que je sache quel est l'aspect de ce truc. Tu y travailles, non ? Tu ne pourrais pas me la faire visiter ? Il m'a demandé de rédiger un premier jet. Il faut que ça soit nickel. Un véritable hymne à la gloire du temps immobile. Si je me plante, il me virera. »

Woody grimace, puis capitule.

« Si tu veux, lâche-t-il, je t'y emmènerai demain, mais ignare en mécanique comme tu l'es, tu n'y comprendras rien.

— Je ne rédige pas un manuel de mécanique, rétorque Cassie, feignant de se vexer, j'écris une ode à la machine éternelle. Tu piges la différence ? »

Cassidy jubile secrètement. Elle va enfin pénétrer dans le saint des saints. Une fois sur place, elle demandera à Woody de lui expliquer le fonctionnement du dispositif anti-V. E. Elle espère que Babylonios sera capable de le saboter.

Le lendemain, Woody tient parole : il presse sa sœur de s'habiller et de le rejoindre sur le tilbury. Cassidy est si tendue qu'elle renonce à avaler la tasse de café que lui tend l'une des jeunes domestiques peinturlurées en noir.

L'attelage s'élance à travers les rues tracées au cordeau. De part et d'autre on les salue. Les messieurs portent de drôles de chapeaux en tuyau de poêle, à la manière d'Abraham Lincoln. Woody, très droit sur son siège, apprécie manifestement ces hommages. La voiture parcourt le pont supérieur dans toute sa longueur. Bientôt, le décor de théâtre cède la place à une étendue fonctionnelles encombrée de tuyaux, de manomètres, de volants de purge. Au bout de ce fouillis industriel se dessine une porte à double battant, en métal épais.

« Les V. E. ne peuvent pas la traverser, explique Woody. Ce ne sont pas de vrais fantômes. Il ne faut pas croire ceux qui leur attribuent des pouvoirs de passe-murailles. Si, au début de leur existence, ils sont encore fluides et poreux, l'énergie dont ils se gavent les fait rapidement épaissir. Au fil des ans, ils gagnent en matérialité ; leur consistance rappelle celle de la méduse. Avant mon arrivée, ils venaient ici pour poser leurs mains sur les câbles électriques. Ils "buvaient" le courant… Ils l'aspiraient pour s'en nourrir. Ça provoquait des pannes terribles. N'étant plus alimentées, les machines s'arrêtaient d'un coup. Ces salopards d'ectoplasmes en profitaient pour faire chanter les humains ; j'y ai mis bon ordre. »

Woody confie les rênes à un valet et saute à terre.

Cassie lui emboîte le pas. Le jeune homme déverrouille la porte. À peine le battant est-il entrebâillé qu'un formidable vacarme frappe Cassidy de plein fouet, l'assourdissant. De l'autre côté s'ouvre une caverne d'acier, gigantesque. Au centre de cette cathédrale de poutrelles, un cylindre énorme : la turbine qui propulse le vaisseau. En dépit de ses incroyables performances, ce prodige de la technique conserve des aspects vieillots qui tiennent à l'agencement des tuyaux, des panneaux de contrôle, des manettes. Tout semble avoir été conçu par un architecte féru d'Art nouveau.

La jeune femme a l'impression de contempler une illustration d'un roman de Jules Verne. *Vingt Mille Lieues sous les mers*, peut-être ?

Le bruit interdisant toute conversation, Woody la guide jusqu'à une cabine insonorisée où se dresse son bureau. Des pupitres de commandes tapissent les parois du réduit. Des milliers d'ampoules colorées clignotent, des aiguilles frémissent sur les cadrans gradués.

« Il n'y a aucun ordinateur, commente Woody, c'est de la technologie à l'ancienne, telle qu'on la concevait pendant la Seconde Guerre mondiale. Les ingénieurs d'aujourd'hui y pigent que couic. L'informatique a changé leur logique, ils ne sont plus capables de concevoir de pareils circuits. Seul un bricoleur comme moi peut encore s'y retrouver. Tout est à base d'engrenages, de bielles, de transmissions. En guise de carburant, Balloran utilise des mélanges gazeux de son invention, des substances hautement explosives qui te dévoreraient la chair jusqu'aux os à la moindre fuite. »

Cassie feint d'écouter. Elle ne s'est jamais intéressée à ces choses. Elle veut juste savoir où se tient le système de sécurité anti-V. E., mais n'ose pas poser trop directement la question. Elle croit utile de prendre quelques notes.

« C'est impressionnant, murmure-t-elle. Tu connais les prisons de Piranèse ?

— Piraquoi ? » maugrée Woody.

Sur ce point elle ne ment pas. La caverne d'acier est terrifiante. La turbine a l'air d'un œuf énorme pondu par un monstre aussi grand qu'une montagne. Les vibrations qui l'agitent donnent à croire qu'un formidable poussin s'y débat, cherchant le moyen de s'échapper. Sentant que Woody a hâte de la voir déguerpir, elle précipite les choses et s'enquiert du « répulseur de V. E. ». Le jeune homme lui désigne un cube noirâtre posé dans un coin de la pièce. La machine a l'aspect d'un coffre-fort bricolé par un amateur. Deux boutons se dressent sur son ventre ; l'un blanc (arrêt) l'autre rouge (marche).

« Il n'y a pas de verrouillage ? s'étonne Cassidy. De combinaison secrète ?... Je ne sais pas, un truc pour empêcher les ectoplasmes d'y toucher ?

— Que tu es conne ! s'esclaffe Woody. Les V. E. ne peuvent pas pénétrer ici. Le champ magnétique émis par le répulseur les repousse. S'ils insistaient, ils y perdraient toute leur énergie et mourraient. La machine aspirerait ce qui les fait tenir debout. Ils se dégonfleraient comme des ballons de baudruche... Bon, à présent, assez rigolé, j'ai du boulot. Rentre à la maison, tu as noté assez de détails pour flatter Ballooran.

— Je vais consacrer un passage au répulseur, glisse la jeune femme. Histoire de te faire mousser.

— N'en fais pas trop, grogne son frère. Le vieux est loin d'être stupide. »

Ils se séparent. Cassie quitte la salle des machines,

soulagée. Babylonios n'aura aucun mal à mettre le système de sécurité hors-service. Elle va lui expédier un pneumatique dès son retour à la maison ; elle se méfie du téléphone, peut-être sur écoute.

La jeune femme a hâte d'en finir. La pression est trop forte, elle a peur de craquer. En outre, dès qu'elle se retrouve en tête à tête avec Ballooran, elle est gagnée par l'horrible impression qu'il lit en elle comme dans un livre ouvert et qu'il n'ignore rien du complot auquel elle est mêlée.

Et s'il jouait avec moi ? se répète-t-elle.

Elle se dit parfois que le vieillard ne lui laisse sa liberté d'action que pour voir si elle aura le cran d'aller jusqu'au bout… Peut-être espère-t-il également, en la séduisant, l'amener à trahir ses alliés ? Ce serait une satisfaction d'amour-propre nullement négligeable à son âge.

Elle n'est plus sûre de rien…

Sitôt rentrée chez Woody, elle s'isole pour rédiger un « pneu » d'apparence anodine que seul Mitch saura déchiffrer.

17

Le lendemain, à peine Woody a-t-il quitté la maison pour se rendre à la salle des machines que le téléphone sonne. C'est Mitch, qui appelle depuis la soute à bétail. À mots couverts, il fait savoir à Cassie qu'il passera à l'action le soir même, car les V. E. s'impatientent et ne cessent de le harceler. Dans les enclos, les bêtes sont en train de devenir folles de terreur. Les vaches ont commencé à s'encorner et les moutons à se mordre. Certains meurent étouffés, la gueule pleine de la laine de leurs congénères. C'est l'enfer. Il se glissera dans l'ascenseur privé, neutralisera le vigile et, grâce au plan fourni par Cassie, retrouvera celle-ci dans la cabane à outils du jardin.

Apres avoir reposé le combiné sur sa fourche, la jeune femme compte les heures qui la séparent du soir.

La nuit est longue à venir. Woody rentre fourbu. Il boit trop pendant le dîner et part se coucher en titubant. Cassidy monte se changer. Elle passe une robe sombre et des souliers de marche car il va leur falloir gagner la salle des machines à pied. Elle ne peut en effet demander aux domestiques d'atteler le tilbury sans éveiller leur curiosité. Les nerfs en pelote, elle attend que les servantes desservent, fassent la vaisselle et se hissent enfin au grenier où elles dorment sur des paillasses jetées à même le sol. Les lumières s'éteignent une à une. Shanondaa (elle se nomme en réalité Mary O'Brien) monte la dernière, une lampe à pétrole à la main. Son pas lourd fait craquer les marches et trahit sa fatigue. Elle va maintenant passer une bonne demi-heure devant son miroir pour se débarrasser du maquillage noir dont elle doit se barbouiller tous les matins, et qui finit par lui donner de l'eczéma.

Cassie chiffonne un délicat mouchoir de batiste entre ses paumes moites. Elle risque gros. Si elle échoue, si elle est capturée, Ballooran ne lui pardonnera jamais sa trahison et la fera exécuter sans l'ombre d'une hésitation.

Une fois que le silence s'est installé dans la demeure, elle sort de sa chambre pour gagner le jardin en maudissant les marches qui s'obstinent à grincer sous ses talons. Dehors, elle doit se retenir de courir. Les projecteurs de jour sont tous éteints ; on leur a substitué les veilleuses bleues censées représenter la voûte céleste. Les rues sont vides, la ville déserte. Mitch est là, dans la cabane à outils. Il a déjà enfilé son déguisement d'homme du peuple. Il porte une lourde besace à outils en bandoulière. Cassie est heureuse de le retrouver. D'un geste, il met fin aux effusions.

« J'ai estourbi et ligoté le vigile, souffle-t-il. Je l'ai sorti de la cabine pour le planquer dans un bosquet, là-bas. Les V. E. ne vont plus tarder à envahir l'étage, mais ils ne nous seront d'aucun secours tant que le dispositif de sécurité les tiendra à l'écart de la ville. Si nous nous faisons piquer avant d'avoir saboté le truc, ils devront repartir sans avoir rien pu faire.

— Allons-y, fait Cassidy. Il faut traverser tout l'étage. La machinerie se trouve à la poupe.

— Gardée ? s'inquiète Babylonios.

— Non, personne ici n'aurait intérêt à commettre un sabotage. Depuis l'installation du répulseur, il n'y a même plus de veilleur de nuit. »

Ils tournent le dos au domaine et s'enfoncent dans la nuit. De loin en loin, d'antiques réverbères éclairent la route. Il y a peu de fenêtres allumées. On se couche tôt pour économiser l'énergie. Récemment, Cassie a appris de la bouche de Woody que les nuits duraient en réalité dix-sept heures ! « Plus on dort, a-t-il ricané, moins on s'ennuie. Et pourquoi forcer la cadence quand on a l'éternité devant soi ? »

Mitch et Cassie marchent d'un pas régulier en s'appliquant à faire le moins de bruit possible. La jeune femme espère qu'ils ne croiseront personne de sa connaissance, car elle aurait bien du mal à justifier sa présence à cette heures en ce lieu… qui plus est en compagnie d'un inconnu de basse extraction ! Embusqués derrière les fenêtres, les morts les regardent.

« Tu crois que ça va marcher ? ne peut-elle s'empêcher de demander alors qu'ils approchent de la chaufferie.

— J'en sais rien, grommelle Mitch. J'espère que les V. E. ne nous préparent pas un coup tordu, style explosion de la turbine et mini-champignon atomique… »

Ils s'immobilisent devant la porte. Babylonios ouvre

sa besace et se saisit des outils de cambrioleur qu'il a confectionnés pendant son exil dans la soute à bétail. Il s'agenouille et entreprend de forcer la serrure. Cassidy se contente de faire le guet. Au loin, par-delà les toits, elle voit briller les lumières de la « maison blanche », le repaire du maître de la nef. Les hautes fenêtres ont l'aspect de grands yeux écarquillés. La demeure prend soudain l'allure d'une face blême, chafouine, occupée à surveiller la ville.

Dans son dos, Cassie entend Babylonios lâcher des jurons étouffés. Le verrou cède enfin. Mitch entrebâille le battant et ils se glissent dans l'étroite ouverture. De l'autre côté, c'est la caverne d'acier où hurle la turbine monstrueuse qui les propulse à travers l'espace et le temps.

« Par là ! » indique Cassidy en désignant le poste de pilotage insonorisé où Woody a l'habitude d'officier.

Babylonios transpire. La jeune femme ouvre la porte de la chambre de commandement. Les pupitres clignotent.

« C'est ça, halète-t-elle, le coffre noir avec les deux boutons. »

Mitch s'agenouille pour étudier les branchements.

« Je vais tout bousiller, explique-t-il, ça va probablement déclencher une alarme. Tout dépendra du temps de réaction des V. E. Il faut qu'ils interviennent avant que ton foutu frère ne se précipite ici pour réparer le truc. S'ils sont trop lents, nous serons arrêtés et fusillés. »

Il plonge alors la main dans son sac pour y prendre un gros marteau à tête de fonte.

« À ta place je ne ferais pas ça, mec ! » siffle la voix de Woody derrière eux.

Cassidy pivote sur ses talons, le souffle coupé.

C'est bien Woody. Il se tient sur le seuil, un gros colt Peacemaker au poing. Devant l'air hébété de sa sœur, il laisse échapper un ricanement.

« Je le savais, lâche-t-il. Je le savais depuis le début. Ma pauvre fille, tu joues si mal la comédie ! Il aurait fallu être le dernier des idiots pour avaler tes bobards. Ça collait si peu à ta personnalité… J'ai tout de suite deviné que tu t'étais laissée embobiner par les ectoplasmes.

— Alors pourquoi m'as-tu laissée faire ? balbutie Cassidy.

— Parce qu'en te livrant à Ballooran je vais lui offrir la plus belle preuve de loyauté dont il puisse rêver ! Je dénonce quelqu'un de ma famille ! Ma propre sœur ! Tu vois un peu ?

T'es complètement malade, mec, grogne Mitch qui n'a pas lâché le marteau.

— Possible, souffle Woody, mais tant que je resterai à bord du vaisseau, je serai un malade riche, jeune et immortel. »

Il fait un pas en direction du téléphone intérieur qui va lui permettre de donner l'alerte. La caserne du 6e régiment de fantassins confédérés est à trois minutes de la chaufferie. Les soldats ne mettront pas longtemps pour investir les lieux.

« Bon sang ! crache encore Woody, ça me rend malade de voir des tarés dans votre genre. Qu'est-ce que vous reprochez au système ? Il est génial ! »

Il hoche la tête en jetant à Cassidy un regard de commisération.

« J'essayerai d'obtenir de Ballooran qu'il ne te fusille

pas, fait-il. Je lui suggérerai de te balancer par la fenêtre jaune, au prochain ralentissement, comme ça, avec un peu de chance, tu iras rejoindre Nathan au centre de la Terre, vous prendrez un bain de pieds dans le magma. »

Mais à la seconde où ses doigts se posent sur le téléphone, Babylonios lance le marteau. L'outil percute Woody en plein front. Il part en arrière. Son doigt se crispe sur la détente. Le gros Peacemaker tonne, expédiant une balle dans le plafond.

Sans réfléchir, Cassidy se précipite vers le blessé ; Mitch la retient.

« T'occupe pas de ce pourri, gronde-t-il, aide-moi plutôt à bousiller le système de défense. »

Alors ils s'acharnent sur la boîte noire, coupant, tordant, cisaillant... Comme l'avait prévu Babylonios, une sirène d'alarme se déclenche. Ils l'entendent à peine à cause du vacarme de la turbine, mais Cassidy sait qu'à l'extérieur son mugissement doit être effroyable. En cette minute, Ballooran se réveille et lance des ordres. À la caserne, les soldats sautent dans leurs bottes et saisissent leurs fusils.

« O.K., fait Mitch en se redressant, on a fait notre part du boulot. Tout dépend des V. E. maintenant. S'ils ne se pointent pas au rendez-vous, on est foutus. »

Instinctivement, Cassidy se retourne pour surveiller la porte de la chaufferie. Elle reste close. Désespérément close.

« Fichons le camp, décide Babylonios. Essayons de nous glisser dans l'ascenseur. Ensuite on passe récupérer le matériel de survie dans la soute à bestiaux et on applique le plan B, la fuite à travers les zones inoccupées, comme le suggérait Silena. »

Il a raison. C'est raté. Cassidy se secoue. Elle jette un dernier regard à Woody qui gît sur le sol, inconscient ou mort, le front barbouillé de sang, et sort du poste de commandement, Mitch sur ses talons.

« On a fait notre possible, soupire Babylonios, mais c'était un coup foireux. »

Il pousse la porte de la chaufferie et se fige…

Devant le bâtiment, les soldats confédérés forment une ligne parfaite. Le fusil en joue, ils visent calmement les saboteurs qui s'immobilisent sur le seuil de la chaufferie.

Le galop incongru d'un cheval dont les sabots martèlent le pont supérieur retentit. C'est Ballooran, monté sur un pur-sang noir. Il meurtrit méchamment la bouche de sa monture pour la forcer à s'arrêter. Il reste là, en selle, jaugeant la situation d'un œil luisant de fureur. Lorsqu'il identifie Cassie, ses mâchoires se crispent, comme s'il éprouvait une peine brutale, mais il se reprend, et la haine remplace la déception dans ses yeux. L'officier qui commande le peloton lui fait un bref rapport. Deux soldats apparaissent, soutenant Woody, inconscient, la figure vernissée de sang frais.

« Fusillez-les, ordonne Ballooran, que la colère a rendu blême. Tous les trois.

— Tous les trois, monsieur ? s'étonne l'officier. Même le Chef mécanicien ?

— Oui. Je n'ai plus confiance en lui. Il s'était porté garant pour sa catin de sœur, il est juste qu'il paye ses erreurs. »

Cassie et Babylonios sont adossés au mur de brique de la chaufferie. Woody est jeté à leurs pieds. Un caporal s'agenouille pour attacher le bas de la robe de Cassidy avec une ficelle, afin qu'elle ne se retrousse pas lorsque la jeune femme tombera à la renverse, sous le choc des projectiles l'exécution doit s'effectuer dans la décence[1]. Les soldats prennent position. Le lieutenant hésite, confus. Il lui paraît absurde de fusiller le Chef mécanicien, toutefois il n'ose protester. Les colères de Ballooran sont célèbres, et il ne tient pas à être chassé de l'armée pour finir déguisé en nègre dans un champ de coton. À regret, il sort son sabre du fourreau et le lève pour commander le feu.

Cassidy saisit la main de Babylonios et la serre. Elle s'en veut terriblement de l'avoir entraîné dans cette histoire, lui qui a si souvent échappé à la mort. Elle regarde les canons des fusils qui tremblent. Ce sont des hommes jeunes, peu aguerris, et qui n'ont pas encore l'habitude d'abattre les femmes à bout portant. Leurs yeux sont dilatés par l'angoisse, ils donneraient n'importe quoi pour être ailleurs ; ils obéiront néanmoins à Ballooran parce qu'ils le craignent plus que tout.

Woody sort alors de son hébétude. Une seconde lui suffit pour comprendre ce qui se passe. Il veut se redresser, proteste, mais l'officier le rejette en arrière d'un coup de botte dans la poitrine.

Ballooran se tient raide sur sa monture, les mâchoires serrées.

« Qu'attendez-vous, lieutenant ? s'impatiente-t-il, qu'ils meurent de vieillesse ? »

Tandis que l'officier se prépare à abaisser son sabre, une foule étrange et translucide envahit soudain la place. *Les V. E. !* Ils sont là, enfin, convergeant vers la chauffe-

1. Authentique.

rie en un flot lent et obstiné. D'abord, les soldats tentent de les repousser, mais chaque contact avec les ectoplasmes virtuels se traduit par une secousse électrique qui arrache un cri de souffrance aux humains. Le cheval, terrifié par la présence des créatures, s'est cabré. Ballooran vide les étriers et roule sur le sol où il se reçoit mal.

La confusion s'installe. Les spectres se glissent dans l'entrebâillement de la porte, investissent la salle des machines. Des coups de feu partent, mais les projectiles traversent les fantômes sans leur causer de réel préjudice.

Tout à coup, la Silena Jones de cinquante ans se dresse devant Cassidy.

« Filez, lui ordonne-t-elle. Tout va aller très vite à présent. Essayez de vous rapprocher de la fenêtre jaune. Quand le vaisseau s'immobilisera, son fuselage vieillira lui aussi. L'usure d'un demi-siècle de frottement supraluminique lui sera restituée d'un coup, et il y a fort à parier qu'il tombera en pièces. Il vaudrait mieux que vous ne soyez pas pris sous les décombres. Partez, gagnez la proue... »

Cassidy se baisse pour arracher le lien qui lui entrave les chevilles. Babylonios la saisit par la main et l'entraîne vers l'ascenseur. Cassie résiste. Elle voudrait porter secours à Woody mais l'écrivain ne lui en laisse pas le temps. Ballooran hurle, gesticule. Des éclairs fusent à l'intérieur de la chaufferie, comme si un orage se déchaînait autour de la turbine. Les lumières vacillent.

« Les V. E. sont en train de tout court-circuiter, lâche Mitch. Viens, tu as entendu ce qu'a dit Silena... »

Il pousse Cassie dans l'ascenseur et appuie sur le bouton du rez-de-chaussée. Grâce aux plans qu'ils ont étudiés des jours durant, ils connaissent aujourd'hui la topographie du vaisseau dans ses moindres détails. Ils savent très exactement quel chemin emprunter pour gagner la zone de transit, là où sont recueillis les nouveaux arrivants. Là où s'ouvre la fenêtre jaune…

Dès que la cabine s'immobilise, ils bondissent à l'extérieur. Dans la galerie marchande, les gens, inquiets, se sont rassemblés. Un peu partout les éclairages clignotent. Les escalators ne fonctionnent plus que par à-coups. Il devient évident que les circuits de distribution électrique sont en train de tomber en panne. Cassie tremble à l'idée que toutes les lampes pourraient s'éteindre, plongeant la nef dans les ténèbres. Les enfants pleurent, les hommes poussent des jurons. Babylonios, lui, ne ralentit pas. Bousculant les badauds, il se fraye un chemin en direction de la zone de transit. Ils y sont accueillis par la « vraie » Silena qui, revêtue d'une blouse blanche, aligne des seringues et des fioles sur une table d'aluminium.

Quand elle les aperçoit, elle se fige, les pupilles dilatées par la terreur.

« C'est la fin, c'est ça ? balbutie-t-elle en portant la main à sa bouche. Les V. E. sont en train de saboter la turbine ?

— Oui, confirme Cassidy. Le vaisseau va s'arrêter. Je suis désolée, mais Nathan avait raison, ça ne pouvait pas continuer ainsi. »

Silena titube, elle n'entend plus rien. La panique l'isole du reste de l'univers. Dans un sursaut désespéré, elle se tourne vers les miroirs tapissant le fond de la pièce, comme si elle voulait graver dans sa mémoire l'image de celle qu'elle a été soixante années durant.

« Je vais vieillir…, gémit-elle. En accéléré. Cela implique également que ma grossesse va atteindre son terme en l'espace de quelques secondes. *Je vais accoucher*… Vous entendez ? Je vais accoucher, et la minute d'après j'aurai quatre-vingts ans ! Il faudra vous occuper du bébé… C'est l'enfant de Nathan. Promettez-moi… »

Cassie la prend dans ses bras et lui promet tout ce qu'elle veut. Silena tremble. Babylonios, peu sensible à sa détresse, lui conseille de les guider jusqu'à la fenêtre jaune.

Hagarde, Silena les fait pénétrer dans une rotonde. Une écoutille, pour l'heure verrouillée, se découpe sur le fuselage, telle une paupière close.

« Quand le vaisseau s'immobilisera, bredouille la jeune femme, il faudra abaisser ce levier. Le panneau s'ouvrira. Nous serons alors synchrones avec le temps du dehors. Les choses deviendront ce qu'elles devraient être depuis longtemps. L'addition nous sera présentée. Il faudra payer… »

Elle se tait. Les mains crispées sur le ventre, la bouche et le menton parcourus de frémissements, elle fixe l'écoutille.

« Je ne croyais pas que ça se produirait un jour, murmure-t-elle comme si elle se parlait à elle-même. Je croyais que… »

Elle se tait.

Des sirènes d'alarme résonnent un peu partout. L'éclairage ne fonctionne plus que par intermittence.

Cassidy s'interroge sur l'arrêt du vaisseau. Seront-ils précipités les uns sur les autres ? Elle imagine une catastrophe aux allures de crash aérien. Le fuselage qui se déchire, les passagers aspirés par le vide… La nef se disloquant sur des kilomètres, semant ses débris à travers le désert.

« *Attention!* meugle un haut-parleur, *nous sommes en train de passer en dessous de la vitesse réglementaire. L'immobilité du flux temporel est désormais compromise. Je répète… Le temps va reprendre son cours normal…* »

« C'est fini, halète Silena. L'arrêt est imminent… »

Elle semble sur le point de s'évanouir. Cassie sent son estomac se retourner, comme si elle se trouvait dans la cabine d'un ascenseur à grande vitesse décélérant brutalement. Elle tombe sur les genoux et vomit.

« *Ça y est!* hurle Silena, au comble de l'hystérie. *Ça y est!* »

Babylonios abaisse le levier commandant l'ouverture de l'écoutille. Le panneau d'acier se relève. Il fait jour. Le fuselage, qui a cessé d'être poreux, se reconstitue en craquant. Le métal est très chaud. Cassidy constate qu'ils sont au milieu du désert, sur l'autoroute zéro. Elle se tourne vers Silena et ne peut s'empêcher de pousser un cri.

Silena Jones a déjà commencé à vieillir. Son ventre gonfle sous les progrès de la maternité. En trente secondes elle est à terme ; elle accouche avant même d'avoir pu s'allonger. L'enfant dégringole sur le sol, entre ses pieds.

C'est une petite fille. Babylonios arrache sa chemise pour envelopper le nouveau-né. Le temps qu'il relève la tête, Silena a déjà quarante, cinquante, soixante ans… Son visage n'est plus qu'un masque de chair en ébullition dont les traits ne cessent de se modifier.

Ils n'ont pas le loisir de s'en étonner, car le vaisseau se met à pencher sur bâbord. Il faut évacuer. Cassie passe la tête dans l'orifice de l'écoutille. Dans une déclivité du fuselage, elle avise une manette commandant le déploiement de la passerelle de secours. Elle l'abaisse. Une rampe se déploie jusqu'au sol, à la façon d'un toboggan. Cassidy s'y engage, suivie de Mitch qui tient le bébé serré sur sa poitrine. Ils glissent vers la liberté, et c'est avec un réel soulagement qu'ils sentent leurs talons s'enfoncer dans le sable brûlant. *Ils sont revenus !*

Silena les rejoint, mais c'est déjà une vieille femme, aux membres déformés par l'arthrite, incapable de se relever seule. Ils doivent la porter à l'ombre des rochers. Elle balbutie des mots sans suite. Ses cheveux sont devenus blancs, elle a perdu plusieurs dents.

Pour la première fois, Mitch et Cassie peuvent contempler le vaisseau. C'est un immense fuseau de métal gris de la taille d'un paquebot, et que soutient un énorme train de roues jumelées. Le fuselage est marbré de brûlures, comme si l'engin venait de traverser l'atmosphère au terme d'une course à travers le cosmos. Pas de hublots, aucun cockpit apparent, rien qu'un long cigare aveugle, une espèce de sous-marin du Temps échoué au milieu du désert, tel un dinosaure à l'agonie. Le fuselage craque et se déforme. Çà et là, les membrures apparaissent, déchirant l'enveloppe de métal.

« On dirait un dirigeable qui se dégonfle... », marmonne Babylonios.

Il y a de ça. La nef vieillit à vue d'œil, se changeant peu à peu en épave. L'usure, dont l'avait préservée la magie du temps immobile, la rattrape, désagrégeant ses structures. *Une baleine échouée*, songe Cassie. *Une baleine déjà pourrie...*

Des groupes de fuyards titubent dans le sable. Ils ont

quitté le vaisseau par les trappes d'évacuation situées à l'arrière. Beaucoup de vieillards parmi eux. Certains s'écroulent pour ne plus se relever.

Un bruit de moteur éveille l'attention de Cassidy. Un camion s'approche, remontant l'autoroute zéro. Il y a deux hommes dans la cabine : Ziggy Starboy et Tomosh-Amak qui tient le volant.

18

À peine descendus du véhicule, Ziggy et l'Indien courent vers les naufragés sans prêter attention aux deux écrivains. Seuls comptent à leurs yeux les voyageurs du temps immobile, ces vieillards qui titubent, perdent leurs dents et leurs cheveux à chaque pas puis s'effondrent, changés en momies avant d'avoir touché le sol.

Il y aura peu de rescapés. Même ceux qui s'accrochent encore à la vie semblent terrassés par le choc du retour. Le plus terrible a été de voir grandir puis vieillir les enfants. Le cœur serré, Cassidy a assisté à la débâcle physique de ses petits lecteurs, passant de la préadolescence à la sénilité avant d'avoir pu comprendre ce qui leur arrivait. Les vêtements enfantins se sont déchirés sous la poussée des corps, les laissant nus et hagards, leur peau blanche et ridée offerte à la morsure du soleil. Quelques-uns, dans leur fuite, n'avaient pas oublié d'emporter ce qui comptait le plus à leurs yeux : les fascicules des aventures de Mam'zelle Kitty et du chat Two-Pennies.

Ziggy et Tomosh-Amak vont de l'un à l'autre, les enveloppant dans des couvertures, leur donnant à boire, les forçant à s'abriter à l'ombre des rochers.

Le vaisseau a implosé. Cassidy l'a vu s'effondrer sur lui-même, aspiré de l'intérieur. Elle songe au squelette du *Hindenburg* se racornissant dans les flammes...

Woody a réussi à s'en sortir, elle l'aperçoit, recroquevillé au milieu des vieillards, les cheveux collés par le sang coagulé. S'il n'a pas vieilli, physiquement, il offre néanmoins l'image d'un homme détruit.

Au fil des heures, le nombre des morts augmente. La vieillesse, le choc traumatique de la débâcle physiologique trop brutale ont eu raison de la plupart des rescapés. Silena Jones a rendu l'âme sans avoir repris conscience.

« Que vont-ils faire de ces gens ? demande Cassidy en se tournant vers Babylonios.

— Je crois que l'Indien les prend pour des dieux, répond l'écrivain. Il va leur arranger un gentil petit hospice à l'intérieur de son cimetière de voitures. Un truc genre Olympe en réduction, le refuge des divinités à la retraite. Pour Ziggy, c'est différent. Il vient de perdre son emploi... Je suppose qu'il passera le reste de sa vie à se remémorer ses aventures au service des immortels. Peu à peu il se prendra pour un apôtre ou pour le treizième chevalier de la Table ronde. Il finira par devenir fou ; puis il se tirera une balle dans la tête. »

Dans ses bras, le bébé s'agite et fait des bulles.

« On va l'emmener à L. A., décide-t-il, pas question de l'abandonner entre les mains de ces deux cinglés. On s'en occupera nous-mêmes ; au Viêtnam j'avais une guenon apprivoisée, ça ne doit pas être tellement différent. »

Cassie réalise qu'elle est heureuse de cette décision.

« Il faut lui trouver un nom…, dit-elle d'une voix qui tremble un peu.

— Peggy Sue, décide Babylonios, c'est comme ça que j'avais baptisé ma guenon, et puis ça me rappellera ma jeunesse. Oui, Peggy Sue, ça lui ira comme un gant. Elle était très habile, cette guenon, et lubrique, et voleuse aussi… »

Quand il devient évident qu'aucun autre survivant ne sortira plus de l'épave, Ziggy et Tomosh-Amak entreprennent de rapatrier les vieillards au camp de base. Cassie et Babylonios grimpent dans le camion en s'arrangeant pour dissimuler l'enfant au regard du conducteur. La nuit tombe. Lorsque le véhicule s'arrête, Cassie découvre, au bord de la piste bétonnée, le squelette aplati du bolide qui leur a permis de se hisser à bord de la nef, il y a… une éternité.

Mitch et Cassie descendent du camion sans s'attarder. La Honda Civic de la jeune femme est toujours là, garée non loin des tentes. Au moment où celle-ci va s'éloigner, un très vieil homme assis à l'arrière du camion lui adresse un signe de la main. Il est chauve et lui sourit de sa bouche édentée.

« Tu ne me reconnais pas ? bredouille-t-il, c'est moi… Edwin. Edwin Coleridge… »

Avant que Cassidy soit revenue de sa surprise, le pick-up démarre, emportant son lot de réfugiés vers le cimetière de voitures.

[illegible]

[illegible]

Quand il devint évident qu'[illegible]

[illegible]

Malgré [illegible]

[illegible]

19

Mitch et Cassidy sont retournés à L. A. en abandonnant derrière eux les maîtres déchus du temps immobile. Ils ont préféré s'enfuir sans attendre, craignant que Ziggy et son compère ne viennent revendiquer le bébé au nom d'on ne sait quelle philosophie fumeuse.

Ils ont choisi de s'installer chez Babylonios, pour le jardin. L'écrivain a loué les services d'une nurse qui s'occupe de l'enfant.

Cassie flotte entre deux eaux. Après ce qu'elle vient de vivre, la réalité lui paraît fade, ennuyeuse. Elle dort beaucoup, dans la chambre d'amis que Mitch lui a octroyée.

« Je suis dans le même état, lui a confié l'écrivain. On ressentait tous ça, au Viêtnam, quand on survivait à un affrontement. C'est dû à l'excès d'adrénaline sécrété pendant l'action. Ça fonctionne comme une drogue, et l'organisme en devient très vite dépendant. Quand le danger disparaît, les sécrétions diminuent, et le corps se retrouve en manque. D'où la déprime... »

Cassidy se tient éloignée du bébé. C'est vrai qu'elle ne s'est jamais senti la fibre maternelle, mais dans le cas présent, cette absence de sentiment se double d'une secrète angoisse. *La petite fille lui fait peur.* Elle ne sait pourquoi. Cela tient sans doute aux conditions particulières dans lesquelles a eu lieu la naissance de Peggy Sue, puisqu'il faut bien l'appeler par son nom.

Elle n'aime pas le regard fixe que le bébé pose sur elle quand la nurse le sort de son berceau.

« Elle ne voit que moi, se répète Cassidy. Pourquoi ? »

Elle en a parlé à Mitch, qui s'est contenté de hausser les épaules.

« Tu délires, a-t-il lâché. À cet âge les mioches sont incapables de reconnaître les gens, et même de les différencier du monde qui les entoure. Ils n'ont pas encore conscience des limites de leur propre corps. Pour Peggy, tu n'es qu'une tache colorée qui bouge. Rien de plus. »

Dans un but curatif, Babylonios a décidé qu'ils écriraient à deux le récit de leur aventure en lui donnant la forme d'un roman pour adolescents. Cassie, qui n'a rien de mieux à proposer, accepte et se met au travail. Elle écrit dans le jardin, à l'ombre des arbres, tandis que Mitch, fidèle à ses habitudes, se calfeutre dans le bungalow en caleçon et tricot de corps, ses lunettes noires sur le nez, un cigare au coin de la bouche, pour taper comme un sourd sur sa vieille Underwood qui fait autant de bruit qu'un *gunship*[1] en vol stationnaire.

Cette besogne apaise les craintes de la jeune femme

1. Hélicoptère de combat.

et calme sa nervosité. Au fur et à mesure qu'elle couche les événements sur le papier, elle se détache d'eux. Ils cessent de la hanter pour devenir les simples péripéties d'une aventure fantaisiste.

En trois semaines le manuscrit est terminé. Ils décident de l'intituler *La Fenêtre jaune* et le confient à leur agent. Une autre semaine s'écoule. Quand le téléphone sonne enfin, il apporte de mauvaises nouvelles. Les éditeurs contactés ont jugé l'histoire invraisemblable et inquiétante. Ils n'aiment pas du tout la partie consacrée au Vieux Sud, à la guerre civile… Ce sont là, estiment-ils, des sujets qu'il vaut mieux ne pas évoquer devant des enfants. Babylonios lâche un juron et raccroche.

Dans les jours qui suivent, ni lui ni Cassie ne parlent du manuscrit qui, à peine né, termine son existence au fond d'un tiroir.

Se sentant mieux, la jeune femme décide d'aller rendre visite à sa mère, bien que celle-ci ne la reconnaisse plus qu'une fois sur trois ou s'obstine à lui cracher au visage. Lorsqu'elle arrive à la maison de repos, elle a la surprise d'apprendre que Gaby Krantz a quitté les lieux.

« Son fils, Hellwood, est venu la chercher, lui explique une infirmière d'un ton pincé. Il l'a ramenée chez elle… Je m'étonne que vous ne soyez pas au courant. »

Cassidy s'enfuit, consternée. Au volant de la Honda, elle prend le chemin de la maison familiale, s'arrête devant la barrière du jardin, mais se découvre incapable de poser le pied sur le trottoir. Elle reste là, tapie dans son véhicule, à guetter les silhouettes qui s'agitent derrière les baies vitrées.

Woody est bien là, habillé de son éternelle combinaison de mécano. Gaby Krantz semble avoir recouvré sa lucidité. Elle va et vient autour de son fils, l'enveloppant de ses attentions. À peine Woody sort-il son paquet de cigarettes qu'elle accourt, porteuse d'un briquet et d'un cendrier. Ouvre-t-il la bouche pour réclamer un café que la tasse est déjà dans sa main, remplie du liquide brûlant et sucré comme il aime.

Écœurée, Cassie met le contact et prend la fuite.

Il ne lui faudra pas longtemps pour apprendre que son frère a repris son emploi au garage du coin. Son patron n'a fait aucune difficulté pour le réintégrer, car ses talents mécaniques sont renommés et lui attirent une clientèle de choix.

Woody vaque à ses occupations d'un air éteint. Une cicatrice violacée lui barre le front. Il semble ailleurs, abîmé en un rêve lointain. Il évoque, pour Cassie, ces princes russes qui ont fui la révolution bolchevique et, pour survivre, ont dû se résoudre à devenir chauffeurs de taxi.

Elle n'a pas le courage d'aller lui parler. Elle craint qu'il ne lui saute à la gorge.

Les premières manifestations étranges débutent peu de temps après.

C'est Babylonios qui en prend conscience. Alors qu'il s'apprête à flanquer à la poubelle un sachet de pain rassis, il réalise que les tranches, racornies la veille, sont ce jour-là d'une fraîcheur irréprochable.

Le phénomène se renouvelle avec un bidon de lait tourné qui, mystérieusement, redevient parfaitement consommable, sans le moindre arrière-goût.

La nurse ne fait qu'ajouter au trouble ambiant en

affirmant que la petite Peggy ne rentre déjà plus dans les vêtements qui lui allaient pourtant à merveille seulement une semaine auparavant.

« Comme si elle avait grandi…, bredouille la femme, mal à l'aise. Ça n'a aucun sens, bien sûr. Sans doute les habits ont-ils rétréci au lavage… Les avez-vous lavés en mon absence ? »

Hélas, non, ils n'ont fait aucune lessive. La nounou partie, Cassie regarde Mitch droit dans les yeux, et lâche :

« Tu as compris ce qui se passe ? Elle est en train de grandir. En accéléré. Je savais bien qu'elle n'était pas normale.

— Tu penses qu'elle est atteinte de *progeria* ? s'inquiète l'écrivain. Ça n'explique pas pourquoi le pain et le lait ont retrouvé leur fraîcheur… »

Cassie hausse les épaules.

Il faut bien l'avouer, la petite fille est trop grande pour son âge. Elle est déjà capable de s'asseoir toute seule, et il ne se passera pas longtemps avant qu'elle ne fasse ses premiers pas.

« Va-t-elle vieillir à toute vitesse ? se demande Cassidy dont le cœur se serre. Sera-t-elle adulte dans un mois, et sénile dans trois ? »

Elle se sent incapable de supporter une nouvelle épreuve de ce genre.

Heureusement, Babylonios la rassure.

« Je ne pense pas que ce soit ça, fait-il. Je crois qu'elle a un don. Je l'observais ce matin, pendant qu'elle était seule dans le jardin. Elle s'amusait à toucher les roses du bout du doigt, et chaque fois que son index effleurait un pétale, la fleur redevenait bouton. Plus tard, elle a caressé le vieux matou borgne de la voisine, et le greffier est redevenu chaton… Elle manipule le temps. Elle peut en inverser la course, ou l'accélérer si elle le souhaite. Elle n'est pas atteinte de *progeria*, elle vieillit de son propre chef, parce qu'elle a décidé de grandir. Elle veut acquérir son autonomie. Marcher, parler… Elle a hâte d'être une grande fille.

— Alors c'est une mutante… », souffle Cassidy sans parvenir à déterminer si elle éprouve de l'horreur ou de l'émerveillement.

Composition réalisée par Chesteroc Ltd

Achevé d'imprimer en juin 2007 en Espagne par
LIBERDÚPLEX
Sant Llorenç d'Hortons (08791)
N° d'éditeur : 90508
Dépôt légal 1re publication : mars 2007
Édition 02 - juin 2007
LIBRAIRIE GÉNÉRALE FRANÇAISE – 31, rue de Fleurus – 75278 Paris cedex 06

31/2049/0